IRRÉSISTIBLE

DANS LA MÊME COLLECTION

Colocataires
Joyeux anniversaire
Trahie
Des amis si proches
Le Pardon

DANIELLE STEEL

IRRÉSISTIBLE

Traduit de l'anglais (États-Unis)
par Florence Bertrand

Les Presses de la Cité

L'édition originale de cet ouvrage a paru en 2012 aux États-Unis sous le titre original *ROGUE*.

Les Presses de la Cité, un département Place des Éditeurs
92, avenue de France 75013 Paris

ISBN : 978-2-258-20636-6
Dépôt légal : juin 2023

Pour mes précieux enfants,
Beatie, Trevor, Todd, Nick, Sam,
Victoria, Vanessa, Maxx et Zara.
Vous qui m'apportez joie et amour,
me maintenez sur le droit chemin,
êtes ma source constante d'espoir
et d'inspiration,
m'encouragez à toujours faire
de mon mieux.
Tous les neuf, vous êtes mes héros !

Je vous aime de tout mon cœur.
Maman/D S

1

Le petit avion tanguait de manière alarmante au-dessus des marécages. À cette altitude, le paysage ressemblait à une carte postale, mais la jeune femme n'était guère en mesure de l'apprécier. Cramponnée à la sangle de sécurité, elle luttait contre le vent qui s'engouffrait par la porte ouverte. Debout derrière elle, son compagnon lui disait de sauter.

— Et si mon parachute ne s'ouvrait pas ? demanda-t-elle en lui lançant un regard angoissé par-dessus son épaule.

Blonde, élancée, elle avait un corps de rêve et un visage ravissant. Ses yeux étaient agrandis par la peur.

— Fais-moi confiance, Belinda, il va s'ouvrir, lui promit Blake Williams d'un air assuré.

Belinda avait accepté son invitation la semaine précédente, alors qu'ils prenaient un cocktail dans un prestigieux club privé de Miami. C'était leur troisième rendez-vous, et Blake avait parlé du parachutisme en termes si tentants qu'elle s'était laissé persuader, sans vraiment savoir ce qui l'attendait. Dès le lendemain, il lui avait offert une journée d'initiation avec un premier saut en compagnie de deux moniteurs. L'expérience l'avait grisée et terrifiée.

Elle mourait d'envie de recommencer avec lui, pourtant elle se sentait pétrifiée. Blake l'obligea à tourner son visage vers lui et l'embrassa. Le plaisir que sa présence éveillait en elle lui rendit soudain l'épreuve plus facile. Exactement comme on le lui avait appris, elle s'élança dans le vide, aussitôt suivie de Blake, et poussa un cri en fermant très fort les yeux, tandis qu'ils tombaient en chute libre. Quand elle les rouvrit, Blake lui fit signe de déclencher l'ouverture de son parachute. Alors qu'ils descendaient lentement vers le sol, il lui sourit et leva les pouces avec fierté. Elle avait du mal à croire que c'était son second saut en l'espace d'une semaine, mais Blake possédait un tel charisme qu'il pouvait convaincre les gens de faire l'impossible. Elle le connaissait à peine mais elle l'aurait suivi jusqu'au bout du monde.

Belinda avait vingt-deux ans et était un top model de renommée internationale. Venue à Miami passer quelques jours chez des amis, elle y avait fait la connaissance de Blake, qui arrivait de Saint-Barthélemy à bord de son nouveau jet privé.

Charmeur, séduisant, casse-cou, Blake Williams était irrésistible. Tout semblait lui réussir. Il faisait du parachutisme depuis des années, était un excellent skieur, et avait appris à piloter son propre avion. Amateur d'art, il possédait une collection d'œuvres contemporaines et précolombiennes parmi les plus célèbres au monde. Il appréciait le bon vin, l'architecture, la voile et les femmes. Il aimait le luxe et en faisait profiter celles avec qui il sortait. Il avait étudié à Princeton et Harvard. Sa réussite fulgurante dans les nouvelles technologies était légendaire. Âgé de quarante-six ans, il s'était retiré des affaires à trente-cinq et, depuis, vivait selon son bon plaisir. Il était riche, intelligent, et très généreux. C'était le genre d'homme dont rêvent toutes les femmes. La plupart de ses liaisons étaient éphémères mais ne se terminaient jamais mal. Ses ex-amies continuaient de l'adorer.

Belinda le contempla avec admiration. Elle avait peine à croire à ce qu'elle vivait. Main dans la main, entourés de ciel bleu, ils descendaient lentement vers la zone d'atterrissage, une plage déserte choisie avec soin. Elle n'avait jamais rien fait d'aussi enivrant, et elle se souviendrait de Blake et de cet instant jusqu'à la fin de ses jours.

— C'est génial, non ? cria-t-il.

Elle acquiesça, trop émue pour parler.

Quand ses pieds touchèrent le sol quelques minutes plus tard, la terreur qu'elle avait éprouvée n'était plus qu'un lointain souvenir. Deux moniteurs détachèrent son parachute, au moment où Blake atterrissait à son tour, juste derrière elle. Dès qu'ils furent débarrassés de leur matériel, il l'enlaça et lui donna un baiser à lui couper le souffle.

— Tu as été fantastique ! affirma-t-il en la soulevant de terre.

— Non, c'est toi qui l'es ! s'écria-t-elle en riant. Jamais je n'avais imaginé faire une chose pareille. C'était dingue.

Blake Williams était l'homme le plus excitant qu'elle avait rencontré.

Ses amis l'avaient déjà avertie de ne pas se faire d'illusions à son sujet. Il collectionnait les conquêtes et n'avait aucune envie de s'engager à nouveau. Il avait trois enfants, une ex-épouse qu'il adorait, un avion, un yacht, une demi-douzaine de propriétés fabuleuses, ainsi qu'un immense voilier qu'il n'utilisait que quelques semaines par an et qu'il prêtait sans hésiter à ses amis. Depuis son divorce, cinq ans auparavant, il n'avait jamais cherché de liaison durable. Pour l'instant, tout au moins, il ne songeait qu'à s'amuser. Blake Williams était un homme comblé, qui avait réalisé ses rêves.

Comme ils s'éloignaient de la plage et se dirigeaient vers la Jeep qui les attendait, Blake la prit dans ses bras et l'embrassa avec passion. Cette journée resterait à jamais gravée dans sa mémoire, songea-t-elle. Combien de femmes pouvaient se vanter d'avoir sauté en parachute avec Blake Williams ?

La pluie tambourinait aux fenêtres du cabinet de Maxine Williams, sur la 79e Rue. On n'avait pas connu de novembre aussi humide à New York depuis des années. Malgré la grisaille, le vent et le froid qui régnaient dehors, il faisait bon dans la pièce où Maxine passait entre dix et douze heures par jour. Le cabinet était gai et agréable. Des tableaux abstraits, aux tons discrets, ornaient les murs jaune pâle. Les patients s'asseyaient dans de vastes fauteuils confortables, couleur crème. Sobre, moderne et fonctionnel, l'ensemble était impeccable. Tout y était méticuleusement rangé, à sa place. Maxine elle-même prenait grand soin de son apparence et était attentive au moindre détail. Sa secrétaire, Felicia, efficace et fiable, travaillait pour elle depuis presque neuf ans. Maxine détestait le fouillis, le désordre et le changement. Tout chez elle et dans sa vie était net, ordonné, organisé.

Un diplôme encadré au mur révélait qu'elle avait obtenu son doctorat à la faculté de médecine de Harvard, avec les félicitations du jury. Psychiatre, spécialiste du traumatisme chez l'enfant, elle s'occupait des jeunes schizophrènes et des adolescents à tendances suicidaires. Elle associait étroitement leurs familles à son travail, souvent avec d'excellents résultats. Elle avait publié deux ouvrages de référence et était une sommité dans son domaine. Elle avait fait partie de la cellule psychologique mise en place à Columbine après la fusillade et avait rédigé plusieurs articles sur les conséquences des attentats du 11 Septembre. À quarante-deux ans, elle était, à juste titre, reconnue et admirée par ses pairs et extrêmement sollicitée. Entre ses patients, son rôle de consultante et sa propre famille, son emploi du temps était plein à craquer.

Elle était cependant toujours disponible pour ses enfants – Daphné avait treize ans, Jack douze, et Sam tout juste six. Seule pour les élever, elle devait affronter les problèmes de toute femme qui travaille et s'efforcer de trouver un équilibre entre sa carrière et sa vie de famille. Son ex-mari ne l'aidait quasiment pas, passant parfois en coup de vent et à l'improviste, avant de se volatiliser de nouveau. Elle était seule pour assumer la responsabilité des enfants.

Les yeux fixés sur la fenêtre, elle songeait justement à eux, lorsque l'interphone grésilla sur son bureau. Elle crut que Felicia lui annonçait l'arrivée de son patient, un garçon d'une quinzaine d'années, mais celle-ci l'informa que son mari était au téléphone. Maxine fronça les sourcils en entendant le mot.

— Mon ex-mari, rappela-t-elle à sa secrétaire.

Cela faisait cinq ans que Maxine et les enfants étaient seuls, et ils se débrouillaient très bien.

— Excusez-moi. Il se présente toujours comme votre mari... À chaque fois, j'oublie...

Blake était si charmant, si aimable qu'on ne pouvait s'empêcher de l'aimer. Il ne manquait jamais de prendre des nouvelles de son petit ami et de son chien.

— Ne vous inquiétez pas, il l'oublie aussi, la rassura Maxine avec une pointe d'ironie.

Elle décrocha en souriant. Où était-il en ce moment ? On ne savait jamais avec Blake. Il n'avait pas vu les enfants depuis qu'il les avait emmenés en vacances chez des amis en Grèce, au mois de juillet. Daphné, Jack et Sam savaient très bien que c'était sur leur mère qu'ils pouvaient compter et que leur père était un véritable courant d'air, mais ils avaient une capacité illimitée à lui pardonner ses excentricités. Comme elle l'avait fait, dix années durant.

— Bonjour, Blake, dit-elle, heureuse de l'entendre.

Avec lui, elle se sentait libre d'abandonner l'attitude formelle et réservée qu'elle adoptait dans sa vie professionnelle. Malgré le divorce, ils étaient restés amis, et très proches l'un de l'autre.

— Où es-tu ?

— À Washington. Je suis arrivé de Miami aujourd'hui après avoir passé deux semaines à Saint-Barthélemy.

Une vision de leur villa s'imposa aussitôt à Maxine. Elle n'y était pas retournée depuis cinq ans. C'était une des nombreuses propriétés qu'elle lui avait volontiers laissées lors du divorce.

— Tu vas venir à New York voir les enfants ?

Elle ne voulait pas le lui imposer. Il était toujours très occupé. Il les aimait, bien sûr, pourtant il n'avait jamais de temps à leur consacrer. Ils en étaient conscients, mais cela ne les empêchait pas de l'adorer, et, à sa manière, elle aussi. Comme tout le monde, d'ailleurs. Blake n'avait pas d'ennemis, seulement des amis.

— Je voudrais bien, dit-il d'un ton d'excuse, mais je pars pour Londres ce soir. J'ai rendez-vous demain avec un architecte. Je fais des travaux dans la maison.

Avant d'ajouter d'une voix ravie :

— Je vais à Marrakech la semaine prochaine. Je viens d'y acheter un palais sublime, mais en ruine.

— Exactement ce dont tu as besoin, commenta-t-elle en secouant la tête.

Il était incorrigible. Il achetait des demeures partout où il allait. Il s'entourait d'architectes et de décorateurs célèbres pour les rénover, en faisait des endroits de rêve, puis partait à la recherche d'une nouvelle acquisition. Blake aimait davantage les projets que les résultats.

Il possédait un palais à Venise, un appartement de luxe à New York, des propriétés à Londres, à Saint-Barthélemy, à Aspen, et maintenant ce palais à Marrakech. Maxine ne pouvait s'empêcher de se demander comment il allait le restaurer. Elle savait que ce serait une réussite, comme tout ce qu'il entreprenait. Chacune de ses propriétés était un véritable bijou, car il avait un goût remarquable et des idées audacieuses. Lorsqu'il ne s'occupait pas de décoration, il était par monts et par vaux, en safari au cœur de l'Afrique ou en voyage à travers l'Asie à la recherche d'objets d'art. Il s'était rendu deux fois en Antarctique et avait rapporté des photos stupéfiantes d'icebergs et de manchots.

Il y avait bien longtemps que Blake et elle n'évoluaient plus dans le même monde. Elle menait une existence bien réglée et sans surprise qui lui convenait parfaitement. Son cabinet se trouvait non loin du confortable appartement où elle vivait avec leurs trois enfants, au coin de Park Avenue et de la 84e Rue, ce qui lui permettait de rentrer chez elle à pied chaque soir, même par mauvais temps. Cette courte promenade lui redonnait de l'énergie après une journée passée à entendre les souffrances des enfants qu'elle soignait. Ses collègues lui envoyaient souvent les cas difficiles, car elle était l'une des meilleures pédopsychiatres.

— Alors, Max, tout va bien ? Comment vont les enfants ? demanda Blake d'une voix détendue.

— Très bien. Jack a repris le football et il est plutôt bon, répondit-elle avec fierté.

C'était comme si elle parlait à Blake des enfants d'un autre. Il se conduisait en oncle plutôt qu'en père. Le problème, c'était qu'il s'était toujours comporté ainsi. Irrésistible à tous points de vue, mais jamais là quand une difficulté se présentait.

Au début, c'était parce qu'il montait son affaire. Mais ensuite, après son succès, il avait tout bonnement disparu. Il était toujours en train de faire la fête quelque part. Il avait tenté de persuader Maxine de quitter son cabinet, mais elle avait refusé. Elle avait travaillé trop dur pour en arriver là. Elle n'avait pas voulu renoncer à sa carrière, même si son mari était soudain devenu immensément riche. Finalement, malgré l'amour qu'elle lui portait, elle n'avait pas pu continuer à vivre avec lui. Leurs personnalités étaient trop à l'opposé l'une de l'autre. Sa nature méticuleuse ne pouvait plus supporter le désordre qu'il créait. Partout où il s'asseyait, il laissait derrière lui des tas de magazines, de livres, de papiers, des peaux de banane, des canettes de jus de fruits à moitié vides. Il trimballait toujours des tonnes de documents, ses poches débordaient de notes sur des gens qu'il devait rappeler et qu'il ne rappelait jamais. Naturellement, les messages finissaient par se perdre. On se demandait toujours où il était. Bien que brillant en affaires, il était complètement bohème. Il était adorable, plein de charme, mais n'avait aucun sens des responsabilités. On ne pouvait pas lui faire confiance. Elle s'était lassée d'être la seule adulte de leur couple, surtout après la naissance des enfants. Il n'avait pas assisté à celle de Sam, parce qu'il était allé à la première d'un film à Los Angeles. Huit mois plus tard, lorsqu'une baby-sitter avait laissé tomber le bébé de la table à langer et qu'il s'était fracturé le bras, il avait été impossible de trouver Blake. Sans rien dire à personne, il avait pris l'avion pour la Californie afin d'aller visiter une maison. Il avait égaré son téléphone portable en route et il avait fallu deux jours pour le localiser. Sam s'était rétabli sans problème, mais Maxine avait demandé le divorce dès que Blake était rentré à New York.

La situation s'était détériorée après la réussite de Blake. Maxine voulait un homme plus normal, qui soit présent au moins une partie du temps, alors que Blake n'était jamais là. Finalement, elle s'était dit qu'il valait mieux être seule plutôt que de se répandre en reproches à chaque fois qu'il téléphonait, et de passer des heures à le chercher quand elle avait besoin de lui. Lorsqu'elle lui avait annoncé qu'elle voulait divorcer, il était tombé des nues et avait tenté de la faire changer d'avis, mais la décision de Maxine était prise. Malgré l'amour qu'ils avaient l'un pour l'autre, leur couple ne fonctionnait pas. Ne fonctionnait plus. Il voulait s'amuser, tandis qu'elle préférait se consacrer à ses enfants et à son travail. Ils étaient trop différents. Cela avait été excitant quand ils étaient jeunes, mais elle avait mûri, et lui non.

— J'irai voir jouer Jack la prochaine fois que je viendrai, promit Blake.

Maxine regarda la pluie qui tambourinait contre les vitres de son bureau. Quand cela serait-il ? songea-t-elle.

— Je serai là pour Thanksgiving, dans deux semaines, ajouta-t-il, répondant à la question qu'elle n'avait pas formulée.

Il la connaissait mieux que quiconque. Renoncer à cette complicité avait été ce qui l'avait le plus fait souffrir dans leur divorce. Ils étaient tellement à l'aise ensemble et ils s'aimaient tant. À bien des égards, c'était toujours le cas. Blake était le père de ses enfants. Aux yeux de Maxine, ces liens-là étaient sacrés.

Elle soupira.

— Dois-je le dire aux enfants, ou attendre ?

Elle ne voulait pas les décevoir une fois de plus. Il avait l'habitude de bouleverser ses projets à la dernière minute et de leur faire faux bond, comme il l'avait fait avec elle. Il se laissait facilement entraîner. C'était une des choses qu'elle détestait chez lui, surtout quand cela affectait les enfants. Ce n'était pas lui qui voyait l'expression de leur regard lorsqu'elle leur annonçait qu'il ne viendrait pas.

Âgé d'un an lorsqu'ils avaient divorcé, Sam ne se souvenait pas de leur vie ensemble, mais cela ne l'empêchait pas d'adorer son père. Il trouvait normal de ne pas le voir souvent et de ne compter que sur sa mère. Jack et Daffy connaissaient mieux Blake, même si leurs souvenirs étaient devenus flous.

— Tu peux leur dire que je serai là, Max. Je n'y manquerai pas, promit-il d'une voix douce. Et toi ? Comment vas-tu ? Le prince charmant n'a pas encore fait son apparition ?

Elle sourit. Il lui posait toujours cette question. Mais il n'y avait aucun homme dans sa vie.

Cela ne l'intéressait pas, et elle n'avait pas le temps.

— Il y a un an que je ne suis pas sortie avec un homme, dit-elle avec franchise.

Elle était toujours honnête avec Blake. Il était comme un frère pour elle, à présent. Elle n'avait pas de secrets pour lui. Quant à lui, il n'avait de secrets pour personne, puisque la plupart de ses faits et gestes étaient rapportés dans la presse. Il figurait constamment dans les rubriques mondaines, avec des actrices, des top models, des stars du rock ou des héritières. La brève liaison qu'il avait eue avec une princesse célèbre avait confirmé ce que Maxine pensait depuis des années. Elle était loin, très loin de son univers. Il vivait sur une autre planète. Elle était la terre. Et lui le feu.

— Ça ne va te mener à rien, la gronda-t-il. Tu travailles trop. Comme toujours.

— J'adore ce que je fais, répondit-elle simplement.

Elle ne lui apprenait rien. Il en avait toujours été ainsi. Au début de leur mariage, il avait un mal fou à la convaincre de prendre un jour de congé de temps en temps. La situation n'avait guère changé, même si elle se faisait remplacer le week-end pour pouvoir se consacrer à ses enfants. Ils allaient à Southampton, dans la maison que Blake et elle avaient achetée lorsqu'ils étaient mariés et qu'il lui avait laissée au moment du divorce. C'était une grande bicoque ancienne, pleine de coins et de recoins, tout près de la plage. Trop modeste pour lui à présent, elle convenait à merveille à Maxine.

— Pourrai-je avoir les enfants le soir de Thanksgiving ? demanda-t-il prudemment.

Il respectait toujours ses projets. Il ne lui serait pas venu à l'idée d'emmener les enfants quelque part sans l'avoir consultée. Il savait combien elle se donnait du mal pour leur offrir une vie équilibrée et combien elle aimait que les choses soient organisées à l'avance.

— Pas de problème. Nous devons aller déjeuner chez mes parents, mais nous serons de retour en fin d'après-midi.

Chirurgien orthopédiste, le père de Maxine était un homme précis et méticuleux. Maxine lui ressemblait. Sa mère n'avait jamais travaillé. Fille unique, Maxine avait connu une enfance très différente de celle de Blake, dont la vie avait été une succession de coups de chance.

Blake avait été adopté à la naissance par un couple d'âge mûr. Plus tard, il avait voulu connaître sa mère biologique et avait découvert qu'elle l'avait mis au monde à l'âge de quinze ans. Lorsqu'il était allé la voir, elle était mariée à un policier et avait quatre autres enfants. La visite de Blake avait été un choc pour elle. Ils n'avaient rien en commun, et il avait eu pitié d'elle. Elle menait une vie difficile, sans argent, auprès d'un mari alcoolique. Elle lui avait appris que son père biologique était un jeune homme charmant, fantasque, qui avait dix-sept ans lorsque Blake était né. Il était mort dans un accident de la route deux mois après avoir quitté le lycée, mais de toute manière il ne l'aurait pas épousée. Les très catholiques grands-parents de Blake avaient envoyé leur fille dans une autre ville le temps de la grossesse et l'avaient contrainte à abandonner le bébé.

Avocat en droit fiscal à Wall Street, le père adoptif de Blake lui avait enseigné les bases de l'investissement et avait tenu à ce que Blake aille à Princeton, puis à Harvard. Sa mère faisait du bénévolat et lui avait appris l'importance de « rendre » au monde. Blake avait parfaitement assimilé ce qu'ils lui avaient inculqué et sa fondation soutenait de nombreuses œuvres caritatives.

Bons et affectueux, ses parents lui avaient offert un foyer stable et un soutien sans faille. Malheureusement, ils étaient morts peu de temps après son mariage avec Maxine. Blake regrettait qu'ils n'aient jamais connu ses enfants. Ils n'avaient pas non plus vécu assez longtemps pour assister à sa réussite. Il se demandait parfois comment ils auraient réagi en voyant la manière dont il vivait à présent. Il lui arrivait de se dire qu'ils ne l'auraient peut-être pas approuvée. Il était très conscient de la chance qu'il avait eue, de son goût pour la vie facile, mais elle lui plaisait tant qu'il aurait eu du mal à faire machine arrière. Il aurait aimé voir ses enfants plus souvent, mais curieusement il ne semblait jamais en avoir le temps. Aussi se rattrapait-il quand il les voyait. En un sens, il était le père idéal. Il savait satisfaire leurs moindres caprices et les gâter mieux que personne. Maxine incarnait la stabilité et l'ordre, et lui la magie et la joie de vivre. C'est d'ailleurs ce qu'il avait été pour Maxine aussi, au début de leur mariage. Tout avait changé quand ils avaient mûri. Ou plutôt, quand elle avait mûri, car lui était resté le même.

Il demanda à Maxine des nouvelles de ses parents. Il avait toujours eu beaucoup d'affection pour son père. C'était un homme sérieux, honnête et droit, même s'il manquait un peu d'imagination. En dépit du fait qu'ils avaient des idées et des caractères très différents, Blake et lui s'étaient toujours bien entendus. Le père de Maxine l'appelait « l'aventurier » en plaisantant. Blake adorait ce surnom. Il le trouvait excitant. Ces dernières années, Arthur Connors avait été déçu que Blake ne voie pas davantage ses enfants. Il savait que sa fille compensait les manques de Blake, mais il était désolé qu'elle assume seule toutes ces responsabilités.

— Dans ce cas, je te verrai le soir de Thanksgiving, conclut Blake. Je t'appellerai le matin pour te dire à quelle heure je viendrai les prendre. Je demanderai à un traiteur de s'occuper du dîner. Si tu veux te joindre à nous, j'en serai ravi.

Il espérait qu'elle serait des leurs. Il l'aimait toujours, à sa façon. Rien n'avait changé. Il pensait toujours qu'elle était fantastique. Il regrettait seulement qu'elle ne se détende pas plus souvent, qu'elle ne s'amuse pas davantage. À ses yeux, elle se consacrait trop à son travail.

L'interphone se mit à bourdonner au moment où elle prenait congé de Blake. Son patient était arrivé. Elle raccrocha et alla le chercher. L'adolescent prit place dans un des deux grands fauteuils avant de la regarder en face et de la saluer.

— Bonjour, Ted, dit-elle. Comment vas-tu ?

Il haussa les épaules tandis qu'elle refermait la porte, et la séance débuta. Il avait tenté deux fois de se pendre. Elle l'avait fait hospitaliser pour trois mois. Maintenant, après deux semaines passées chez lui, il allait mieux. Il avait commencé à manifester des troubles bipolaires à l'âge de treize ans. Elle le voyait trois fois par semaine, et il participait une fois par semaine à une thérapie de groupe pour adolescents suicidaires. Il faisait des progrès.

La consultation dura cinquante minutes. Ellc eut alors dix minutes de pause durant lesquelles elle rappela deux patients qui lui avaient laissé des messages, puis elle entama sa dernière séance, avec une jeune anorexique de seize ans. Comme d'habitude, la journée avait été longue, à la fois stimulante et éprouvante, exigeant beaucoup de concentration. Elle passa quelques derniers coups de fil, et à 18 h 30 elle retourna chez elle sous la pluie, en songeant à Blake. Elle était heureuse qu'il vienne pour Thanksgiving. Les enfants seraient ravis. Elle se demanda si cela signifiait qu'il ne viendrait pas les voir à Noël. Dans ce cas, il voudrait sans doute qu'ils aillent le retrouver à Aspen pour le nouvel an. En général, il terminait l'année là-bas. Avec toutes les propriétés qu'il possédait et les innombrables possibilités qui s'offraient à lui, il était difficile de savoir où il serait et ce qu'il ferait. Et maintenant qu'il avait ajouté le Maroc à la liste, la tâche serait plus ardue encore. Elle ne lui en tenait pas rigueur, il était ainsi, voilà tout, même si c'était parfois frustrant pour elle. Il n'y avait aucune malice chez lui, mais aucun sens des responsabilités non plus. C'était un peu comme s'il refusait de grandir. Cela rendait sa compagnie irrésistible, à condition qu'on n'attende pas grand-chose de sa part. De temps en temps, il vous surprenait par un geste étonnamment attentionné, et puis il repartait. Peut-être les choses auraient-elles été différentes s'il n'avait pas fait fortune si tôt. Cet argent avait changé sa vie et la leur à jamais. Maxine regrettait presque sa réussite. Ils étaient heureux avant.

Elle avait fait la connaissance de Blake pendant son internat à l'hôpital de Stanford. Il travaillait à la Silicon Valley, dans le monde de la haute technologie. Il venait de fonder sa société et débordait de projets. Elle n'avait jamais vraiment compris ce qu'il faisait, mais elle était fascinée par son incroyable énergie et son enthousiasme. Ils s'étaient rencontrés lors d'une soirée où elle s'était laissé entraîner par une amie. Ce soir-là, elle était arrivée morte de fatigue, ayant travaillé quarante-huit heures d'affilée dans le service de traumatologie. Blake s'était chargé de la réveiller. Le lendemain, il l'avait emmenée faire une promenade en hélicoptère. Ils avaient survolé la baie et étaient passés sous le pont du Golden Gate. Être avec lui rendait tout follement excitant, et leur relation s'était rapidement embrasée. Moins d'un an plus tard, ils étaient mariés. Maxine avait vingt-sept ans. Dix mois après leur mariage, Blake avait vendu sa société pour une somme faramineuse et avait replacé cet argent en multipliant ses gains sans effort apparent. Il ne doutait de rien et Maxine avait été éblouie par sa lucidité, ses compétences, son génie.

Deux ans plus tard, Blake était à la tête d'une fortune colossale. Il aurait voulu que Maxine renonce à sa carrière, mais elle avait été nommée à la direction d'un service de psychiatrie pour adolescents, puis avait donné naissance à Daphné. Elle était tombée enceinte de Jack six mois après la naissance de Daphné. Quand il était né, Blake possédait déjà la maison de Londres et celle d'Aspen, et attendait la livraison du yacht. C'est à cette époque qu'ils étaient retournés à New York. Peu après, il s'était retiré des affaires, mais Maxine avait repris le travail. Son congé maternité avait été extrêmement court. Ils avaient engagé une gouvernante, et Blake s'était mis à sillonner la planète.

C'était un handicap que de travailler alors que Blake avait arrêté, mais la vie qu'il menait effrayait Maxine. Elle était trop fastueuse, trop jet-set à son goût. Pendant qu'elle montait son propre cabinet et se lançait dans un important programme de recherches sur le traumatisme chez l'enfant, Blake avait engagé l'architecte d'intérieur le plus coté de Londres pour décorer leur maison, chargé un second de faire de même à Aspen, offert la villa de Saint-Barth à Maxine en guise de cadeau de Noël, et s'était acheté un avion. Pour Maxine, tout arrivait trop vite. Ils avaient des maisons, des enfants, une fortune incroyable, et Blake figurait régulièrement en couverture de *Newsweek* et de *Time*. Il gérait toujours sa fortune, qui continuait de doubler et de tripler. Il ne travaillait plus au sens usuel du terme. Il faisait tout par ordinateur et par téléphone. Pour finir, leur mariage aussi sembla se dérouler par téléphone. Blake l'aimait toujours autant, mais il n'était jamais là.

À un moment, Maxine avait envisagé d'abandonner sa carrière, mais elle s'était rendu compte que cela ne servirait pas à grand-chose. Qu'aurait-elle fait alors ? Elle aurait accompagné Blake de propriété en propriété ou à l'hôtel dans les villes où ils ne possédaient pas de pied-à-terre, dans ses périples en Afrique, dans l'Himalaya ? Il n'y avait rien que Blake ne pouvait accomplir et il avait envie de goûter à tout, de tout tenter, de tout avoir. Il aurait été impensable d'emmener deux bambins dans les endroits où il allait et elle n'avait jamais pu se résoudre à abandonner son travail. Chaque enfant suicidaire qu'elle voyait, chaque enfant traumatisé la persuadait qu'il avait besoin d'elle. On lui avait d'ailleurs décerné deux prix prestigieux pour ses recherches. Parfois, elle avait l'impression de ne plus toucher terre à force de courir. Elle jonglait avec son emploi du temps pour retrouver son mari à Venise, en Sardaigne ou à Saint-Moritz, allait chercher les enfants à l'école à New York, donnait des conférences et poursuivait ses recherches en psychiatrie. Elle menait trois vies de front. Finalement, Blake cessa de la supplier de l'accompagner et se résigna à voyager seul. Il était sollicité de toutes parts et avait toujours mille projets en tête. Le monde n'était pas assez grand pour lui. Il devint un mari et un père absent, pendant que Maxine s'efforçait de concilier travail et recherche tout en s'occupant de Daphné et de Jack. Sa vie et celle de Blake n'auraient pas pu être plus éloignées l'une de l'autre. Malgré l'amour qu'ils se portaient, leurs enfants finirent par être le seul lien qui subsistait entre eux.

Pendant les cinq années qui suivirent, ils vécurent chacun de leur côté, se rencontrant brièvement dans différents endroits de la planète, selon ce qui arrangeait Blake. Puis elle tomba enceinte de Sam par accident. Cela arriva alors qu'ils s'étaient retrouvés pour un week-end à Hong Kong, juste après que Blake avait fait un trek avec des amis au Népal. Maxine préparait une thèse sur l'anorexie chez les jeunes filles et était en pleine recherche. Contrairement aux fois précédentes, elle ne fut guère ravie de cette grossesse. C'était un enfant de plus dont elle devrait s'occuper seule, alors que sa vie était déjà suffisamment remplie et compliquée. Blake, en revanche, fut fou de joie. Il avait toujours désiré une famille nombreuse et aurait voulu six enfants, même s'il voyait à peine ceux qu'ils avaient. Jack avait six ans et Daphné sept quand Sam était né. Ayant manqué la naissance, Blake arriva le lendemain et offrit à Maxine une splendide émeraude, mais ce n'était pas ce qu'elle attendait de lui. Elle aurait de loin préféré qu'ils vivent ensemble. Elle regrettait l'époque de leurs débuts en Californie, quand ils travaillaient tous les deux et qu'ils étaient heureux, avant sa réussite qui avait bouleversé leur existence.

Huit mois plus tard, lorsque Sam tomba de la table à langer et se cassa le bras, il fallut deux jours pour retrouver la trace de Blake. Quand elle y parvint enfin, il avait quitté la Californie et était en route pour Venise, car il voulait acheter un palais et lui faire une surprise. À ce stade, elle était lasse des surprises, des architectes et des propriétés. Blake avait toujours des gens à voir, des endroits à visiter, des sociétés à acquérir ou dans lesquelles investir, des maisons à construire ou à acheter. Leurs vies étaient si totalement différentes que, lorsque Blake revint à la maison après l'accident de Sam, elle éclata en sanglots en le voyant et lui annonça qu'elle voulait divorcer. C'en était trop. Elle ne pouvait plus continuer ainsi.

Au départ, il n'avait pas pris sa demande au sérieux. Ils s'aimaient. Pourquoi divorcer ?

— Pourquoi n'arrêtes-tu pas de travailler ? avait-il suggéré. Nous pourrions engager une deuxième personne pour s'occuper des enfants, et cela te permettrait de voyager avec moi.

— Si je faisais ce que tu dis, avait-elle murmuré tristement, le visage enfoui contre son épaule, je ne verrais jamais les enfants, tout comme tu ne les vois jamais. À quand remonte la dernière fois où tu as passé plus de deux semaines à la maison ?

Il avait réfléchi et paru perplexe. Elle avait raison, même s'il était embarrassé de l'admettre.

— Seigneur, Max, je ne sais pas. Je ne vois pas les choses comme ça.

— Je sais.

Elle s'était remise à pleurer de plus belle.

— Je ne sais jamais où tu es. J'ai mis des jours à te trouver quand Sam est tombé. Et s'il était mort ? Ou si j'étais morte, moi ? Tu l'apprendrais comment ?

— Je suis désolé, ma chérie, j'essaierai de rester en contact plus souvent. J'étais persuadé que tu t'en sortais bien.

Il trouvait normal qu'elle s'occupe de tout pendant qu'il prenait du bon temps. Elle avait essayé de le convaincre, sans grand espoir.

— C'est le cas. Mais j'en ai assez de devoir m'en sortir toujours toute seule. Au lieu de me demander de renoncer à ma carrière, pourquoi ne restes-tu pas davantage ici ?

— Nous avons tant de maisons fantastiques, et j'ai tellement de projets...

À Londres, il venait de financer une pièce de théâtre écrite par un jeune auteur, dont il était le sponsor depuis deux ans. Il adorait jouer les mécènes. Il aimait sa femme et il adorait ses enfants, mais il s'ennuyait à New York. Quant à Maxine, après huit ans de cette existence, elle n'en pouvait plus. Elle avait soif de stabilité, de routine, du genre de vie rangée que Blake abhorrait. Il voulait toujours aller plus loin. Et puisqu'il n'était jamais là, qu'il donnait rarement des nouvelles, elle préférait une vraie séparation. Il était devenu de plus en plus difficile de se voiler la face, de se dire qu'elle avait un mari et qu'elle pouvait compter sur lui. Elle avait compris que ce n'était pas le cas. Blake l'aimait, mais il était toujours absent. Il avait sa vie, ses centres d'intérêt, ses loisirs, dont elle ne faisait quasiment plus partie.

Ainsi, cinq ans plus tôt, Blake et elle avaient divorcé, avec des larmes et des regrets mais très affectueusement. Il lui avait laissé l'appartement de New York et la maison de Southampton et avait tenu à lui offrir une très grosse somme d'argent. Il lui aurait laissé d'autres propriétés si elle l'avait voulu. Il se sentait coupable d'avoir été un mari et un père absents, pourtant il devait avouer que son existence lui convenait à merveille. La vie que menait Maxine à New York lui donnait l'impression d'être enfermé dans une boîte d'allumettes, prisonnier d'une camisole de force.

Maxine avait refusé l'argent, n'acceptant qu'une pension pour l'éducation des enfants. Elle gagnait très bien sa vie et n'avait pas besoin de son aide. D'ailleurs, à ses yeux, la fortune de Blake lui revenait à lui, pas à elle. C'était lui seul qui l'avait faite. Ils étaient restés proches, car elle l'aimait toujours et ne désirait que son bonheur. Blake aussi l'aimait. Maxine disait toujours qu'il était comme un frère fantasque et imprévisible. Après avoir éprouvé un choc en apprenant l'âge des filles avec qui il sortait, elle en avait souri.

De son côté, elle n'avait pas eu de liaison sérieuse depuis leur divorce. La plupart des médecins qu'elle rencontrait étaient mariés, et sa vie était focalisée sur ses enfants. Ces cinq dernières années, elle s'était entièrement consacrée à son travail et à sa famille. De temps à autre, elle avait une aventure, mais aucun homme n'avait fait battre son cœur. Il n'était guère aisé de succéder à Blake. Il avait été irresponsable, désorganisé, piètre père en dépit de ses bonnes intentions, et mari épouvantable à la fin, et pourtant, aux yeux de Maxine, aucun homme n'était plus gentil, plus honnête, plus généreux, plus drôle que lui. Elle regrettait souvent de ne pas avoir son insouciance. Mais elle avait besoin de structure, d'ordre. Parfois, elle enviait Blake de vouloir réaliser ses rêves les plus fous.

Blake n'avait peur de rien et prenait tous les risques, et c'était la raison de sa réussite. Il fallait de l'audace pour en arriver là, et Blake Williams n'en manquait pas. Comparée à lui, Maxine avait l'impression d'être une petite souris. Bien que leur mariage n'ait pas été un succès, elle était heureuse qu'ils aient eu des enfants. Ils suffisaient à son bonheur. À quarante-deux ans, elle n'éprouvait pas le besoin de rencontrer un autre homme. Elle s'épanouissait dans son travail et avait des enfants adorables. C'était suffisant pour l'instant. Parfois même, plus que suffisant.

Le portier salua Maxine alors qu'elle pénétrait dans son immeuble de Park Avenue, un bâtiment ancien à l'allure distinguée qui datait de l'entre-deux-guerres. Elle était trempée jusqu'aux os. Son parapluie s'était retourné à cause du vent, et elle l'avait jeté dans une poubelle. Son imperméable dégoulinait, et ses longs cheveux blonds, rassemblés en une queue de cheval bien nette lorsqu'elle travaillait, étaient plaqués sur sa tête. Mince et élancée, sans maquillage, elle ne faisait pas son âge. Blake lui avait souvent affirmé qu'elle avait des jambes superbes, mais le plus souvent, elle portait un pantalon. Elle ne tenait pas à exhiber ses charmes. Au contraire, elle était discrète et réservée. Quand il retirait les lunettes qu'elle chaussait pour travailler devant l'ordinateur, et qu'il libérait son opulente chevelure, elle devenait instantanément sexy. Quant à Blake, ses cheveux étaient aussi noirs que ceux de Maxine étaient blonds, et tous deux avaient les yeux du même bleu. Bien qu'elle soit grande, il la dominait du haut de son mètre quatre-vingt-dix. Ils avaient formé un couple superbe et eu trois beaux enfants. Daphné et Jack avaient tous les deux hérité des cheveux presque noirs de Blake et des yeux bleus de leurs parents, tandis que Sam, aussi blond que sa mère, avait les yeux verts de son grand-père.

Maxine monta dans l'ascenseur. Il n'y avait que deux appartements à son étage, et celui de ses voisins était inoccupé la plupart du temps, car ils avaient pris leur retraite et s'étaient installés en Floride des années plus tôt. Ils venaient rarement et Maxine n'avait pas à s'inquiéter de faire trop de bruit, ce qui, avec trois enfants, était une bonne chose.

Justement, de la musique hurlait lorsqu'elle poussa la porte. Elle retira son manteau et le posa sur le portemanteau, ôta ses chaussures qui elles aussi étaient trempées, et se mit à rire en voyant son reflet dans la glace. Elle avait des allures de chat mouillé.

— Qu'est-ce que tu as fait ? Tu es rentrée à la nage ? demanda la gouvernante, Zelda, en arrivant, les bras chargés de linge propre. Pourquoi n'as-tu pas pris un taxi ?

— J'avais besoin de prendre l'air, répondit Maxine en souriant.

Zelda était bien en chair, avec des joues rondes et les cheveux rassemblés en une lourde tresse. Elle avait le même âge que Maxine. Devenue gouvernante à dix-huit ans, elle ne s'était jamais mariée. C'était une véritable fée du logis. Méticuleuse à l'excès, elle passait sa vie à faire le ménage, la cuisine et à s'occuper des enfants pendant que leur mère travaillait. Le week-end, elle était de repos. Elle aimait aller au théâtre, mais souvent elle restait dans sa chambre, à lire et à se détendre. Elle travaillait chez Maxine depuis la naissance de Jack et faisait quasiment partie de la famille, adorant les enfants et leur mère. En revanche, elle n'avait pas une très haute opinion de Blake, qui, à ses yeux, était un enfant gâté et un mauvais père.

Maxine la suivit dans la cuisine. C'était une pièce accueillante et conviviale, avec ses placards en bois cérusé, son plan de travail en granit et son plancher en bois clair. Elle était suffisamment grande pour que Maxine y ait installé un canapé et un téléviseur.

Zelda s'empressa de lui préparer une tasse de thé. Sam était assis à la table et dessinait. Il avait pris son bain et était en pyjama. Il leva les yeux à son entrée.

— Salut, maman, lança-t-il, un crayon de couleur à la main.

Elle déposa un baiser sur sa tête et lui ébouriffa les cheveux.

— Bonsoir, mon chéri. Tu as passé une bonne journée ?

— Ouais. Stevie a vomi, à l'école, dit-il d'un ton neutre en prenant un autre crayon.

Il dessinait une maison, un cow-boy et un arc-en-ciel. Maxine n'en tira pas de conclusion particulière. Sam était un enfant normal, heureux. Son père lui manquait moins qu'à ses frère et sœur, puisqu'il n'avait jamais vécu avec lui.

— Ce n'est pas de chance, commenta Maxine, espérant que la mésaventure du malheureux Stevie était due à une indigestion plutôt qu'à une épidémie de gastro-entérite. Et toi, tu te sens bien ?

— Ouais.

Zelda jeta un coup d'œil dans le four et Daphné apparut à son tour. Âgée de treize ans, elle venait d'entrer en quatrième et quittait le monde de l'enfance.

— Je peux emprunter ton pull noir ? demanda-t-elle de but en blanc, tout en s'appropriant un quartier de la pomme que mangeait Sam.

— Lequel ? s'enquit prudemment Maxine.

— Celui qui a de la fourrure blanche. Emma organise une fête, ce soir.

Daphné avait dit cela avec l'air de ne pas y attacher d'importance, mais sa mère ne s'y trompa point. On était vendredi, et, ces derniers temps, il y avait des fêtes presque chaque week-end.

— C'est un pull plutôt chic pour une fête chez Emma. Il y aura des garçons ?

— Hmm... Peut-être, marmonna Daphné.

Maxine sourit. « Peut-être », mon œil, songea-t-elle, parfaitement consciente que Daphné savait qui serait là.

— Tu ne crois pas que ce pull fait un peu vieux pour toi ? Tu ne voudrais pas mettre autre chose ?

Elle s'apprêtait à lui faire une autre suggestion quand Jack arriva, ses chaussures à crampons aux pieds. Zelda pointa vers lui un doigt menaçant.

— Enlève ces trucs de mon plancher ! Tout de suite ! ordonna-t-elle, tandis qu'il s'asseyait et s'exécutait en souriant.

Zelda savait se faire respecter, aucun doute là-dessus.

— Tu n'as pas joué aujourd'hui, si ? s'enquit Maxine en se penchant pour embrasser son fils.

Soit il faisait du sport, soit il était scotché à son ordinateur.

— Le match a été annulé à cause de la pluie.

— Je m'en doutais.

Comme ils étaient tous là, elle leur parla de la proposition de Blake.

— Votre père veut vous inviter à dîner le soir de Thanksgiving. Je crois qu'il restera tout le week-end. Vous pourrez dormir chez lui, si vous voulez, ajouta-t-elle.

Blake leur avait aménagé des chambres fabuleuses dans son luxueux appartement situé au cinquantième étage. En plus d'une vue incroyable, l'appartement possédait une salle de cinéma et une salle de jeux avec un billard et tous les gadgets électroniques imaginables. Ils adoraient aller chez lui.

— Tu viendras aussi ? demanda Sam en levant les yeux de son dessin.

Par certains côtés, son père était un inconnu pour lui, et il préférait que sa mère soit près de lui. Il restait rarement dormir chez Blake, contrairement à Jack et à Daphné.

— Je viendrai peut-être dîner. Mais nous déjeunerons chez papi et mamie et j'aurai mangé assez de dinde comme ça. Vous passerez une bonne soirée avec papa.

— Il amène une copine ? reprit Sam.

Maxine n'en avait pas la moindre idée. Blake était souvent accompagné, quand il voyait les enfants. Ses amies étaient toujours jeunes. Parfois les enfants s'amusaient bien avec elles, mais dans l'ensemble ils les considéraient comme des intruses, surtout Daphné, qui aimait que son père soit tout à elle. Elle trouvait Blake vraiment cool et sa mère beaucoup moins ces temps-ci, ce qui était normal à son âge. Maxine était constamment confrontée à des adolescentes qui détestaient leur mère. Cela passait avec le temps et elle ne s'en inquiétait pas.

— Je ne sais pas, avoua-t-elle tandis que Zelda émettait un grognement désapprobateur.

— La dernière était vraiment gourde, commenta Daphné avant de quitter la cuisine pour aller fouiller dans les affaires de sa mère.

Toutes les chambres étaient proches les unes des autres, ce qui plaisait à Maxine. Elle aimait être à côté de ses enfants, et Sam venait souvent se glisser dans son lit, le soir, en disant qu'il avait fait un mauvais rêve. La plupart du temps, c'était seulement un prétexte pour lui faire un câlin.

Outre les chambres, l'appartement comprenait un salon, une salle à manger juste assez grande pour eux tous et un petit bureau où Maxine écrivait des articles ou préparait des conférences. Il semblait modeste comparé à celui de Blake, mais il était intime et chaleureux, et Maxine s'y sentait bien.

Lorsqu'elle gagna sa chambre pour se sécher les cheveux, elle y trouva Daphné qui passait en revue le contenu de son placard. Elle avait sorti un pull blanc en cachemire et une paire d'escarpins vertigineux en cuir noir que sa mère portait rarement.

— Ces talons sont trop hauts pour toi, l'avertit Maxine. J'ai failli me tuer la dernière fois que j'ai mis ces chaussures. Si tu choisissais une autre paire ?

— Mamaaan... gémit Daphné. Elles m'iront très bien.

Aux yeux de Maxine, ils étaient beaucoup trop sophistiqués pour une adolescente de treize ans, même si Daphné en paraissait quinze ou seize. C'était une très belle jeune fille, qui avait hérité des traits de sa mère et de son teint de porcelaine, et des cheveux noirs de son père.

— Eh bien, ce doit être une fête importante chez Emma ce soir, sourit Maxine. Avec des garçons canon, n'est-ce pas ?

Daphné leva les yeux au ciel et sortit de la chambre, confirmant ses soupçons. Maxine voyait venir avec une certaine appréhension l'apparition des garçons dans la vie de Daphné. Jusqu'alors, les enfants ne lui avaient pas causé de problèmes, mais elle était bien placée pour savoir que cela ne durerait pas éternellement. Et si les choses devenaient difficiles, elle devrait les gérer seule. Comme elle l'avait toujours fait.

Maxine prit une douche bien chaude et s'enveloppa d'un peignoir en éponge. Une demi-heure plus tard, ses enfants et elle étaient assis à table, et Zelda leur servait du poulet rôti avec de la salade et des pommes de terre au four. C'était une cuisinière hors pair et tous étaient d'accord pour dire qu'elle faisait les meilleurs gâteaux du monde. Maxine pensait souvent avec tristesse que Zelda aurait été une mère fantastique, mais il n'y avait pas d'homme dans sa vie, et il n'y en avait pas eu depuis des années. Et maintenant, il était probable que l'occasion ne se produirait plus. Elle aimait les enfants de Maxine comme les siens.

Pendant le dîner, Jack annonça qu'il allait au cinéma avec un ami. Il voulait voir un film d'horreur qui venait de sortir et qui semblait particulièrement sanglant. Sam regardait un DVD et Maxine déposerait Daphné chez Emma. Le lendemain, elle avait prévu de faire quelques courses, et le week-end se passerait, comme toujours, au gré des projets et des besoins des enfants.

Plus tard ce soir-là, elle feuilletait une revue en attendant que Daphné lui téléphone pour lui demander de venir la rechercher, lorsqu'elle tomba sur une photo de Blake prise durant une soirée donnée par les Rolling Stones à Londres. Il était avec une star du rock très connue, une fille belle à couper le souffle. Blake souriait. Maxine fixa la photo, ne sachant si elle était affectée ou non. À côté d'elle, Sam dormait paisiblement, son ours en peluche adoré dans les bras. Elle décida que non.

Les yeux sur le cliché, elle essaya de se souvenir de sa vie avec Blake lorsqu'ils étaient mariés. Il y avait eu des jours merveilleux au début, et d'autres, solitaires, emplis de colère et de frustration, à la fin. Rien de tout cela n'avait plus d'importance. Elle conclut que cela ne lui faisait rien de le voir avec des starlettes, des mannequins, des stars du rock ou des princesses. Il faisait partie de son passé, et en fin de compte son père avait eu raison. Il n'était pas un mari, mais un aventurier. Elle déposa un léger baiser sur la joue de Sam, heureuse de la vie qu'elle menait.

2

Durant la nuit, la pluie se transforma en flocons. La température chuta considérablement, et tout était blanc lorsqu'ils s'éveillèrent. C'était la première vraie neige de l'année. Sam était ravi et applaudit en la voyant.

— On va aller au parc, maman ? On pourra sortir la luge ?

Le paysage ressemblait à une carte de Noël, mais Maxine savait que cela ne durerait pas. Le lendemain, il y aurait de la gadoue partout.

— Bien sûr, mon chéri.

Comme toujours, elle songea que Blake manquait les meilleurs moments de la vie de ses enfants, auxquels il avait préféré l'univers de la jet-set.

Daphné apparut, son téléphone portable collé à l'oreille. Elle quitta la table du petit déjeuner à plusieurs reprises, parlant à une amie à voix basse, tandis que Jack levait les yeux et reprenait du pain perdu. C'était un des rares plats que Maxine savait bien préparer, et elle en faisait souvent. Il versa une copieuse rasade de sirop d'érable dessus et fit observer que les garçons rendaient Daphné et ses copines complètement niaises.

— Et toi ? demanda sa mère avec intérêt. Pas de petite copine, pour l'instant ?

Il fréquentait une école mixte, où il y avait pas mal de filles, mais celles-ci ne l'intéressaient pas encore. Il préférait, et de loin, le sport, surtout le football, surfer sur Internet ou jouer à des jeux vidéo.

— Beurk, répondit-il avant d'engloutir une nouvelle tranche de pain perdu.

Allongé sur le canapé, Sam regardait des dessins animés à la télévision. Il avait déjeuné une heure plus tôt, à son réveil. Le samedi matin, tout le monde allait et venait à sa guise, et Maxine préparait leur petit déjeuner à mesure qu'ils arrivaient. Elle adorait ces tâches domestiques dont elle ne pouvait s'acquitter le reste de la semaine, étant obligée de se dépêcher d'aller voir des patients à l'hôpital avant de se rendre à son cabinet. En général, elle quittait la maison bien avant 8 heures, heure à laquelle les enfants partaient pour l'école. Mais, à de rares exceptions près, elle dînait avec eux chaque soir.

Elle rappela à Sam qu'il était invité à dormir chez un ami ce soir-là, et Jack en profita pour dire que lui aussi. Daphné lui indiqua alors que trois de ses amies venaient voir un film, et que deux garçons viendraient peut-être aussi.

— C'est nouveau, commenta Maxine. Je les connais ?

Daphné secoua la tête d'un air irrité et quitta la pièce. Il était évident qu'à ses yeux la question ne méritait aucune réponse.

Maxine mit bols et assiettes dans le lave-vaisselle. Une heure plus tard, les trois enfants et elle partaient pour le parc. À la dernière minute, les deux grands avaient décidé de venir aussi. Elle avait pris des luges et tous dévalèrent les pentes en poussant des cris de joie. Il neigeait toujours, et ses enfants étaient encore assez jeunes pour se conduire comme tels de temps à autre. Ils restèrent au parc jusqu'à 15 heures, puis rentrèrent à la maison. Ils s'étaient bien amusés. En arrivant, Maxine leur prépara du chocolat chaud. Elle était contente de voir qu'ils prenaient encore plaisir à ces joies simples.

Vers la fin de l'après-midi, elle déposa Sam chez son ami, puis emmena Jack au cinéma. Elle rentra juste à temps pour accueillir les amies de Daphné, venues avec une pile de films loués pour la soirée. En fin de compte, il y avait deux filles de plus que prévu. Maxine leur commanda des pizzas. Un peu plus tard, Sam appela « pour voir comment elle allait ». Maxine savait ce que cela signifiait : il hésitait à passer la nuit chez son copain. Parfois, il n'en avait plus envie et revenait dormir à la maison. Elle lui assura qu'elle allait bien, et il affirma que lui aussi. Elle raccrocha en souriant et entendit des gloussements venant de la chambre de Daphné. Quelque chose lui disait qu'elles parlaient de garçons.

Vers 22 heures, deux garçons de treize ans firent leur apparition. Visiblement mal à l'aise, ils restèrent dans la cuisine et dévorèrent les restes de pizza avant de déguerpir quelques minutes plus tard en marmonnant des excuses, sans même être allés dans la chambre de Daphné. Dès qu'ils furent repartis, les filles y retournèrent pour échanger leurs impressions. Maxine les écoutait pouffer de rire, quand le téléphone se mit à sonner. Il était 23 heures. Elle pensa que Sam voulait rentrer et décrocha en souriant, s'attendant à entendre la voix du plus jeune de ses fils.

En fait, il s'agissait d'une infirmière de l'hôpital de Lenox Hill, qui l'appelait au sujet d'un de ses patients, Jason Wexler. Il avait seize ans, son père était décédé subitement d'une crise cardiaque six mois plus tôt, et sa sœur aînée était morte dans un accident de la circulation dix ans auparavant. Il venait d'avaler une grosse quantité des somnifères de sa mère. Il était dépressif et avait déjà tenté de se suicider après la disparition de son père. Jason s'était violemment querellé avec lui le soir du drame, et il était convaincu d'être responsable de sa mort.

L'infirmière expliqua que la mère de l'adolescent était dans la salle d'attente. Jason était conscient et on était en train de lui faire un lavage d'estomac. Il allait s'en tirer, mais le pire avait été évité de peu. Sa mère l'avait trouvé juste à temps. Maxine écoutait attentivement. L'hôpital était tout près de chez elle et elle pouvait y être rapidement malgré la neige qui s'était transformée en boue vers la fin de l'après-midi, avant de geler à la tombée de la nuit, formant des plaques brunes et traîtresses.

— Je serai là dans dix minutes, assura-t-elle à l'infirmière. Merci de m'avoir appelée.

Maxine avait donné son numéro personnel et celui de son téléphone portable à la mère de Jason, quelques mois plus tôt. Elle voulait qu'elle puisse la joindre si le besoin s'en faisait sentir. Elle avait espéré que ce ne serait pas le cas. Cette seconde tentative de suicide l'inquiétait. La mère de Jason serait anéantie si son fils disparaissait. Après avoir perdu son mari et sa fille, elle n'avait plus que lui.

Maxine frappa à la porte de Zelda, entrouvrit le battant et vit qu'elle dormait. Elle aurait voulu l'avertir qu'elle sortait et lui demander de garder un œil sur les filles, mais elle n'avait pas envie de la réveiller. Elle referma la porte sans faire de bruit et entra dans la chambre de Daphné en enfilant un gros pull par-dessus son jean.

— Il faut que j'aille voir un patient, expliqua-t-elle.

Comme ses frères, Daphné était habituée à ce que sa mère ait des urgences, même le week-end. Elle se contenta de lever les yeux et de hocher la tête. Les filles regardaient des vidéos et étaient moins excitées à présent.

— Zelda est là si vous avez besoin d'elle, mais ne faites pas trop de bruit dans la cuisine, s'il vous plaît. Elle dort.

Daphné hocha de nouveau la tête, les yeux rivés à l'écran. Deux de ses amies s'étaient endormies sur le lit, et une troisième se limait les ongles. Les autres étaient plongées dans le film.

— Je ne serai pas longue.

Maxine enfila des bottes et une parka, prit son sac et sortit en hâte. Quelques minutes plus tard, elle descendait Park Avenue d'un bon pas, luttant contre un vent mordant. Quand elle arriva à l'hôpital, les joues rouges et glacées, elle alla droit aux urgences. Elle se présenta à l'accueil et on lui expliqua où trouver Jason. Les médecins n'avaient pas jugé nécessaire de le transférer aux soins intensifs. Il était assommé, mais hors de danger. Dès qu'elle entra dans la chambre de Jason, sa mère se précipita à sa rencontre et se cramponna à elle en sanglotant.

— Il a failli mourir... suffoqua-t-elle, hystérique.

Maxine échangea un regard avec l'infirmière et la guida doucement vers le couloir. Jason, assoupi, n'avait pas bougé. Il était toujours sous l'effet des sédatifs qu'il avait pris. Sa vie n'était plus menacée, mais il allait certainement dormir un bon moment. Maxine entraîna néanmoins sa mère à l'écart.

— Il est vivant, Helen. Tout ira bien, assura-t-elle calmement. Heureusement, vous l'avez trouvé à temps et il va s'en sortir.

Pour l'instant. C'était à Maxine de faire en sorte qu'il n'y ait pas de troisième tentative. Mais elle savait qu'une fois qu'un patient avait attenté à sa vie, le risque d'une récidive était très élevé, et la possibilité de réussir aussi.

Maxine fit asseoir la mère de Jason et l'aida à se calmer. Elle lui expliqua que Jason devrait être hospitalisé plus longtemps cette fois et lui recommanda un établissement sur Long Island. Helen parut horrifiée.

— Un mois ? Mais ça veut dire qu'il ne sera pas à la maison pour Thanksgiving. Vous ne pouvez pas faire ça, protesta-t-elle en recommençant à pleurer. Je ne peux pas le mettre à l'hôpital pendant les vacances. Son père vient de mourir, ce sera notre premier Thanskgiving sans lui.

Elle insistait, alors que son fils risquait de faire une troisième tentative de suicide s'il n'était pas hospitalisé. C'était stupéfiant de voir ce à quoi les gens s'accrochaient pour ne pas faire face à la réalité d'une situation. Si Jason réussissait à se suicider, il ne connaîtrait plus jamais de Thanksgiving. Cela valait la peine de sacrifier celui-ci, mais sa mère ne voulait pas le comprendre, et Maxine s'efforçait de la convaincre.

— Pour l'instant, il a besoin de protection et de soutien. Je ne veux pas le renvoyer chez vous trop tôt. Les vacances vont être une période difficile pour lui, avec l'absence de son père. Je pense vraiment qu'il sera mieux à l'hôpital. Vous pourrez fêter Thanksgiving avec lui là-bas.

Helen se remit à pleurer.

Maxine avait hâte de voir Jason. Dès que Helen fut apaisée, elle retourna dans la chambre.

Elle jeta un coup d'œil sur Jason qui dormait, lut les comptes-rendus, et fut alarmée par la quantité de comprimés qu'il avait ingurgitée. Contrairement à la fois précédente, il avait pris bien plus qu'une dose mortelle. Cette tentative était beaucoup plus sérieuse que la première, et elle se demanda ce qui l'avait précipitée. Elle devrait s'entretenir avec Jason le lendemain matin, à son réveil.

Elle ajouta ses propres notes au dossier et exigea qu'une infirmière reste auprès de lui toute la nuit, afin de prévenir toute nouvelle tentative de suicide. Elle informa l'infirmière qu'elle serait de retour le lendemain à 9 heures et qu'on ne devait pas hésiter à l'appeler en cas de besoin. Elle retourna alors dans le couloir auprès de la mère de Jason. Helen semblait encore plus effondrée, car elle commençait à réaliser qu'elle aurait pu perdre son fils et se retrouver seule au monde. Cette pensée la rendait presque folle. Maxine lui proposa d'appeler son médecin pour qu'il lui donne un calmant. Elle hésitait à les prescrire elle-même car, Helen n'étant pas sa patiente, elle ne connaissait pas ses antécédents et ne savait pas si elle prenait d'autres médicaments.

Helen lui apprit qu'elle avait déjà téléphoné à son médecin. Il était sorti, mais il la rappellerait certainement à son retour. Elle ajouta que Jason avait avalé tous ses comprimés et qu'elle n'en avait plus à la maison. En disant cela, elle se mit à pleurer plus fort. Il était clair que la perspective de rentrer seule chez elle lui était intolérable.

— Je peux demander qu'on vous installe un lit dans la chambre de Jason, si vous voulez, proposa Maxine avec douceur. À moins que cela ne soit trop douloureux pour vous.

— S'il vous plaît, répondit Helen tout bas en la regardant avec des yeux agrandis par la peur, est-ce qu'il va mourir ?

— Cette fois ? Non, affirma Maxine. Mais nous devons faire notre possible pour qu'il n'y ait pas de prochaine fois. C'est sérieux. Il a ingurgité beaucoup de comprimés. C'est pourquoi je veux qu'il passe quelque temps à l'hôpital.

Maxine ne voulait pas lui annoncer maintenant qu'elle envisageait un séjour de deux ou trois mois, éventuellement suivi d'un passage en maison de repos, si elle le jugeait nécessaire. Par chance, les Wexler avaient les moyens de payer un tel traitement, mais le problème n'était pas là. Elle voyait dans les yeux d'Helen que celle-ci voulait que Jason rentre à la maison et qu'elle allait s'opposer à une hospitalisation prolongée. C'était une attitude irrationnelle, mais Maxine y avait déjà été confrontée. Si Jason était envoyé dans un hôpital psychiatrique, cela signifiait qu'il ne s'agissait pas d'une simple « mésaventure », mais qu'il était réellement malade. Pour Maxine, il n'y avait aucun doute qu'il était suicidaire et souffrait d'une sévère dépression, et ce depuis la mort de son père. Sa mère ne voulait pas l'accepter, mais à ce stade, elle n'avait pas le choix. Si elle le ramenait à la maison le lendemain, ce serait contre l'avis des médecins, et elle devrait signer une décharge. Maxine espérait ne pas en arriver là. Avec un peu de chance, Helen Wexler serait plus calme demain, et elle agirait dans l'intérêt de son fils. La vie de Jason était en jeu.

Maxine demanda aux infirmières d'installer un lit pour Helen dans la chambre de Jason. Avant de partir, elle retourna voir le jeune homme. Il allait bien. Pour le moment. Une infirmière était avec lui. Il ne serait pas laissé seul de nouveau. Il n'existait pas de salle sécurisée dans cet hôpital, mais avec une infirmière et sa mère près de lui, Maxine estima qu'il ne risquait rien. D'ailleurs, il n'allait pas se réveiller avant un certain temps.

Elle retourna à pied chez elle. Le froid était de plus en plus glacial. Il était 1 heure passée lorsqu'elle atteignit son appartement. Elle jeta un coup d'œil dans la chambre de Daphné, où tout semblait tranquille. Les filles s'étaient endormies, deux dans des sacs de couchage, les autres sur le lit de Daphné. Le film continuait, et elles étaient encore habillées. Tandis qu'elle les regardait, Maxine sentit une odeur étrange, qu'elle n'avait encore jamais remarquée dans la chambre de Daphné. Sans savoir au juste pourquoi, elle se dirigea vers le placard, ouvrit la porte et fut stupéfaite de voir deux packs de bière vides. Elle se retourna vers les filles et comprit qu'elles n'étaient pas seulement endormies, mais ivres. Elle lui paraissaient un peu jeunes pour boire de la bière en cachette, mais c'étaient des choses qui arrivaient à cet âge. Elle était partagée entre l'envie de rire et celle de pleurer. Les adolescentes avaient évidemment profité du fait qu'elle s'était absentée. Elle devrait punir Daphné le lendemain, même si cela lui déplaisait. Elle aligna avec soin les bouteilles vides sur la commode, de manière qu'elles les voient en se réveillant. Elles avaient dû boire deux bouteilles chacune, ce qui était beaucoup pour leur âge. Voilà, murmura-t-elle à sa propre intention, l'adolescence a commencé. Plus tard, allongée dans son lit, elle y repensa et, l'espace d'un instant, Blake lui manqua. Cela lui aurait fait du bien de partager ce moment avec lui. Au lieu de quoi, comme d'habitude, elle devrait jouer le gendarme toute seule, arborer un air déçu tout en faisant la leçon à Daphné et en lui parlant du sens du mot « confiance ». Tout cela alors qu'elle était bien consciente que sa fille était maintenant une adolescente et qu'il y aurait de nombreuses autres soirées à l'avenir où l'un de ses enfants ferait une bêtise, profiterait d'une situation donnée, boirait de l'alcool ou prendrait de la drogue. Ce n'était sûrement pas la dernière fois que l'un d'eux s'enivrait. Maxine savait pertinemment qu'elle aurait de la chance s'il ne se passait rien de plus grave que cela. Elle savait aussi qu'elle devait se montrer ferme. Elle y songeait, lorsque le sommeil la gagna. Quand elle se réveilla le lendemain matin, les filles dormaient toujours.

Elle reçut un appel de l'hôpital alors qu'elle s'habillait. Jason était réveillé et parlait. L'infirmière ajouta que sa mère était avec lui et qu'elle était dans tous ses états. D'après elle, Helen Wexler avait téléphoné à son médecin, qui, loin de la rassurer, n'avait fait qu'ajouter à son agitation. Maxine répondit qu'elle ne tarderait pas et raccrocha.

Zelda était assise à la table de la cuisine, une tasse de café fumant et le *Times* du dimanche devant elle. À l'arrivée de Maxine, elle leva les yeux et sourit.

— La soirée a été calme ? demanda-t-elle tandis que Maxine s'asseyait en soupirant.

Parfois, Maxine avait l'impression que Zelda était son seul soutien. Ses parents, quoique bien intentionnés, se gardaient de lui donner le moindre conseil. Et Blake était toujours absent. Elle n'avait que Zelda.

— Pas exactement, répondit-elle avec un sourire de regret. Je crois que la soirée d'hier a marqué un tournant.

— On a établi un nouveau record de consommation de pizzas ?

— Non, répondit Maxine, une étincelle d'amusement dans le regard. Mais c'est la première fois qu'un de mes enfants se saoule à la bière.

Elle sourit, et Zelda la regarda, les yeux ronds.

— Tu veux rire ?

— Non. J'ai trouvé deux packs de bière vides dans le placard de Daffy.

— Où étais-tu pendant ce temps-là ? demanda Zelda, surprise que Daphné ait eu l'audace de boire alors que sa mère se trouvait dans la pièce voisine.

Elle aussi était vaguement amusée, mais aucune des deux n'était contente. C'était le début d'une ère nouvelle, qu'elles appréhendaient. Les garçons, la drogue, le sexe et l'alcool. Le pire restait à venir.

— J'ai dû aller voir un patient, hier soir. J'ai été absente de 23 heures à 1 heure du matin. Une des filles a dû apporter la bière dans son sac à dos.

— Je suppose qu'à partir de maintenant, il va falloir vérifier, observa calmement Zelda, pas le moins du monde embarrassée à l'idée de questionner Daphné et ses amies.

Elle n'allait certainement pas les laisser s'enivrer et elle savait que Maxine ne le permettrait pas davantage. Bientôt, Jack aussi serait à l'âge critique, et, un peu plus tard, Sam.

Les deux femmes bavardèrent quelques minutes, puis Maxine annonça qu'elle devait retourner à l'hôpital. Zelda était en congé, mais elle promit de jeter un coup d'œil sur les filles et ajouta qu'elle espérait qu'elles auraient mal à la tête en se réveillant, ce qui fit rire Maxine.

— J'ai laissé les bouteilles sur sa commode, pour qu'elles se rendent compte que je ne suis pas aussi stupide que j'en ai l'air.

— Ça va leur faire un choc, quand elles vont les voir, commenta Zelda.

— Je l'espère bien. Agir comme cela, alors que j'ai le dos tourné ! C'est abuser de ma confiance et de mon hospitalité…

Elle regarda Zelda en souriant.

— Je m'entraîne pour la leçon que je compte lui faire. Ça te paraît comment ?

— Bien. La priver de sortie et d'argent de poche serait peut-être une bonne idée aussi.

Maxine acquiesça. Zelda et elle partageaient souvent le même point de vue. Zelda était ferme mais raisonnable. Ce n'était pas un tyran, mais elle ne s'en laissait pas conter non plus. Maxine avait toute confiance en elle et en son jugement.

— C'était quoi hier soir ? Un suicide ?

Maxine redevint grave et hocha la tête.

— Quel âge ? demanda Zelda.

— Seize ans.

Elle ne donna pas d'autres détails. Elle ne le faisait jamais. Zelda n'insista pas. Elle avait un profond respect pour le travail de Maxine. Quand celle-ci perdait un de ses patients, la détresse se lisait dans ses yeux. Le cœur de Zelda se serrait, ses pensées allant aux parents comme à l'enfant. Le suicide d'un adolescent était toujours tragique. Et, à en juger par le travail qu'avait Maxine à son cabinet, il y avait beaucoup de cas semblables à New York et ailleurs. Comparé à ce qu'elle affrontait chaque jour, deux packs de bière ingurgités par six filles de treize ans ne semblait pas bien grave.

Quelques minutes plus tard, Maxine quitta l'appartement et se dirigea à pied vers l'hôpital. Malgré le vent et le froid, le soleil brillait et la journée était belle. Elle pensait toujours à sa fille et à l'incident de la veille. C'était sans aucun doute le début d'une phase nouvelle, et une fois de plus elle fut reconnaissante à Zelda de son aide. Elles allaient devoir surveiller de près Daphné et ses amies. Elle parlerait de l'incident à Blake quand il viendrait, pour qu'il soit averti. Ils ne pouvaient plus faire totalement confiance à Daphné, et cela risquait de durer plusieurs années. Cette pensée était un peu effrayante. Tout avait été si facile quand les enfants avaient l'âge de Sam. Comme le temps avait passé vite ! Bientôt, ils seraient tous adolescents, et feraient toutes sortes de bêtises. Enfin, pour le moment au moins, ce qui se passait était bénin.

Elle trouva Jason assis dans son lit, le teint pâle, l'air hébété et épuisé. Sa mère pleurait et se mouchait tout en lui parlant. De l'autre côté du lit, l'infirmière s'efforçait de se faire aussi discrète que possible. Tous les trois levèrent les yeux à l'entrée de Maxine.

— Comment te sens-tu aujourd'hui, Jason ?

D'un regard, Maxine indiqua à l'infirmière qu'elle pouvait partir. La femme quitta la chambre sans bruit.

— Ça va, je crois.

Il semblait abattu, ce qui était une réaction normale après une overdose. Sa mère n'avait pas meilleure mine que lui. Ses yeux étaient cernés, indiquant qu'elle avait passé une nuit blanche.

— Il m'a dit qu'il ne recommencerait pas, expliqua Helen.

Maxine regarda Jason droit dans les yeux. Ce qu'elle vit ne lui plut guère.

— J'espère que c'est vrai, dit-elle, s'abstenant d'exprimer ses doutes.

— Je peux rentrer à la maison aujourd'hui ? demanda Jason d'une voix monocorde.

Il n'aimait pas avoir une infirmière dans la chambre avec lui, il avait l'impression d'être en prison.

— Nous devons justement en discuter, répondit Maxine, debout au pied du lit. Je ne crois pas que ce soit une bonne idée.

Elle ne mentait jamais à ses patients. Il était important qu'elle leur dise la vérité telle qu'elle la voyait. C'était pour cela qu'ils lui faisaient confiance.

— Tu as pris beaucoup de comprimés hier soir, Jason. Vraiment beaucoup. Tu ne plaisantais pas, cette fois.

Elle le regarda, il hocha la tête, puis détourna les yeux. Maintenant, à la froide lumière du jour, il était embarrassé.

— J'étais plus ou moins ivre. Je ne savais pas ce que je faisais, s'excusa-t-il, s'efforçant de minimiser l'incident.

— Je crois que si, répondit-elle à voix basse. Tu as pris beaucoup plus de comprimés que la dernière fois. Il me semble que tu as besoin de prendre un peu de recul, de réfléchir, de travailler, de faire de la thérapie de groupe. Je pense qu'il est important de régler ça, car je sais que c'est difficile pour toi en ce moment, avec les vacances qui arrivent, alors que tu as perdu ton papa l'an dernier.

Elle était allée droit au but, et la mère de Jason lui lança un regard affolé. Elle semblait terrifiée. Sa propre anxiété était à son comble. Elle souffrait des mêmes problèmes que son fils, à l'exception du sentiment de culpabilité.

— Je ne me sens pas prête à te laisser rentrer à la maison tout de suite. J'aimerais t'envoyer dans un établissement où j'ai déjà travaillé avec des jeunes. C'est un endroit plutôt sympa. Les patients ont entre quatorze et dix-huit ans. Ta maman pourrait te rendre visite chaque jour.

— Combien de temps ? demanda-t-il.

Le ton était neutre et il essayait de se montrer décontracté, mais la peur se lisait dans ses yeux. La perspective d'une hospitalisation l'effrayait. Cependant, le risque de le voir réussir sa prochaine tentative de suicide effrayait encore davantage Maxine. Elle passait sa vie à lutter pour éviter ce genre de tragédie. Souvent, elle y parvenait. Elle voulait que ce soit le cas pour lui. Les Wexler avaient connu assez de malheurs.

— Nous pourrions essayer un mois. Ensuite, nous verrons comment tu te sens. Je crois que tu t'y plairais peut-être plus que tu ne le penses.

Elle sourit.

— C'est un établissement mixte.

Il ne lui rendit pas son sourire. Il était trop déprimé pour penser aux filles.

— Et si je déteste cet endroit et que je ne veux pas rester ?

— Dans ce cas, nous en parlerons.

Si nécessaire, ils pourraient le faire interner par jugement du tribunal, puisqu'il venait de montrer qu'il était un danger pour lui-même, mais cela serait traumatisant pour sa mère et pour lui. Maxine espérait qu'il irait de son plein gré. La mère de Jason intervint.

— Docteur, vous pensez vraiment que... J'ai parlé avec mon médecin, ce matin. Il est d'avis que nous devrions donner une nouvelle chance à Jason... D'ailleurs, il dit qu'il était ivre et qu'il ne savait pas ce qu'il faisait, et Jason vient de me promettre qu'il ne recommencera pas.

Maxine était mieux placée que quiconque pour savoir que cette promesse ne valait pas grand-chose. Et Jason le savait aussi. Sa mère voulait s'y raccrocher, mais la vie de son fils était indubitablement en danger.

— Je ne crois pas que ce soit raisonnable. Je voudrais que vous me fassiez confiance sur ce point, ajouta-t-elle doucement, remarquant que ce n'était pas Jason qui protestait, mais sa mère. Je crois que ta maman est attristée par le fait que tu ne seras pas à la maison pour Thanksgiving, Jason, poursuivit-elle en fixant le garçon. Je lui ai dit qu'elle pourra le passer là-bas avec toi.

— De toute manière, Thanksgiving sera nul cette année sans papa. Je m'en fiche.

Il ferma les yeux et reposa la tête sur l'oreiller, comme pour se couper d'elles. Maxine fit signe à sa mère de la suivre à l'extérieur, et tandis qu'elles sortaient de la chambre, l'infirmière retourna s'asseoir au chevet de Jason. Il serait aussi surveillé de près dans l'établissement où Maxime souhaitait l'envoyer. Et là-bas, les salles étaient sécurisées. Maxine savait que Jason avait besoin d'être protégé. Dans l'immédiat, tout au moins, et peut-être pendant un certain temps.

— Je crois que c'est la seule solution, expliqua Maxine à Helen en larmes. Je vous y incite fortement. C'est à vous de décider, mais je ne pense pas que vous puissiez le protéger de manière efficace chez vous. Vous ne pourrez pas l'empêcher de recommencer.

— Vous croyez vraiment qu'il va de nouveau essayer ?

— Oui, répondit Maxine sans hésiter. J'en suis presque certaine. Il est toujours persuadé d'avoir tué son père. Il va lui falloir du temps pour se débarrasser de cette idée. En attendant, il a besoin d'être dans un établissement où il sera en sécurité. S'il reste chez vous, vous ne serez pas tranquille.

Sa mère acquiesça.

— Mon médecin pensait que nous pourrions lui donner une nouvelle chance. Il dit que les garçons de son âge font souvent ce genre de chose pour attirer l'attention.

Elle se répétait, comme si elle espérait convaincre Maxine, qui comprenait bien mieux qu'elle la situation.

— Il était sérieux, Helen. Il a pris trois fois la dose fatale de médicaments. Voulez-vous courir le risque qu'il recommence ou qu'il se jette par la fenêtre ? Il pourrait le faire sans que vous ayez le temps de réagir.

Elle ne prenait pas de gants. La mère de Jason hocha lentement la tête et se mit à pleurer plus fort.

— Très bien, murmura-t-elle. Quand voulez-vous l'y envoyer ?

— Je vais voir s'il peut être admis aujourd'hui ou demain. J'aimerais qu'il y soit le plus tôt possible. On ne peut pas le protéger convenablement ici non plus. Il a besoin d'être dans ce type d'endroit. C'est ce qu'il lui faut en ce moment, jusqu'à ce que la crise soit passée, peut-être après les fêtes.

— Vous voulez dire qu'il pourrait rester là-bas jusqu'à Noël ? s'écria Helen Wexler, prise de panique.

— Nous verrons. Nous en discuterons plus tard, quand nous aurons constaté comment il progresse. Il a besoin de retrouver des repères.

Sa mère acquiesça, puis retourna dans la chambre, pendant que Maxine allait téléphoner. Tout fut très vite réglé. Par chance, il y avait un lit disponible. Maxine demanda le transfert de Jason le jour même. Sa mère pourrait l'accompagner, mais elle ne serait pas autorisée à passer la nuit sur place.

Maxine expliqua tout cela aux Wexler, ajoutant qu'elle irait voir Jason le lendemain. Elle devrait décaler certains rendez-vous, mais elle n'avait rien d'urgent de prévu dans l'après-midi. Jason semblait s'être fait à l'idée, et Maxine était toujours en train de leur parler, quand une infirmière vint l'avertir qu'un certain Dr West la demandait au téléphone.

— Le Dr West ? répéta Maxine, perplexe. Il veut que j'admette un de ses patients ?

Les médecins le lui demandaient souvent, mais ce nom lui était inconnu. La mère de Jason parut gênée.

— C'est mon médecin. Je lui ai demandé de vous appeler, parce qu'il pensait que Jason pouvait rentrer à la maison. Mais je comprends... c'est-à-dire... Je suis désolée... Cela vous ennuierait de lui parler ? Je ne voudrais pas lui donner l'impression que je lui ai fait perdre son temps. Peut-être pourriez-vous dire au Dr West que tout est arrangé.

Helen était visiblement mal à l'aise et Maxine lui dit de ne pas s'inquiéter. Elle s'entretenait régulièrement avec les médecins de ses patients. Elle quitta la pièce pour aller prendre l'appel. Elle ne voulait pas avoir cette conversation devant Jason. D'ailleurs, il ne s'agissait que d'une pure formalité à présent. Elle décrocha en souriant, s'attendant à parler à un médecin charmant et un peu naïf, qui n'avait pas l'habitude des adolescents suicidaires, contrairement à elle.

— Docteur West ? dit-elle d'une voix agréable et professionnelle. Ici le Dr Williams, le psychiatre de Jason.

— Je sais, dit-il, sa condescendance perçant à travers ces simples mots. Sa mère m'a demandé de vous appeler.

— C'est ce que j'ai cru comprendre. Nous venons de régler les détails de son admission, cet après-midi. Je crois que c'est ce dont il a besoin en ce moment. Il a absorbé hier soir une dose de somnifères qui aurait pu lui être fatale.

— C'est incroyable ce que les jeunes sont prêts à faire pour attirer l'attention, n'est-ce pas ?

Maxine l'écoutait, incrédule. Non seulement il prenait un ton supérieur avec elle, mais il lui donnait l'impression d'être un parfait imbécile.

— Il s'agit de sa deuxième tentative, dit-elle. Et je ne crois pas que prendre trois fois la dose mortelle soit un geste destiné à attirer l'attention. Il nous indique clairement et sans ambiguïté qu'il veut mettre fin à ses jours. Nous devons traiter cela avec le plus grand sérieux.

— Je crois vraiment que ce garçon serait mieux chez lui avec sa mère, insista le Dr West comme s'il s'adressait à un enfant ou à une infirmière débutante.

— Je suis sa psychiatre, rétorqua Maxine d'un ton ferme. Mon opinion en tant que professionnelle est que, s'il rentre chez lui avec sa mère, il sera mort dans une semaine, voire dans vingt-quatre heures.

Elle était aussi brutale qu'elle pouvait l'être et n'aurait pas dit de telles paroles à la mère de Jason. Mais elle n'allait pas ménager un médecin aussi arrogant.

— Voilà qui me semble un tantinet exagéré, riposta-t-il d'une voix irritée.

— Sa mère a autorisé son hospitalisation. Je ne crois pas que nous ayons une autre solution. Il doit être surveillé de près, et cela n'est pas possible chez lui.

— Vous enfermez tous vos patients, docteur Williams ?

Cette fois, il se montrait insultant, et Maxine sentit la moutarde lui monter au nez. Pour qui cet homme se prenait-il ?

— Seulement ceux qui risquent de se suicider, docteur West, et je crois que Mme Wexler serait effondrée si elle perdait son fils. Qu'en pensez-vous ?

— J'en pense que vous devriez me laisser le soin de m'occuper de mes patients, fit-il d'un ton vexé.

— Précisément. Je suis heureuse de vous l'entendre dire. Et je vous suggère de me laisser le soin de m'occuper des miens. Je soigne Jason Wexler depuis sa première tentative de suicide, et ce que je vois ne me plaît pas du tout, pas plus que ce que je vous entends dire, en fait. Si vous doutez de mes compétences, docteur West, je vous invite à prendre des informations sur moi sur Internet. À présent, si vous voulez bien m'excuser, mon patient m'attend. Au revoir.

Il bafouillait encore lorsqu'elle raccrocha, et elle fit tout son possible pour cacher son exaspération lorsqu'elle retourna dans la chambre de Jason. Ni lui ni sa mère n'étaient responsables du comportement de ce médecin. Aux yeux de Maxine, cet homme était prétentieux et même dangereux, car il ne prenait pas au sérieux la crise que traversait Jason. L'adolescent avait besoin d'être dans un hôpital psychiatrique sécurisé, quoi qu'il en dise.

— Tout s'est bien passé ? demanda Helen d'un air anxieux.

Maxine dissimula sa colère sous un sourire.

— Pas de problème.

Après avoir examiné Jason, Maxine resta encore une demi-heure à son chevet et lui décrivit l'établissement où elle l'envoyait. En dépit de ses efforts pour paraître indifférent, elle savait qu'il avait peur. D'abord, il avait failli mourir, et maintenant, il devait de nouveau affronter la vie. Pour lui, la situation n'aurait pas pu être pire.

Elle assura à Helen qu'elle était joignable jour et nuit, s'ils désiraient l'appeler. Puis elle les laissa, signa les papiers autorisant la sortie de Jason et quitta l'hôpital. Elle fulminait encore contre cet idiot de Dr West. Quand elle arriva chez elle, il était près de midi et Daphné et ses amies dormaient toujours.

Cette fois, Maxine entra d'un pas décidé dans la chambre de sa fille et releva les stores. La lumière vive du soleil éclaboussa la pièce, tandis qu'elle disait d'une voix sonore aux filles de se lever. Elles s'exécutèrent en grognant. Toutes avaient mauvaise mine. Soudain, Daphné remarqua la rangée de bouteilles de bière vides sur sa commode.

— Oh, flûte, murmura-t-elle en jetant un bref regard en direction de ses amies.

Elles n'en menaient pas large.

— Je ne te le fais pas dire, rétorqua Maxine froidement en se tournant à son tour vers les autres. Merci de votre visite, les filles. Habillez-vous et prenez vos affaires. La fête est terminée. Quant à toi, Daphné, tu es privée de sorties pour un mois. Et quiconque apportera de l'alcool ici ne sera pas autorisé à revenir. Vous avez toutes abusé de mon hospitalité et de ma confiance. Je te parlerai plus tard, Daphné.

Daphné semblait paniquée. Maxine quitta la pièce, tandis que les filles se mettaient à chuchoter avec affolement. Elles s'habillèrent rapidement, n'ayant plus qu'une hâte, partir. Daphné avait les larmes aux yeux.

— Je t'avais dit que c'était débile de faire ça, lui dit une des filles.

— Je croyais que tu avais caché les bouteilles dans le placard, se plaignit Daphné.

— Je l'ai fait.

— Elle a dû vérifier.

Moins de dix minutes plus tard, les filles s'étaient esquivées, et Daphné partit à la recherche de sa mère. Elle la trouva dans la cuisine, en train de parler à Zelda. Celle-ci toisa Daphné d'un air désapprobateur mais ne dit rien, laissant Maxine décider de l'attitude à adopter.

— Je suis désolée, maman ! s'écria Daphné en fondant en larmes.

— Moi aussi. Je t'ai toujours fait confiance, Daff. Je ne veux pas que ça s'arrête.

— Je sais... Je ne voulais pas... On a juste pensé... Je...

— Tu es punie pour un mois. Et privée de téléphone la première semaine. Pas de sorties. Tu n'iras nulle part seule. Et pas d'argent de poche. C'est tout. Et fais en sorte que ça ne se reproduise pas, assena-t-elle avec sévérité.

Daphné hocha la tête en silence et retourna penaude dans sa chambre. Les deux femmes entendirent la porte se refermer doucement derrière elle. Maxine était sûre qu'elle pleurait, mais elle voulait la laisser seule pour le moment.

— Et ce n'est que le début, commenta Zelda d'un air sombre.

Les deux femmes se mirent à rire. Ni l'une ni l'autre ne jugeaient l'incident très grave, mais Maxine tenait à marquer le coup de manière à éviter une récidive. À treize ans, sa fille était trop jeune pour commencer à boire.

Daphné resta dans sa chambre tout le reste de l'après-midi, après avoir remis son téléphone portable à sa mère. En être privée représentait une terrible punition à ses yeux.

Maxine alla chercher les deux garçons à 17 heures. Dès qu'elle vit Jack, Daphné lui raconta ce qui s'était passé. Il fut surpris de ce qu'elle avait fait, mais se borna à lui dire que c'était drôlement bête et qu'il était évident que leur mère s'en apercevrait. Pour Jack, leur mère savait tout, et elle avait une sorte de radar dans la tête. D'après lui, toutes les mères possédaient ce don.

Ce soir-là, ils dînèrent dans la cuisine et allèrent se coucher de bonne heure, puisqu'il y avait classe le lendemain. À minuit, Maxine dormait à poings fermés, lorsqu'on l'appela de l'établissement où elle avait envoyé Jason Wexler. Il avait fait une nouvelle tentative de suicide. Il était heureusement hors de danger et dans un état stable. Il avait tenté de se pendre à l'aide de son pyjama, mais l'infirmier qui le surveillait l'avait trouvé à temps et ranimé. Maxine avait eu raison de le transférer aussi rapidement. Elle prévint l'infirmière qu'elle passerait le lendemain après-midi, et se demanda comment la mère de Jason réagirait en apprenant la nouvelle. Dieu merci, il était en vie.

Étendue dans son lit, elle réalisa qu'elle avait eu un week-end chargé. Sa fille s'était enivrée pour la première fois de sa vie, et un de ses patients avait tenté à deux reprises de se suicider. Mais les choses auraient pu être bien pires, puisque Jason aurait pu mourir. Elle était soulagée que ce ne soit pas le cas, mais elle aurait aimé dire ses quatre vérités à ce crétin pompeux de Dr West. Heureusement que la mère de Jason lui avait fait confiance au lieu de l'écouter, lui. Elle y pensait encore, lorsque Sam entra dans sa chambre et vint à côté de son lit.

— Je peux dormir avec toi, maman ? demanda-t-il d'un ton sérieux. Je crois qu'il y a un gorille dans mon placard.

— Bien sûr, mon chéri.

Elle lui fit de la place et il vint se blottir contre elle. Elle se demanda si elle devait lui expliquer qu'il n'y avait pas de gorille ou remettre cela à plus tard.

— Maman ? chuchota-t-il, pelotonné au chaud contre elle.

— Oui ?

— Pour le gorille... Ce n'est pas vrai, tu sais.

— Je sais.

Elle lui sourit dans le noir, déposa un baiser sur sa joue, et un instant plus tard ils dormaient tous les deux.

3

Le lendemain matin, Maxine arriva à son bureau à 8 heures. Elle eut des consultations jusqu'à midi, puis partit voir Jason Wexler. Elle prit un taxi et arriva à 13 h 30, ayant juste avalé une demi-banane tout en passant des coups de fil aux personnes qui lui avaient laissé des messages.

Elle resta une heure seule avec Jason, avant de discuter avec le psychiatre de garde des événements de la veille, et de s'entretenir longuement avec la mère de Jason. Tous étaient soulagés qu'il soit dans cet établissement, et que sa troisième tentative de suicide ait été un échec. Helen remercia Maxine d'avoir insisté pour l'empêcher de ramener Jason à la maison. Elle n'osait même pas imaginer ce qui se serait passé alors. Sans doute aurait-il réussi. Contrairement à ce qu'avait affirmé son médecin, il ne s'agissait pas d'appels au secours. Jason voulait en finir. Il avait la conviction que la dispute qu'il avait eue avec son père avait porté un coup fatal à ce dernier. Il faudrait des mois, voire des années, pour le délivrer de ce sentiment de culpabilité. Helen et Maxine savaient toutes les deux que le chemin serait long. En dépit de ce qu'avait espéré sa mère, il ne serait pas de retour à la maison pour Noël. Maxine espérait qu'on le garderait au moins six mois, mais il était encore trop tôt pour en parler à Helen. Celle-ci était très secouée par la dernière tentative de Jason. Surtout qu'il lui avait dit le matin même que, s'il voulait mourir, il y parviendrait et que rien ne l'arrêterait. Malheureusement, l'expérience avait appris à Maxine qu'il avait raison. À présent, il fallait guérir les blessures de son âme et de son cœur, et cela allait prendre du temps.

À 16 heures, Maxine repartit. Elle se retrouva dans un embouteillage et n'arriva à son cabinet qu'après 17 heures. Elle avait rendez-vous avec un patient à 17 h 30 et consultait ses messages lorsque sa secrétaire l'informa que le Dr West désirait lui parler. Elle hésita un instant. Elle n'était pas d'humeur à entendre les mêmes sottises que la veille. Tout en conservant toujours une certaine distance par rapport à ses patients, elle était profondément attristée pour Jason et sa mère. À regret, elle prit la communication.

— Oui ? Ici le Dr Williams.

— Charles West à l'appareil.

Contrairement à elle, il n'avait pas mentionné son titre, et le ton était humble, ce qui surprit Maxine.

— Helen Wexler m'a téléphoné ce matin au sujet de Jason, reprit-il d'une voix qui, pour être calme et distante, n'en était pas moins teintée d'humanité. Comment va-t-il ?

Maxine demeura froide et réservée, sur ses gardes. Il allait sans doute trouver à redire à ce qu'elle avait fait, et insister pour qu'elle renvoie Jason chez lui, aussi insensé que cela soit. Après ses commentaires de la veille, il en était parfaitement capable.

— Aussi bien qu'on pourrait s'y attendre. Il était sous sédatifs quand je l'ai vu, mais cohérent. Il se souvient de ce qu'il a fait, et de la raison de son geste. J'étais presque sûre qu'il ferait une nouvelle tentative, bien qu'il ait promis le contraire à sa mère. Il se sent coupable de la mort de son père.

C'était à peu près tout ce qu'elle avait envie de lui dire, et plus que suffisant pour expliquer ses actions.

— Je sais. Je suis désolé. Je vous appelle pour vous dire que je regrette sincèrement de m'être comporté si bêtement, hier. Helen a toujours été très proche de Jason. C'est son fils unique, son seul enfant encore vivant. Je crois que ce n'était pas un couple très heureux.

Maxine le savait, mais s'abstint de tout commentaire. Cela ne le regardait pas.

— Je pensais qu'il voulait juste attirer l'attention, vous connaissez les enfants.

— Oui, en effet, répliqua Maxine froidement. La plupart d'entre eux ne se suicident pas pour attirer l'attention. En général, ils ont de bonnes raisons et je crois que Jason est persuadé d'en avoir. Il va falloir beaucoup de temps pour le faire changer d'avis.

— Je suis convaincu que vous y parviendrez, assura-t-il avec gentillesse.

Au grand étonnement de Maxine, il paraissait avoir abandonné toute suffisance, ce qui était en totale opposition avec son attitude de la veille.

— Je suis gêné de vous le dire, mais j'ai cherché des renseignements sur vous sur Internet. Vous êtes impressionnante, docteur.

Il avait été stupéfié par l'importance de ses connaissances et mortifié de l'avoir prise pour une psy mondaine, exagérant les problèmes de ses patients pour mieux en profiter. Il avait lu tout ce qui la concernait. La liste de ses publications, les conférences et comités auxquels elle avait participé. Elle était une autorité dans son domaine. Comparé à elle, il faisait figure d'amateur. Et bien qu'il ne manquât pas d'assurance, il ne pouvait s'empêcher d'être intimidé.

— Merci, docteur West, répondit Maxine avec froideur. Je savais que Jason était sérieux lors de sa deuxième tentative. C'est mon métier.

— Je m'en suis rendu compte. Je voulais simplement m'excuser de ma conduite d'hier. Je sais qu'Helen peut se mettre dans des états terribles, et elle est très fragile en ce moment. Je suis son médecin depuis quinze ans et son mari était aussi mon patient. Je ne m'étais pas rendu compte que Jason était si perturbé.

— Je crois que cela a commencé avant le décès de son père. La mort de sa sœur les a tous secoués, naturellement, et il est à un âge difficile, d'autant que toutes les attentes de ses parents se sont reportées sur lui. Ce n'était pas facile pour lui. Et la mort de son père l'a complètement déboussolé.

— J'en prends conscience à présent. Je suis vraiment désolé.

Il semblait sincère, et Maxine se radoucit.

— Ne le soyez pas. Il nous arrive à tous de nous tromper, surtout lorsque ce n'est pas notre spécialité. Je ne sais pas si je serais capable de diagnostiquer un cas de méningite ou de diabète. Mais c'est gentil de votre part de m'avoir appelée.

Il venait de faire preuve d'une grande humilité, et il était la dernière personne qu'elle aurait pensée capable de pareil geste.

— Essayez de surveiller Helen, ajouta-t-elle. Elle est très affectée. Je l'ai envoyée chez un psychiatre qui fait du très bon travail sur le deuil, mais elle va avoir du mal à accepter que Jason soit à l'hôpital pour plusieurs mois, et surtout pendant les fêtes. Et vous savez comme moi que toutes ces épreuves risquent d'amoindrir son système immunitaire.

Helen avait déjà confié à Maxine qu'elle avait eu trois mauvais rhumes et qu'elle avait souvent de grosses migraines depuis la disparition de son mari. Avec les tentatives de suicide de Jason et son hospitalisation, son état de santé risquait fort de se détériorer. Charles West le savait lui aussi.

— Bien sûr. Vous avez raison. Je suis toujours mes patients après la mort d'un proche, car certains s'effondrent. Cela dit, Helen est assez solide. Mais je lui téléphonerai pour prendre de ses nouvelles.

— Je crois qu'elle est encore sous le choc après hier soir, l'informa Maxine.

— Ce n'est guère étonnant. Elle a déjà perdu un enfant, et voilà qu'elle a failli perdre le second, si peu de temps après la mort de son mari. Les choses ne pourraient pas être pires.

— Si, répondit Maxine avec tristesse. Jason aurait pu mourir. Dieu merci, il a été sauvé. Et nous allons tout faire pour éviter une tragédie. C'est mon travail.

— Je ne vous envie pas. Vous devez affronter des situations extrêmement difficiles.

— Parfois, oui, répondit-elle en jetant un coup d'œil à sa montre.

Son rendez-vous suivant devait commencer dans cinq minutes.

— Merci d'avoir appelé, dit-elle de nouveau pour mettre fin à la conversation.

Son remerciement était sincère. Beaucoup d'autres médecins n'auraient pas pris cette peine.

— À présent je saurai vers qui envoyer ceux de mes patients qui ont des enfants perturbés.

— Je travaille surtout sur le traumatisme chez les jeunes enfants, expliqua-t-elle. C'est moins déprimant que de se consacrer uniquement aux adolescents suicidaires. Je m'occupe également des effets à long terme des grandes tragédies, comme celle du 11 Septembre.

— J'ai lu sur Internet l'interview que vous avez donnée au *New York Times*. C'était passionnant.

— Merci.

L'interphone bourdonna sur le bureau de Maxine, annonçant l'arrivée de sa patiente, une jeune anorexique.

— Merci encore pour votre appel, répéta Maxine, radoucie.

Il n'était pas si désagréable, après tout. C'était très correct de sa part d'avoir reconnu son erreur.

— Je vous en prie, dit-il avant de raccrocher.

Maxine se leva et alla ouvrir la porte à une jolie adolescente. Bien qu'âgée de quinze ans, elle était si menue qu'on lui en aurait donné onze ou douze. L'année précédente, elle avait failli mourir de son anorexie. Ses cheveux étaient encore clairsemés, elle avait perdu des dents lors de son hospitalisation, et on ne saurait pas avant plusieurs années si elle pourrait avoir des enfants, mais son état s'améliorait peu à peu.

— Bonjour, Joséphine, l'accueillit Maxine avec chaleur en lui faisant signe de s'installer dans le fauteuil familier.

La jeune fille s'y pelotonna comme un chaton, ouvrant de grands yeux qui cherchèrent les siens.

En l'espace de quelques minutes, elle avoua, de son propre chef, qu'elle avait volé dans la semaine des laxatifs appartenant à sa mère, mais qu'après mûre réflexion elle ne s'en était pas servie. Maxine hocha la tête et elles en discutèrent un moment. Joséphine avait aussi fait la connaissance d'un garçon qui lui plaisait. Elle allait de nouveau au collège et se voyait de manière plus positive, mais elle avait encore bien du chemin à parcourir. Lorsque Maxine avait fait sa connaissance, elle avait treize ans et ne pesait guère plus de trente kilos. Elle en pesait quarante-deux à présent et était encore trop maigre pour sa taille, mais elle n'était plus squelettique. L'objectif que Maxine et elle s'étaient fixé était qu'elle atteigne cinquante kilos. Et pour le moment, elle prenait cinq cents grammes par semaine.

Après Joséphine, Maxine reçut sa dernière patiente de la journée, une adolescente de seize ans qui s'automutilait. Ses bras, qu'elle gardait couverts, étaient zébrés de cicatrices, et elle avait tenté de se suicider l'année précédente. Le travail qu'elles accomplissaient ensemble était lent mais régulier.

Avant de quitter son bureau, Maxine appela pour prendre des nouvelles de Jason. On lui apprit que le jeune homme s'était habillé et s'était joint aux autres pour le dîner. Il avait peu parlé et était retourné dans sa chambre immédiatement après, mais c'était un début. Il était toujours très surveillé et le serait jusqu'à ce que le médecin de l'établissement et Maxine soient rassurés à son sujet.

Maxine arriva chez elle à 19 h 30, épuisée. Comme elle entrait, Sam la dépassa à toute allure, déguisé en dinde et en imitant le cri, et elle sourit. C'était bon d'être à la maison. La journée avait été longue.

— Halloween est passé ! lui cria-t-elle.

Il s'arrêta, sourit et revint en courant se serrer contre elle, manquant la renverser. Il était grand pour son âge.

— Je sais. Je suis la dinde dans la pièce de l'école, annonça-t-il fièrement.

— Bien vu de leur part, commenta Jack qui arrivait à son tour, en short et chaussures à crampons, laissant des traces de terre sur la moquette sans s'en inquiéter le moins du monde.

Il portait une pile de jeux vidéo qu'il avait empruntés à un ami.

— Zelda va faire une attaque, l'avertit sa mère.

Au même moment, la gouvernante apparut et fronça les sourcils.

— Jack, si tu ne te déchausses pas et ne ranges pas ces chaussures à côté de la porte, je vais les jeter par la fenêtre. Tu vas complètement abîmer le parquet et la moquette ! Combien de fois faut-il que je te le répète ?

Elle émit un grognement désapprobateur et retourna dans la cuisine, tandis qu'il s'asseyait sur le sol et dénouait ses lacets.

— Désolé, marmonna-t-il avant de sourire à sa mère. On a gagné contre Collegiate aujourd'hui. C'est des mous. Il y en a même deux qui ont pleuré, quand ils ont perdu.

Maxine avait déjà vu pleurer des garçons de l'équipe de Jack. Tous prenaient le sport très au sérieux, et étaient rarement bons perdants.

— C'est bien. Je viendrai te voir jouer jeudi.

Elle avait gardé son après-midi libre dans ce but. Elle se tourna vers Sam, qui la regardait, adorable dans son costume de dinde.

— Quand aura lieu ta pièce ?

— La veille de Thanksgiving, répondit-il d'un air ravi.

— Tu as un texte à apprendre ?

Il émit un glouglou bruyant en guise de réponse. Jack se couvrit les oreilles et la voix de Zelda s'éleva de la cuisine.

— On dîne dans cinq minutes !

Les soirs où Maxine travaillait tard, Zelda s'efforçait de l'attendre pour le repas, sauf si les enfants étaient trop fatigués. Elle savait l'importance que Maxine attachait à ces dîners pris en famille. C'était une des nombreuses qualités que Maxine appréciait chez elle. Jamais elle ne tentait d'usurper le rôle de Maxine auprès de ses enfants, ni de lui rendre la vie difficile, comme certaines gouvernantes employées par ses amies.

— Merci, Zellie, dit Maxine en jetant un coup d'œil autour d'elle. Où est Daff ? Dans sa chambre ?

Sans doute en train de bouder, songea-t-elle, après avoir été punie la veille.

— Elle a repris son portable et elle a téléphoné, rapporta Sam avant que Zelda ait eu le temps de répondre.

La gouvernante fronça les sourcils. Elle aurait voulu en informer Maxine elle-même, le moment venu.

— Ce n'est pas joli de rapporter, gronda-t-elle, tandis que Maxine se dirigeait vers la chambre de Daphné.

Comme Sam l'avait dit, elle la trouva assise sur son lit, bavardant gaiement au téléphone. Elle sursauta en voyant sa mère. Maxine avança vers elle, la main tendue. Visiblement mal à l'aise, l'adolescente lui remit l'appareil, après avoir coupé en hâte la communication sans dire au revoir à son amie.

— Ai-je toujours ta parole ou dois-je mettre ceci sous clé ?

Décidément, la situation évoluait à toute allure avec Daphné. Il y avait eu un temps, encore récent, où elle aurait respecté sa punition et n'aurait pas cherché à reprendre son téléphone. Ses treize ans avaient tout changé, et cela ne plaisait guère à Maxine.

— Pardon, maman, dit-elle en évitant le regard de sa mère.

Zelda les appela pour dîner. Tous se dirigèrent vers la cuisine, Jack pieds nus et en short, Daphné vêtue de la tenue qu'elle portait pour aller à l'école, et Sam arborant encore fièrement son costume de dinde. Maxine retira sa veste et troqua ses talons hauts contre des chaussures plates. Elle s'habillait toujours de manière classique pour le bureau, mais décontractée à la maison. Si elle en avait eu le temps, elle aurait enfilé un jean, mais le repas attendait, et elle mourait de faim, comme les enfants.

Le dîner fut tranquille et détendu. Comme d'habitude, Zelda s'assit avec eux. Les enfants parlèrent de leur journée, sauf Daphné, qui ne dit pas grand-chose, gênée par l'incident du téléphone. Elle avait deviné que Sam l'avait dénoncée et lui lançait des regards furibonds, sifflant entre ses dents qu'elle prendrait sa revanche plus tard. Jack raconta son match et promit à sa mère de l'aider à installer un nouveau programme sur son ordinateur. Le dîner terminé, tous quittèrent la table et les enfants gagnèrent leurs chambres, tandis que Zelda mettait de l'ordre dans la cuisine. Bien qu'épuisée après sa longue journée, Maxine décida d'aller bavarder un peu avec Daphné.

— Je peux entrer ? demanda-t-elle à sa fille depuis le seuil.

Elle préférait toujours leur poser la question, et à plus forte raison en ce moment.

— Si tu veux, répondit Daphné.

Après la punition et l'incident du téléphone, Maxine savait qu'elle n'aurait pu obtenir d'invitation plus enthousiaste.

Elle pénétra dans la pièce et s'assit sur le lit où Daphné était allongée, en train de regarder la télévision. Elle avait fini ses devoirs avant que sa mère rentre à la maison. C'était une élève consciencieuse, qui obtenait de bonnes notes. Jack était moins régulier, à cause de la tentation qu'offraient les jeux vidéo. Quant à Sam, il n'avait pas encore de devoirs.

— Je sais que tu es en colère contre moi, parce que je t'ai punie, Daff. Mais cette histoire de bière m'a déplu. Je veux pouvoir te faire confiance, surtout si je dois m'absenter.

Daphné ne répondit pas, se contentant de détourner la tête. Au bout d'un moment, elle regarda enfin sa mère, les yeux pleins de rancune.

— Ce n'est pas moi qui en ai eu l'idée. C'est une autre qui a apporté la bière.

— Mais tu as laissé faire. Et je suppose que tu en as bu aussi. Avoir confiance les uns dans les autres est quelque chose de sacré, Daff. Je ne veux pas que nos rapports soient gâchés par ce genre de choses.

Elle savait pertinemment que cela arriverait. À l'âge de Daphné, il fallait s'y attendre. Mais elle tenait à jouer son rôle de parent. Elle ne pouvait pas se contenter de faire comme si de rien n'était et ne pas réagir. Et Daphné le savait aussi. Elle regrettait seulement de s'être fait prendre.

— Ouais, je sais.

— Tes amies doivent nous respecter quand elles viennent ici. Et je ne trouve pas que boire de la bière soit une très bonne idée.

— Il y en a qui font pire, objecta sa fille en redressant le menton.

Maxine le savait aussi. Bien pire. Ils fumaient du cannabis, ou même prenaient des drogues dures ou des alcools forts, et nombreuses étaient les filles de l'âge de Daphné qui avaient déjà eu des relations sexuelles.

— Alors pourquoi faire toute une histoire parce que nous avons bu quelques bières ? insista Daphné.

— Parce que c'est contre nos principes. Et si tu commences à les enfreindre, où cela va-t-il s'arrêter ? Nous avons certains accords entre nous et nous devons les respecter, ou en rediscuter quand le moment sera venu, mais pas maintenant. Les règles sont les règles. Tu t'attends à ce que je me conduise d'une certaine manière, et c'est ce que je fais. Je n'amène pas d'hommes à la maison, et je ne reste pas dans ma chambre à boire de la bière jusqu'à perdre conscience. Que dirais-tu si je le faisais ?

Daphné sourit malgré elle en imaginant la scène.

— De toute façon, tu ne sors jamais avec personne. J'ai des tas d'amies dont la mère amène des copains à la maison. Toi, c'est juste parce que tu n'en as pas.

La remarque avait été faite dans le but de blesser, et, dans une certaine mesure, elle y parvint.

— Même si c'était le cas, je n'irais pas m'enivrer dans ma chambre. Quand tu seras un peu plus âgée, tu pourras boire un verre avec moi ou devant moi. Mais tu n'as pas l'âge de boire, tes amies non plus, et je ne veux pas de ce genre de chose ici. Certainement pas à treize ans.

— Oui, je sais. Mais papa nous a laissé boire du vin, l'été dernier en Grèce. Il en a même donné à Sam.

— C'est différent. Vous étiez avec lui. Vous ne buviez pas dans son dos, même si je ne trouve pas que ce soit une bonne idée. Vous êtes tous trop jeunes pour boire de l'alcool. Vous ne devriez pas commencer maintenant.

Blake n'avait pas les mêmes idées qu'elle, et n'imposait pas plus de règles aux enfants qu'il ne s'en imposait à lui-même. Il sortait avec des femmes et ne s'en cachait pas devant les enfants. Et la plupart étaient si jeunes qu'un de ces jours, ses enfants grandissant, elles auraient le même âge qu'eux. Maxine jugeait qu'il avait une attitude beaucoup trop libre et désinvolte avec eux, mais il ne faisait jamais attention à ses remarques. Il se contentait de rire et recommençait.

— Quand je serai plus grande, tu me laisseras boire de l'alcool ici ? demanda Daphné.

— Peut-être. Si je suis là. Mais je ne laisserai pas boire tes amies. Je pourrais avoir de gros ennuis pour ça, surtout si quelque chose tournait mal. Ce n'est pas une bonne idée, c'est tout.

Maxine avait des principes et les observait à la lettre. Ses enfants le savaient, et Blake aussi.

Daphné ne fit aucun commentaire. Elle avait déjà entendu ce discours par le passé. Elle savait que d'autres parents avaient des règles beaucoup plus flexibles, que certains n'en avaient aucune, et que d'autres étaient comme sa mère. C'était une question de chance. Sam apparut sur le seuil dans son costume de dinde, à la recherche de sa mère.

— Il faut que je prenne un bain ce soir, maman ? J'ai fait vraiment attention. Je ne me suis pas sali du tout aujourd'hui.

Maxine lui sourit, tandis que Daphné augmentait le volume de la télévision, signalant à sa mère qu'elle en avait assez entendu pour le moment. Maxine se pencha pour l'embrasser et quitta la pièce avec son plus jeune fils.

— Peu m'importe que tu aies fait attention aujourd'hui. Oui, il faut que tu prennes un bain.

— C'est nul.

Zelda attendait d'un air menaçant. Maxine lui confia Sam et passa voir Jack, qui jura avoir fait ses devoirs. Ensuite, elle regagna sa propre chambre et alluma la télévision. C'était une soirée à la maison, tranquille et sans histoire, comme elle les aimait.

Daphné avait tort de dire qu'elle ne sortait jamais. Ce n'était pas tout à fait vrai. Elle était invitée de temps à autre, à des dîners donnés par de vieux amis. Elle se rendait à l'opéra, au théâtre, même si ce n'était pas aussi souvent qu'elle l'aurait souhaité. Cela demandait un effort et elle préférait rester à la maison après une longue journée. Elle allait au cinéma avec ses enfants et assistait à des dîners professionnels auxquels elle ne pouvait échapper.

Mais elle savait ce que Daphné voulait dire. Il y avait un an qu'elle n'était pas sortie avec un homme. Cela la préoccupait parfois, surtout lorsqu'elle songeait au temps qui passait. Elle avait quarante-deux ans, après tout. Elle n'avait pas eu de relation sérieuse depuis Blake et il y avait belle lurette qu'elle n'avait pas rencontré d'homme qui l'attire. Soit elle travaillait, soit elle s'occupait de ses enfants. De toute façon, les candidats potentiels et séduisants entre quarante et cinquante ans étaient rares. La plupart des médecins qu'elle fréquentait étaient mariés. Certains cherchaient une aventure extraconjugale, qui était totalement exclue à ses yeux. Ceux qui étaient disponibles avaient des vies compliquées, des problèmes d'ordre sexuel, ou bien ils étaient gays ou allergiques à tout engagement, ou encore ils préféraient sortir avec de toutes jeunes femmes. Trouver un homme avec qui construire un avenir n'était pas aussi facile qu'il y paraissait, mais cela ne l'empêchait pas de dormir. Si cela devait arriver un jour, très bien. Entre-temps, sa vie lui plaisait telle qu'elle était.

Lorsque Blake et elle avaient rompu, elle avait supposé qu'elle rencontrerait quelqu'un d'autre et finirait peut-être même par se remarier. À présent, cette éventualité semblait de moins en moins probable. C'était Blake qui prenait du bon temps, qui sortait avec de superbes jeunes femmes. Maxine passait toutes ses soirées à la maison, avec ses enfants et leur gouvernante, et elle n'était pas sûre de désirer autre chose. Elle n'aurait pour rien au monde échangé les moments qu'elle partageait avec ses enfants contre un rendez-vous médiocre. Et, en fin de compte, quel mal y avait-il à cela ? L'espace d'un instant, elle s'autorisa à se souvenir des nuits passées entre les bras de son mari, à danser, rire, marcher sur la plage avec lui, à faire l'amour. Cela l'effrayait un peu de penser qu'elle ne ferait peut-être plus jamais l'amour, qu'elle ne serait peut-être plus jamais embrassée. Mais si tel était son destin, elle l'acceptait de bonne grâce. Elle avait ses enfants. Elle n'avait besoin de rien d'autre.

Elle y songeait encore, lorsque Sam entra. Il était en pyjama, les pieds nus, et ses cheveux sentaient le shampooing. Il sauta sur son lit.

— Ça va, maman ? Tu as l'air triste.

Ses paroles arrachèrent Maxine à ses pensées et elle lui sourit.

— Je ne suis pas triste, mon chéri. Je réfléchissais, c'est tout.

— À des trucs d'adultes ? demanda-t-il avec intérêt en augmentant le volume de la télévision à l'aide de la télécommande.

— Oui, si on veut.

— Je peux dormir avec toi, ce soir ?

Au moins, cette fois, il n'avait pas inventé de gorille. Elle lui sourit.

— Bien sûr. Ça me paraît une excellente idée.

Il se blottit contre elle, leur apportant à tous les deux le réconfort dont ils avaient besoin. Avec l'adorable petit Sam dans son lit le soir, pelotonné à côté d'elle, que pouvait-elle désirer de plus ? Aucune aventure, aucune liaison éphémère ne pourrait jamais être aussi douce.

4

Le matin de Thanksgiving, Maxine passa voir les enfants dans leurs chambres. Allongée sur son lit, Daphné parlait avec une amie sur son téléphone portable, qu'elle avait à nouveau l'autorisation d'utiliser. Elle était toujours privée de sorties, mais au moins elle avait récupéré son appareil. Jack était devant son ordinateur, vêtu d'une chemise bleue, d'un pantalon gris et d'un blazer. Maxine l'aida à faire son nœud de cravate. Quant à Sam, il était encore en pyjama, scotché à la télévision. Zelda était partie passer la journée avec une amie.

Maxine sortit les affaires de Sam et demanda à Daphné de raccrocher et de s'habiller. L'appareil toujours collé à l'oreille, sa fille entra dans la salle de bains et claqua la porte. Maxine regagna sa chambre pour se préparer. Elle avait choisi un tailleur pantalon beige, un pull à col roulé en cachemire et des talons. Elle enfila le pull et se brossa les cheveux.

Dix minutes plus tard, Sam réapparut, la chemise boutonnée de travers, la braguette ouverte et les cheveux en bataille. Elle sourit.

— Comment tu me trouves ? demanda-t-il avec assurance.

Elle le recoiffa et lui dit de remonter sa braguette, puis reboutonna sa chemise.

Il fit la grimace lorsqu'elle lui demanda d'aller chercher sa cravate.

— Il faut vraiment que je la mette ? Elle m'étrangle.

— On ne va pas trop la serrer. Papi porte toujours une cravate, et Jack en a une aussi, aujourd'hui.

— Papa n'en met jamais, objecta Sam, l'air blessé.

— Si, répliqua fermement Maxine. Il en met une quand il sort.

— Plus maintenant.

— Il faut en porter une pour Thanksgiving. Et n'oublie pas de sortir tes mocassins.

Comme il retournait dans sa chambre, Daphné apparut sur le seuil, en minijupe et collant noirs, et chaussures à talons. Ses longs cheveux bruns encadraient son visage, et elle était ravissante. Elle venait emprunter un pull à sa mère, le rose qu'elle adorait. De minuscules diamants étincelaient à ses oreilles. Maxine les lui avait offerts pour ses treize ans, lorsqu'elle l'avait autorisée à se faire percer les oreilles. Maintenant, Daphné voulait une deuxième série de trous. D'après elle, « toutes les filles de l'école » avaient au moins deux trous dans chaque oreille. Jusque-là, Maxine avait résisté. Sam revint, ses chaussures à la main.

— Je ne trouve pas ma cravate, annonça-t-il d'un air satisfait.

— Retourne la chercher, rétorqua Maxine. Tu vas la trouver.

Une demi-heure plus tard, ils étaient tous habillés. Les deux garçons portaient leur cravate et des parkas par-dessus leur blazer, et Daphné un manteau noir à petit col en fourrure que Blake lui avait offert pour son anniversaire. Ils descendirent à pied Park Avenue pour se rendre à l'appartement de leurs grands-parents, non loin de là. Daphné voulait prendre un taxi, mais Maxine affirma que la promenade leur ferait du bien. C'était une splendide journée de novembre, ensoleillée, et les enfants attendaient avec impatience le moment de voir leur père, qui devait arriver par avion de Paris dans l'après-midi. Ils iraient dîner chez lui avec Maxine, car elle avait accepté avec plaisir son invitation.

Le portier de l'immeuble de ses parents leur souhaita à tous un joyeux Thanksgiving. Lorsqu'ils sortirent de l'ascenseur, la mère de Maxine les attendait sur le seuil. Elle ressemblait de manière frappante à Maxine, en plus âgée, la silhouette un peu plus ronde. Son mari se tenait derrière elle, un grand sourire aux lèvres.

— Ouah, dit-il, quelle belle famille !

Il embrassa d'abord sa fille, puis serra les mains des garçons, pendant que Daphné embrassait sa grand-mère. Puis il étreignit sa petite-fille avec affection.

— Bonjour, Papi, dit celle-ci en souriant.

Ils suivirent leurs grands-parents dans le salon. Leur grand-mère avait composé de magnifiques bouquets de fleurs d'automne qu'elle avait disposés ici et là dans l'élégant appartement. Comme toujours, tout était impeccable et à sa place. Les enfants s'assirent sur le canapé et les fauteuils, sachant qu'ils devaient bien se conduire. Leurs grands-parents étaient gentils et affectueux, mais ils n'avaient pas l'habitude de recevoir plusieurs enfants à la fois. Sam sortit un jeu de cartes de sa poche, et son grand-père et lui entamèrent une partie de sept familles, pendant que Maxine et sa mère se rendaient dans la cuisine. Tout avait été méticuleusement préparé – l'argenterie étincelait, la nappe et les serviettes étaient impeccables, la dinde était cuite à point, et les légumes étaient presque prêts. Passer Thanksgiving ensemble était une tradition que tous appréciaient. Maxine prenait toujours plaisir à rendre visite à ses parents. Ils lui apportaient un soutien sans faille, surtout depuis son divorce. Ils avaient eu beaucoup d'affection pour Blake, mais jugeaient qu'il avait dépassé les bornes, et son mode de vie actuel était au-delà de leur compréhension. Au début, ils avaient craint qu'il n'ait une influence néfaste sur les enfants, mais cela n'avait pas été le cas. Grâce aux solides principes de Maxine et à l'amour dont elle les entourait, ils gardaient les pieds sur terre.

Le père de Maxine était encore en activité. Il continuait à enseigner, et il supervisait des interventions chirurgicales lorsqu'il s'agissait de cas exceptionnels. Quand Maxine avait décidé de suivre ses traces et d'entrer à la faculté de médecine, il avait été fou de joie. Par la suite, il avait été quelque peu décontenancé lorsqu'elle s'était spécialisée en psychiatrie, un domaine qu'il connaissait peu. Mais il était impressionné par la réputation qu'elle s'était forgée et distribuait fièrement autour de lui les exemplaires de ses ouvrages.

Sa mère jeta un coup d'œil aux patates douces qui mijotaient dans le four et piqua la dinde une nouvelle fois, afin de vérifier la cuisson. Ensuite, elle se tourna vers Maxine avec un beau sourire. C'était une femme discrète, réservée, qui avait préféré rester à l'arrière-plan et soutenir son mari. Jamais elle n'avait éprouvé le besoin de travailler. Elle faisait partie d'une génération qui s'était contentée d'élever des enfants et de rester à la maison. Elle faisait beaucoup de bénévolat, et lisait pour les aveugles. Elle était heureuse, épanouie, menait une vie bien remplie, mais elle s'inquiétait pour sa fille. Trop de responsabilités pesaient sur ses épaules, et elle travaillait trop dur. Le fait que Blake était un père absent la préoccupait plus que son mari, même si ce dernier n'avait jamais joué un rôle actif dans l'éducation de sa propre fille. Aux yeux de Marguerite Connors, son métier l'en avait empêché, contrairement à Blake. La conduite de ce dernier était un mystère pour elle, et elle ne comprenait pas que Maxine soit si tolérante envers lui. Elle plaignait sincèrement sa fille et déplorait qu'il n'y ait pas d'homme sérieux dans sa vie.

— Comment vas-tu, ma chérie ? Tu es toujours aussi occupée ?

Maxine et elle se parlaient plusieurs fois par semaine, mais abordaient rarement des sujets importants. Si Maxine avait éprouvé le besoin de le faire, elle se serait sans doute tournée vers son père, qui avait une vision plus pragmatique du monde. Sa mère avait mené une existence si protégée au cours des presque cinquante années de leur mariage qu'elle était moins à même de pouvoir lui offrir une aide sur le plan pratique. Aujourd'hui encore, c'était son père qui rédigeait les chèques et réglait les factures. S'il lui arrivait malheur un jour, sa mère serait complètement perdue. Maxine ne voulait pas lui donner de soucis.

— Tu travailles sur un nouveau livre ?

— Pas encore. Il y a toujours énormément de travail avant les fêtes. C'est une période difficile pour mes jeunes patients.

Maxine disposa dans la panière les petits pains qu'elle venait de faire chauffer. Le repas semblait délicieux, et une odeur appétissante régnait dans la cuisine. Excellente cuisinière, sa mère s'enorgueillissait de préparer elle-même les repas de fête, au grand soulagement de Maxine, qui n'avait jamais été très intéressée par les tâches domestiques. À bien des égards, elle ressemblait davantage à son père. Elle était plus scientifique que ménagère, et, en tant que chef de famille, plus consciente des réalités.

— Pour ton père aussi, commenta Marguerite en sortant du four la dinde rôtie à souhait. Dès qu'il commence à faire froid, les gens font des chutes et les fractures se multiplient. Ton père est toujours débordé à cette époque.

Maxine sourit et l'aida à sortir du four le plat de patates douces puis à le poser sur le plan de travail.

— Papa est toujours très demandé.

— Toi aussi, répondit sa mère avec fierté.

Elle gagna le salon, afin de demander à son mari de venir découper la dinde. Maxine la suivit. Son père disputait toujours une partie de cartes avec Sam, tandis que Daphné et Jack regardaient la télévision.

— La dinde est prête, annonça sa mère.

Son père se leva, en indiquant à son petit-fils que la partie devait s'interrompre.

— Je crois que Sam triche, commenta-t-il en souriant.

— Aucun doute, confirma Maxine.

Dix minutes plus tard, la dinde trônait sur la table. Comme d'habitude, Maxine apprécia le rituel familial, heureuse qu'ils soient tous ensemble et que ses parents soient en bonne santé. Sa mère avait soixante-dix-huit ans et son père soixante-dix-neuf. Elle avait du mal à croire qu'ils soient si âgés.

Sa mère récita le bénédicité, après quoi son père fit circuler le plat. Il y avait de la farce, de la gelée de canneberge, des patates douces, du riz sauvage, des petits pois, des épinards, de la purée de marrons et du pain maison. C'était un véritable festin.

— Miam ! s'écria Sam en empilant les patates douces sur son assiette.

Il prit aussi de grosses cuillerées de gelée, une généreuse portion de farce et un morceau de blanc de dinde.

La conversation alla bon train. Son père demanda tour à tour aux enfants comment ils travaillaient à l'école, et se montra particulièrement intéressé par les matchs de Jack. Quand le déjeuner se termina, ils avaient tant mangé qu'ils se sentaient à peine capables de bouger. Au dessert, il y avait eu de la tarte aux pommes, aux raisins secs et aux épices, accompagnée de glace à la vanille et de chantilly. Lorsque Sam se leva de table, les pans de sa chemise étaient sortis de son pantalon, et sa cravate était de travers sur son col défait. Jack avait meilleure allure, mais il avait aussi retiré sa cravate. Seule Daphné avait conservé l'apparence soignée qu'elle avait en arrivant. Les trois enfants retournèrent dans le salon pour regarder du football à la télévision, tandis que Maxine prenait un café avec ses parents.

— C'était un repas fantastique, maman, assura-t-elle.

Elle adorait la cuisine de sa mère et regrettait de ne pas avoir appris à la faire avec elle. Mais elle n'y portait pas l'intérêt nécessaire et n'en avait pas le talent.

— Tout ce que tu prépares est toujours excellent.

Sa mère sourit jusqu'aux oreilles.

— Ta mère est une femme remarquable, commenta son père.

Maxine sourit en les voyant échanger un regard. Après toutes ces années, ils étaient encore amoureux l'un de l'autre. Leur cinquantième anniversaire de mariage approchait et Maxine songeait à organiser une fête pour eux.

— Les enfants ont bonne mine, reprit son père.

Maxine prit un chocolat à la menthe sur le plateau en argent que sa mère avait posé devant elle. Elle n'aurait pas cru pouvoir manger une autre bouchée après cet énorme repas, mais elle le fit néanmoins.

— Ils vont bien, oui.

— C'est dommage que leur père ne les voie pas plus souvent.

C'était une remarque qu'il faisait souvent. Tout en ayant apprécié Blake par le passé, il le jugeait sévèrement.

— Il arrive ce soir, commenta Maxine d'un ton neutre.

Elle connaissait le point de vue de son père et n'était pas entièrement en désaccord avec lui.

— Pour combien de temps ? s'enquit sa mère.

Elle partageait l'opinion de son mari, même si elle aimait bien Blake.

— Sans doute pour le week-end.

Si toutefois il restait aussi longtemps. Avec Blake, ce n'était jamais certain. Mais au moins, il verrait ses enfants à Thanksgiving. Avec lui, cela n'allait pas de soi. Heureusement, les enfants se réjouissaient de toutes ses visites, si brèves soient-elles.

— Quand les a-t-il vus pour la dernière fois ? demanda son père d'un ton désapprobateur.

— En juillet, sur le yacht. Ils ont passé des vacances fantastiques.

— Là n'est pas la question, répliqua-t-il. Les enfants ont besoin d'un père. Il n'est jamais là.

— Il ne l'a jamais été, répondit Maxine honnêtement.

Elle n'aimait pas être dure à son égard, et elle ne voulait pas peiner les enfants en faisant des commentaires négatifs à son sujet.

— C'est pourquoi nous avons divorcé. Il les aime, même s'il oublie de venir. Comme dirait Sam, c'est nul. Cela dit, ils semblent s'en accommoder. Ils lui en voudront peut-être plus tard, mais pour l'instant, ils l'acceptent tel qu'il est. Pour eux, c'est quelqu'un d'adorable, qui n'est pas fiable du tout, mais qui les aime et avec qui ils s'amusent.

C'était un parfait résumé de Blake. Son père fronça les sourcils et secoua la tête.

— Et toi ? demanda-t-il, toujours inquiet au sujet de sa fille.

Comme sa mère, il pensait qu'elle travaillait trop et il était désolé qu'elle soit seule. Cela lui semblait injuste, et il en voulait à Blake, bien plus que Maxine. Mais elle avait accepté la situation, ce qui n'était pas le cas de ses parents.

— Je vais bien, affirma Maxine.

Elle savait à quoi il faisait allusion. Ils lui posaient toujours la question.

— Pas de gentil jeune homme à l'horizon ? insista-t-il avec optimisme.

— Non, répondit-elle en souriant. Je dors toujours avec Sam.

Ses parents sourirent tous les deux.

— J'espère que cela va changer un de ces jours, dit Arthur Connors, l'air préoccupé. Les enfants vont grandir avant même que tu t'en rendes compte et tu te retrouveras toute seule.

— Je crois que j'ai encore quelques années devant moi avant de devoir m'affoler.

— Le temps passe très vite, répondit-il, songeant à elle. Un matin, je me suis réveillé, et tu étais en faculté de médecine. Et maintenant, regarde-toi. Tu es une sommité dans ton domaine, mais pour moi, tu as encore quinze ans.

Il lui sourit et sa mère hocha la tête.

— Je comprends, papa. Daphné porte déjà mes vêtements et mes chaussures à talons, et je me demande comment c'est arrivé. Quant à Jack, il est aussi grand que moi, et j'ai l'impression que Sam est né hier. C'est bizarre, n'est-ce pas ?

— C'est encore plus bizarre quand les enfants ont ton âge.

Maxine aimait la relation qu'elle avait avec ses parents. Ils lui offraient une sorte de refuge, un sentiment de sécurité qui lui permettait d'oublier ses difficultés quand elle était chez eux.

Parfois elle se demandait si le comportement de Blake ne venait pas d'une peur de vieillir. Il était extraordinairement doué pour les affaires, pourtant, par certains côtés, il fuyait les responsabilités comme la peste. Il aurait voulu rester éternellement un enfant, et pourtant il vieillissait comme tout le monde. En un sens, c'était triste. À vouloir fuir et se fuir, il n'avait pas vu ses enfants grandir, et il l'avait perdue, elle. Cela semblait cher payer pour rester Peter Pan.

— Tu devrais sortir davantage, reprit son père. Tu es belle et tu as tout pour rendre un homme heureux. À quarante-deux ans, tu es encore une gamine. Ne t'enferme pas chez toi. Amuse-toi un peu !

Il savait pertinemment que ce n'était pas le cas. Parfois, il avait peur qu'elle ne soit encore amoureuse de Blake et qu'elle n'attende son retour. Sa femme affirmait que non et que c'était parce qu'elle n'avait rencontré personne qui lui plaise. Au début, son père lui avait présenté des collègues, mais cela n'avait pas marché, et Maxine lui avait dit qu'elle préférait sortir avec des hommes de son choix.

Elle aida sa mère à débarrasser la table et à mettre un peu d'ordre dans la cuisine, puis elles retournèrent avec les autres, qui regardaient le match au salon. À regret, à 17 heures, Maxine donna le signal du départ. Elle ne voulait pas qu'ils soient en retard pour Blake. Les instants que les enfants partageaient avec lui étaient précieux. Ses parents furent tristes de les voir partir si vite. La journée avait été parfaite.

Ils remontèrent lentement Park Avenue jusqu'à leur immeuble et les enfants se changèrent. Blake téléphona à 18 heures. Il venait d'arriver et leur donna rendez-vous chez lui une heure plus tard. Le traiteur devait livrer le dîner vers 21 heures et ils discuteraient en attendant. Les enfants étaient tout excités.

— Tu es sûr que tu veux toujours que je vienne ? demanda Maxine.

Elle ne voulait pas empiéter sur le peu de temps qu'ils passaient avec lui. Bien sûr, elle savait que Sam était plus à l'aise si elle était là, mais il fallait qu'il s'habitue à Blake, même s'il ne le voyait jamais assez longtemps pour cela.

— Absolument, répondit-il.

Il n'y voyait aucun inconvénient, au contraire. Il adorait que Maxine soit là. Cinq ans après leur divorce, ils s'appréciaient toujours, même si maintenant c'était en tant qu'amis.

— Nous pourrons bavarder pendant que les enfants seront occupés, ajouta-t-il.

Les enfants s'amusaient toujours comme des fous chez lui, jouant à des jeux vidéo ou regardant des films. Ils adoraient la salle de projection et ses immenses fauteuils. Étant resté lui-même un enfant, Blake possédait tous les gadgets possibles et imaginables.

Maxine raccrocha et informa les enfants de ce que Blake lui avait dit. Ils avaient tout le temps de préparer leurs affaires pour passer la nuit chez lui. Sam paraissait un peu inquiet et Maxine s'efforça de le rassurer.

— Tu pourras dormir avec Daffy, si tu veux, lui assura-t-elle, ce qui sembla le soulager.

Elle en fit part à Daphné, lui recommandant de prendre soin de Sam, ce que Daphné accepta volontiers.

Une heure plus tard, ils étaient tous les quatre dans un taxi, en route pour l'appartement de Blake. L'ascenseur qui y menait faisait penser à un vaisseau spatial et il fallait composer un code pour accéder à son duplex. À la seconde où il ouvrit la porte, ils entrèrent dans un autre monde, un univers magique. Une musique assourdissante les accueillit, émanant d'une hi-fi hyper-sophistiquée. La vue était fabuleuse et l'appartement jouissait d'immenses baies vitrées pour en profiter au maximum. De plus, les plafonds étaient très hauts, ce qui accentuait l'impression d'espace. Il les embrassa tous. Puis il offrit à Daphné un téléphone portable de couleur rose gravé à ses initiales et montra à Sam les nouveaux jeux vidéo qu'il avait fait installer, avant de tendre un casque stéréo dernier cri à Jack.

Blake sourit alors à son ex-femme et passa un bras amical autour de ses épaules.

— Salut, Max, dit-il. Comment vas-tu ? Je suis désolé pour le chantier.

Il était irrésistible, comme toujours. Son teint hâlé accentuait le bleu électrique de ses yeux. Il portait un jean, un pull noir à col roulé et des bottes de cow-boy en croco qui avaient été faites sur mesure pour lui à Milan. Tout chez lui était attirant et incroyablement séduisant… pendant environ dix minutes. Puis, on se rendait compte qu'on ne pouvait pas compter sur lui, et qu'aussi charmant fût-il, il ne changerait jamais. C'était le plus beau, le plus intelligent, le plus adorable des Peter Pan. Génial si on se prenait pour Wendy. Dans le cas contraire, ce n'était pas un homme pour vous. Elle devait se le rappeler continuellement car, en sa compagnie, elle l'oubliait. Mais elle savait mieux que personne à quel point il n'était pas responsable. Parfois, elle avait l'impression qu'il était son quatrième enfant.

— Ils adorent le désordre, assura-t-elle.

Avec lui, ils vivaient une aventure permanente. Qui n'aimait pas cela à leur âge ? C'était beaucoup plus difficile à accepter au sien.

— Tu as une mine superbe, Blake. D'où viens-tu ?

— J'ai passé toute la semaine dans ma villa de Marrakech. Elle va être fantastique. Et hier, j'étais à Paris.

Elle eut un léger rire en songeant à leurs différences. La veille, elle était à l'hôpital en train de rendre visite à Jason. C'était à des années-lumière de la vie glamour de son ex-mari, mais elle n'aurait pas échangé sa place pour tout l'or du monde.

— Toi aussi, Max, tu as l'air en forme. Tu travailles toujours autant ? Tu as toujours autant de patients ? Je ne sais pas comment tu fais.

Il admirait son travail, tout comme il admirait ses qualités de mère et d'épouse.

— Ça me convient, répondit Maxine en souriant. Quelqu'un doit le faire et je suis contente que ce soit moi. J'adore travailler avec les enfants.

Il hocha la tête, sachant qu'elle était sincère.

— Comment s'est passé Thanksgiving avec tes parents ?

Il avait toujours eu l'impression d'étouffer pendant ces réunions de famille, et pourtant, curieusement, elles lui plaisaient. Il n'en avait plus connu depuis cinq ans.

— Bien. Ils sont toujours heureux de voir les enfants. Tous les deux sont en forme. Mon père opère moins à présent, mais il continue à enseigner et à exercer.

— Tu seras pareille à son âge, prédit Blake en remplissant deux flûtes de champagne.

Il lui en tendit une, et elle but une gorgée, admirant la vue que l'on avait de son appartement. On avait l'impression d'être dans un avion. Tout ce qu'il possédait ou touchait avait un côté magique. Rares étaient les gens qui avaient autant de goût que Blake.

Elle était surprise qu'il ne soit pas accompagné, mais il ne tarda pas à lui en donner la raison.

— Je viens de me faire plaquer par un top model de vingt-quatre ans, dit-il avec un sourire de regret.

Elle l'avait quitté pour une star du rock qui, d'après Blake, possédait un plus gros avion que lui. Maxine ne put réprimer un rire. Il ne semblait guère attristé et elle savait qu'il ne l'était pas. Les filles qu'il fréquentait n'étaient que des papillons pour lui. Il n'avait aucun désir de s'engager et ne souhaitait pas avoir d'autres enfants, si bien que celles avec qui il sortait finissaient par épouser quelqu'un d'autre. Avec lui, il n'était jamais question de mariage. Pendant qu'ils bavardaient dans le salon, Sam entra et se percha sur les genoux de sa mère. Il regarda Blake avec curiosité, comme s'il s'agissait d'un ami de la famille et non de son père, puis lui demanda des nouvelles de l'amie qui l'accompagnait l'été précédent. Blake éclata de rire.

— Tu as raté deux épisodes depuis, mon grand. Je disais justement à ta maman que je m'étais fait plaquer la semaine dernière. Alors, je suis tout seul cette fois.

Sam hocha la tête et jeta un coup d'œil vers sa mère.

— Maman n'a pas de copain non plus. Elle ne sort jamais. Elle nous a, nous.

— Elle devrait sortir, conseilla Blake en leur souriant à tous les deux. Elle est très belle, et un de ces jours, vous allez tous grandir.

C'était exactement ce que son père avait dit après le déjeuner. Maxine appréciait leur sollicitude, mais elle n'était pas pressée. Elle avait encore douze ans devant elle avant que Sam n'entre à l'université.

Blake changea de sujet et interrogea Sam sur l'école. Le petit garçon lui expliqua qu'il avait joué le rôle de la dinde dans la pièce de théâtre. Maxine avait envoyé à Blake les photos par e-mail, comme elle le faisait toujours pour les événements importants. Elle lui avait aussi joint des photos de Jack en train de jouer au football.

Jack et Daphné revinrent auprès d'eux, participèrent à la conversation et reprirent leurs marques avec Blake. Daphné le regardait avec adoration. Quand les enfants quittèrent la pièce, Maxine en profita pour mettre Blake au courant de l'incident avec la bière, afin qu'il veille à ce que cela ne se reproduise pas quand Daphné serait chez lui.

— Allons, Max, gronda-t-il doucement, ne sois pas si stricte. Ce n'est qu'une gamine. Tu ne crois pas que la punir un mois était un peu excessif ? Elle ne va pas devenir alcoolique parce qu'elle a bu deux bières.

C'était le genre de réaction auquel elle s'attendait de sa part et qui ne lui plaisait pas. C'était une de leurs nombreuses différences. Blake ne croyait pas aux principes.

— Bien sûr que non, répondit Maxine calmement. Mais si je la laisse boire de la bière à treize ans, où en serons-nous quand elle en aura seize ? Tu veux qu'elle organise des parties de crack ou d'héroïne pendant que je suis avec des patients ? Il faut lui imposer des limites et qu'elle les respecte, sinon nous nous retrouverons avec des ennuis jusqu'au cou dans les années qui viennent. Je préfère prendre les devants.

— Je sais, soupira-t-il.

Ses yeux étaient plus bleus que jamais, il la regardait d'un air contrit. On aurait dit un petit garçon qui vient d'être grondé par sa mère ou son institutrice. C'était un rôle que Maxinc n'aimait guère, mais qui était celui qu'elle tenait avec lui depuis des années. Elle y était habituée.

— Tu as sans doute raison. Cela ne me paraît pas grave, parce que j'ai fait bien pire à son âge. Je piquais du whisky dans le bar de mon père et je le revendais à l'école avec un gros bénéfice !

Cela les fit rire tous les deux.

— C'est différent. Tu faisais cela parce que tu avais déjà le sens des affaires. Tu étais un entrepreneur en herbe, pas un alcoolique. Je parie que tu ne buvais pas.

En général, Blake n'abusait pas de l'alcool et il ne s'était jamais drogué. Il se contentait de faire la fête de toutes les manières possibles.

— Tu as raison, dit-il en riant de plus belle. Je préférais rester sobre et faire boire les filles. Ça me paraissait un bien meilleur plan.

Max secoua la tête et rit avec lui.

— Quelque chose me dit que tu n'as pas beaucoup changé.

— Je n'ai plus besoin de les faire boire, avoua-t-il avec un sourire complice.

Ils avaient une relation des plus étranges, comme s'ils étaient de grands amis plutôt que des gens qui avaient été mariés durant dix ans et avaient eu trois enfants. Il était le copain un peu fou qu'elle voyait deux ou trois fois par an, alors qu'elle était la femme responsable qui élevait ses enfants et travaillait dur. Ils étaient le jour et la nuit.

Le traiteur arriva à 21 heures pile. Tout le monde avait faim. Blake avait demandé les services de l'un des meilleurs restaurants japonais de New York, et le dîner fut préparé sous leurs yeux avec art. Le chef coupait les crevettes et les flambait en les lançant en l'air et en les rattrapant dans la poêle. Les enfants étaient fascinés. Tout ce que Blake organisait était spectaculaire et unique. Même Sam semblait détendu et heureux quand vint l'heure du départ pour Maxine. Il était près de minuit, et les enfants regardaient un film dans la salle de projection. Elle savait qu'ils ne se coucheraient pas avant 3 ou 4 heures du matin. Cela ne leur ferait pas de mal, elle était heureuse qu'ils profitent au maximum de leur père. Ils dormiraient quand ils seraient de retour à la maison.

— Tu restes jusqu'à quand ? demanda-t-elle en enfilant son manteau.

Elle redoutait la réponse. S'il partait le lendemain, les enfants seraient déçus. Ils espéraient passer le week-end avec lui, surtout qu'ils ne savaient pas quand ils le reverraient, même si Noël approchait et qu'il les invitait en général à venir le rejoindre quelques jours pour les fêtes.

— Je ne pars pas avant dimanche.

Il lut le soulagement sur ses traits.

— Tant mieux, dit-elle doucement. Ils détestent que tu repartes.

— Moi aussi, avoua-t-il avec une certaine tristesse. Si tu es d'accord, j'aimerais les emmener à Aspen, après Noël. Je n'ai pas encore de date en tête, mais c'est bien de passer le nouvel an là-bas.

— Ils seront très contents.

Elle sourit. Les enfants lui manquaient lorsqu'ils partaient, mais elle voulait qu'ils voient leur père, et avec lui ce n'était pas chose facile. C'était quand cela l'arrangeait et qu'il était prêt.

— Veux-tu dîner avec nous demain soir ? demanda-t-il en la raccompagnant à l'ascenseur.

Il aimait toujours Maxine. D'ailleurs, il aurait été heureux de rester marié avec elle. C'était Maxine qui avait décidé de mettre fin à leur union, et il ne pouvait lui en vouloir. Depuis, il avait pris du bon temps, mais il appréciait qu'elle soit encore dans sa vie et se réjouissait qu'elle ne l'ait jamais exclu de la sienne. Il se demanda si cela changerait lorsqu'elle rencontrerait quelqu'un et que ce serait sérieux. Il était certain que cela se produirait un jour et était même surpris que cela tarde tant.

— Peut-être, répondit-elle. Vois comment les choses se passent avec les enfants. Je ne veux pas m'imposer.

— On adore que tu sois là, assura-t-il avant de l'étreindre pour lui souhaiter bonne nuit.

— Merci pour le dîner.

Elle monta dans l'ascenseur et lui adressa un signe au moment où les portes se refermaient. La cabine descendit les cinquante étages à une allure vertigineuse. Maxine songea que rien n'avait changé. Elle l'aimait toujours. Elle n'avait jamais cessé de l'aimer. Mais elle ne voulait plus être sa femme. Ce qui était étrange, c'est que cela ne l'ennuyait pas qu'il sorte avec des filles qui avaient à peine plus de vingt ans. Il était difficile de définir leur relation, mais elle leur convenait à tous les deux.

Le portier lui appela un taxi. Tandis qu'elle roulait vers son immeuble, elle songea que la journée avait été vraiment agréable. À son retour, l'appartement lui sembla noir et silencieux. Elle alluma les lumières et gagna sa chambre, pensant à Blake et aux enfants dans le somptueux duplex. Son appartement lui plaisait bien davantage, car la vie de Blake ne la tentait absolument pas. Elle n'avait nul besoin de ce luxe et de ces excès. Elle était contente pour lui, mais elle avait tout ce qu'elle désirait.

Pour la millième fois depuis qu'elle l'avait quitté, elle sut qu'elle avait pris la bonne décision. Toutes les autres femmes pouvaient bien rêver de Blake Williams. Elle ne voulait plus de ce rêve-là.

5

Maxine dormait à poings fermés quand le téléphone sonna, à 4 heures du matin. Il lui fallut quelques instants pour émerger du sommeil profond dans lequel elle sombrait toujours lorsque les enfants n'étaient pas là. Elle jeta un coup d'œil au réveil, espérant qu'il n'y avait pas de problème pour Blake et se demandant si Sam avait fait un cauchemar et voulait rentrer à la maison.

— Dr Williams, dit-elle d'un ton énergique pour masquer le fait qu'elle dormait.

Mais qui aurait pu le lui reprocher à 4 heures du matin ?

— Maxine, je suis désolée de t'appeler aussi tard.

C'était Thelma Washington, le médecin qui assurait son remplacement pour les fêtes de Thanksgiving.

— Je suis à l'hôpital avec les Anderson. J'ai pensé que tu voudrais être au courant. Hilary a fait une overdose hier soir.

C'était une adolescente maniacodépressive de quinze ans qui souffrait d'une addiction à l'héroïne et avait fait quatre tentatives de suicide au cours des deux dernières années. Maxine fut aussitôt réveillée.

— Elle a été transportée aussi vite que possible à l'hôpital. Les ambulanciers lui ont donné de la naxolone, mais son état est inquiétant.

— J'arrive.

Maxine était déjà debout.

— Elle n'a pas repris connaissance et le médecin de garde est pessimiste. Il est difficile de se prononcer, ajouta Thelma.

— Elle s'en est sortie, la dernière fois, répondit Maxine. Elle est plutôt solide.

— Il faudra qu'elle le soit. Apparemment, elle a ingurgité un cocktail d'enfer. Héroïne, cocaïne, amphétamines, et l'analyse de sang révèle la présence de mort-aux-rats. Il semble que l'héroïne en vente dans la rue soit coupée avec de sales trucs, ces temps-ci. Deux jeunes en sont morts, la semaine dernière. Maxine... Ne te fais pas trop d'illusions. Je crains que, si elle survit, elle ne soit très lourdement handicapée.

— Oui, je sais. Merci de m'avoir appelée. Je m'habille et j'arrive. Où est-elle ?

— Aux urgences. Je t'attends. Ses parents sont anéantis.

— Je m'en doute.

Après les précédentes tentatives d'Hilary, les pauvres vivaient à nouveau un terrible cauchemar. Elle était leur unique enfant et ils avaient fait tout ce qu'ils avaient pu, mais Hilary s'était montrée difficile dès l'enfance.

Maxine l'avait fait hospitaliser quatre fois au cours des deux dernières années, sans résultat notable. Dès qu'elle sortait de l'hôpital, elle recommençait. Elle avait expliqué plusieurs fois à Maxine qu'elle ne pouvait pas s'en empêcher. Elle ne pouvait pas se passer de drogue et elle affirmait que les traitements de substitution que Maxine lui prescrivait ne lui faisaient pas le même effet que ce qu'elle achetait dans la rue.

Maxine redoutait cette issue depuis deux ans.

En moins de cinq minutes, elle enfila un jean, un gros pull et des mocassins, prit son manteau, son sac et pressa le bouton de l'ascenseur. Elle trouva un taxi aussitôt et arriva à l'hôpital dix minutes plus tard. Thelma avait étudié à Harvard, comme elle. C'était une Afro-Américaine et l'un des meilleurs psychiatres que Maxine connaissait. Elles avaient fait leurs études ensemble, étaient devenues amies et collaboraient depuis des années. Maxine savait qu'elle pouvait toujours compter sur Thelma. Elles se ressemblaient à bien des égards et Maxine n'hésitait jamais à lui confier ses patients.

Thelma la mit rapidement au courant. Hilary était plongée dans un profond coma, et jusqu'ici, rien n'avait pu l'en faire émerger. Elle avait fait son overdose chez elle, pendant que ses parents étaient sortis. Elle n'avait pas laissé de mot d'explication, mais c'était inutile. Elle avait souvent dit à Maxine qu'elle se moquait de vivre ou de mourir. Pour elle, les troubles bipolaires étaient trop durs à supporter.

Le visage de Maxine se décomposa lorsqu'elle lut les comptes-rendus.

— Seigneur. Elle a avalé tout ça ? murmura-t-elle, accablée.

Thelma acquiesça.

— Sa mère a dit que son petit copain l'avait plaquée hier soir. Ça n'a pas dû aider.

Maxine hocha la tête et referma le dossier. Tout avait été tenté. Il ne restait plus qu'à attendre. Si elle ne reprenait pas conscience bientôt, il y aurait de grandes chances pour qu'elle soit réduite à l'état de légume, à supposer qu'elle survive, ce qui n'avait rien de certain. En fait, Maxine était surprise qu'elle soit encore en vie, après tout ce qu'elle avait absorbé.

— On sait quand elle a fait ça ? demanda-t-elle tout en marchant dans le couloir.

Thelma paraissait fatiguée et soucieuse. Elle détestait les cas de ce genre.

— Sans doute quelques heures avant qu'on la trouve, et c'est là le problème. Ces trucs ont eu largement le temps d'agir. C'est la raison pour laquelle la naxolone n'a pas marché, d'après l'ambulancier qui l'a amenée.

Administrée rapidement, la naxolone annulait les effets des narcotiques et elle avait déjà sauvé Hilary quatre fois par le passé. Si elle n'avait pas produit de résultat cette fois, c'était très mauvais signe.

Maxine alla d'abord voir Hilary, avant ses parents. Un léger drap la recouvrait. Elle était immobile, le teint gris, un masque sur la bouche et le nez. La machine respirait à sa place. On tentait toujours de la ranimer. Maxine la regarda un long moment, s'entretint avec le personnel soignant et échangea quelques mots avec le médecin de garde. Le cœur tenait bon, bien que l'appareil ait signalé une arythmie à plusieurs reprises. Malgré ses cheveux teints en noir et ses tatouages sur les bras, l'adolescente ressemblait encore à une enfant.

Maxine échangea un regard avec Thelma et elles allèrent ensemble voir les parents dans la salle d'attente. Ils étaient restés près d'Hilary jusqu'à ce qu'on leur demande de partir.

Angela Anderson pleurait. Son mari avait mis un bras autour de ses épaules. Lui aussi avait les yeux rouges.

— Comment va-t-elle ? demandèrent-ils à l'unisson.

Maxine s'assit à côté d'eux et Thelma quitta la pièce.

— Son état n'a guère changé depuis son admission. Je viens de la voir. Elle se bat. Comme toujours.

Maxine leur sourit tristement, le cœur serré par la souffrance qu'elle lisait dans leurs yeux.

— Il y avait du poison dans les drogues qu'elle a prises, expliqua-t-elle. Mais le gros problème est que son organisme avait déjà digéré ces drogues quand on l'a retrouvée. Et le cœur a ses limites.

Elle ne leur apprenait rien, mais elle se devait de leur laisser entendre que l'issue risquait d'être fatale, même si l'équipe de réanimation faisait tout son possible.

Quelques minutes plus tard, Thelma leur apporta du café à tous les trois, après quoi Maxine retourna au chevet d'Hilary. Thelma était prête à rester, mais Maxine lui conseilla de rentrer chez elle. Il était inutile qu'elles passent toutes les deux la nuit à l'hôpital. Son amie partie, elle s'attarda dans la chambre, espérant que le cœur d'Hilary tiendrait bon. Le pouls de la jeune fille devenait plus irrégulier. L'interne signala à Maxine que la tension artérielle baissait, ce qui était mauvais signe.

Pendant les quatre heures suivantes, Maxine fit des allers-retours entre les Anderson et leur fille. À 8 h 30, elle les autorisa à la voir, sachant que ce serait sans doute la dernière fois. La mère d'Hilary se pencha vers sa fille et l'embrassa en sanglotant. Son père demeura immobile, à peine capable de la regarder. Le respirateur parvenait tout juste à la maintenir en vie.

À peine étaient-ils retournés dans la salle d'attente que le médecin de garde arriva et fit signe à Maxine de le suivre dans le couloir.

— Elle est au plus mal, confia-t-il.

— Oui, je sais, répondit Maxine.

Elle le raccompagna au chevet d'Hilary. Au moment où ils entraient, l'appareil émit un bip d'alarme. Le cœur de la jeune fille venait de s'arrêter. L'équipe fit le maximum pour le faire repartir, mais en vain. Maxine les observait, la mine sombre. Ils luttèrent durant une demi-heure jusqu'à ce que l'interne leur fasse signe d'arrêter. C'était fini. Hilary les avait quittés. Ils demeurèrent un instant immobiles à se regarder, puis l'interne se tourna vers Maxine, alors qu'on débranchait l'appareil et qu'on retirait le tube placé dans la bouche de l'adolescente.

— Je suis désolé, murmura-t-il.

Puis il quitta la chambre. Il ne pouvait plus rien.

Maxine retourna à la salle d'attente. Au moment où elle entra, les parents d'Hilary comprirent et sa mère se mit à gémir. Maxine passa un long moment avec eux, puis ils demandèrent à revoir leur fille. Maxine les laissa seuls avec elle presque une heure. Enfin, le cœur brisé, anéantis, ils rentrèrent chez eux.

Maxine signa le certificat de décès. Il était plus de 10 heures du matin lorsqu'elle décida de rentrer. Elle sortait de l'ascenseur quand une infirmière qu'elle connaissait la héla. Maxine se tourna vers elle et lut la tristesse sur son visage.

— Je suis désolée, assura gentiment la jeune femme.

Elle avait été présente la dernière fois qu'Hilary avait été admise et avait aidé à la sauver. Cette nuit, l'équipe avait été tout aussi compétente, mais les chances de survie d'Hilary étaient beaucoup plus faibles. Tandis qu'elles parlaient, Maxine remarqua un homme de haute taille, vêtu d'une blouse de médecin, qui les observait à quelques mètres de là.

Il attendit pour s'approcher que Maxine ait fini de parler à l'infirmière.

— Docteur Williams ? demanda-t-il d'un ton incertain.

Il devait se rendre compte qu'elle avait l'air las et harassé.

— Oui ?

— Je suis Charles West. L'idiot qui vous a causé des ennuis avec Jason Wexler, il y a quelques semaines. Je voulais juste vous saluer.

Elle n'était guère d'humeur à bavarder, mais elle ne voulait pas être grossière. Il avait été gentil de l'appeler et de s'excuser, aussi fit-elle un effort.

— Désolée, la nuit a été longue. Je viens de perdre une patiente, une adolescente de quinze ans qui a fait une overdose. On ne s'y habitue jamais. À chaque fois, cela vous déchire le cœur.

Cela leur rappela à tous les deux ce qui aurait pu arriver à Jason si elle l'avait écouté, et rétrospectivement ils furent soulagés qu'elle ne l'ait pas fait.

— Je suis navré. Ça semble si injuste, n'est-ce pas ? Je suis venu voir une patiente de quatre-vingt-douze ans qui souffre d'une fracture de la hanche et de pneumonie, mais qui va bien. Et vous, vous venez de perdre une fille de quinze ans. Puis-je vous offrir un café ?

Maxine n'hésita pas une seconde. Elle n'en pouvait plus.

— Une autre fois, peut-être.

Il hocha la tête, compréhensif. Elle le remercia de nouveau et s'éloigna. Il la suivit des yeux tandis qu'elle traversait le hall. Il était stupéfié par son physique car il avait cru qu'elle était plus âgée. En lisant son CV, il s'était imaginé une sorte de virago.

Charles West se tourna vers l'ascenseur, songeant à elle et à la nuit qu'elle avait passée. Son regard disait tout. Quand il sortit de la cabine, il n'avait plus qu'une seule idée en tête : il espérait que leurs chemins allaient se croiser de nouveau.

Maxine monta dans un taxi et rentra chez elle, sans accorder une seule pensée à Charles West. Elle songeait à Hilary et aux Anderson, à la souffrance indicible de perdre un enfant. De pareils moments ne faisaient que renforcer sa détermination à éviter d'autres tragédies.

6

Lorsque Blake téléphona dans l'après-midi, Maxine lui relata ce qui s'était passé durant la nuit. Il se montra plein de compassion et essaya de lui changer les idées. Il allait faire du shopping avec les enfants et lui proposa de les accompagner, mais elle refusa. Comprenant sa peine, il n'insista pas. Il l'invita alors à dîner avec eux, ce qu'elle refusa aussi. Il se borna donc à lui passer les enfants, après leur avoir murmuré d'être particulièrement gentils avec leur mère.

Sam allait bien et était content. Ils passaient un week-end formidable. Blake les avait emmenés faire un tour en hélicoptère. Elle promit de les retrouver le lendemain et se sentit un peu mieux en raccrochant.

Elle appela alors Thelma Washington afin de lui annoncer la triste nouvelle. Son amie ne fut guère étonnée. Ensuite, elle téléphona aux Anderson. Comme elle s'y attendait, ils étaient effondrés, sous le choc. Ils devaient s'occuper des obsèques, prévenir amis et parents, accomplir toutes les formalités nécessaires lorsqu'on perd un proche. Maxine leur redit combien elle était désolée et ils la remercièrent pour toute l'aide qu'elle leur avait apportée. Elle avait beau savoir qu'elle avait fait tout ce qui était en son pouvoir, elle avait l'impression d'avoir failli.

Blake la rappela, au moment où elle s'apprêtait à sortir. Il se garda bien de lui dire qu'il lui avait acheté pour Noël, avec les enfants, un magnifique bracelet en saphir.

Il voulait savoir comment elle se sentait, et elle le rassura. Son appel la toucha. Il avait des défauts, mais il pouvait se montrer attentionné, comme maintenant.

— Seigneur, je ne sais pas comment tu fais. À ta place, je deviendrais fou.

Il savait qu'elle était toujours bouleversée lorsque l'un de ses patients mourait, ce qui, malheureusement, arrivait de temps à autre.

— J'ai de la peine, admit-elle, mais je plains tellement ses parents. Elle était fille unique. Je crois que cela me tuerait s'il arrivait quelque chose à l'un de nos enfants.

Elle était souvent confrontée à ce genre de drame et c'était ce qu'elle redoutait le plus au monde.

— C'est affreux, murmura-t-il.

Il s'inquiétait pour elle. Certes, elle s'en sortait bien, mais il était conscient qu'elle n'avait pas une vie facile, et que c'était en partie à cause de lui. Aussi s'efforçait-il de l'aider de son mieux en de tels moments, même s'il ne pouvait pas faire grand-chose.

— Je crois que j'ai besoin de passer la journée seule, reconnut-elle. Ça ira mieux demain.

Ce soir-là, il prévoyait d'emmener les enfants au théâtre. Le lendemain, ils iraient tous au restaurant.

— Et puis, reprit-elle, cela leur fait du bien, et à toi aussi, de les voir seuls, sans que je vous suive partout.

Elle faisait toujours attention à ne pas s'imposer.

— J'aime bien que tu nous suives partout, affirma-t-il en souriant.

Il appréciait aussi d'être seul avec les enfants, pour qui il trouvait toujours des activités amusantes.

Il indiqua à Maxine qu'il les emmènerait à la patinoire le lendemain et elle lui répondit qu'elle les accompagnerait peut-être. Mais aujourd'hui, cela tombait bien qu'il soit là et qu'il puisse s'occuper des enfants.

Elle alla se promener au parc, rentra à la maison et fit diverses choses durant l'après-midi, puis se prépara un peu de soupe pour le dîner.

Sam lui téléphona, tout excité, juste avant de partir pour le théâtre.

— Amuse-toi bien, mon chéri. Je viendrai faire du patin avec vous demain, promit-elle.

Elle s'en réjouissait, même si, dès qu'elle pensait aux Anderson, son cœur se serrait. Elle songeait à eux en prenant sa soupe dans la cuisine quand Zelda rentra.

— Tout va bien ? demanda celle-ci en la regardant d'un air inquiet.

— Oui, merci, Zellie.

— Tu fais une tête d'enterrement.

— À vrai dire, une de mes patientes, une fille de quinze ans, est morte hier soir.

— Je déteste ton métier, affirma Zelda. Il me déprime. Je ne sais pas comment tu tiens le coup. Tu ne pourrais pas faire quelque chose de plus gai, comme sage-femme ?

Maxine sourit.

— Ça me plaît d'être psy, et d'ailleurs, souvent, j'arrive à les empêcher de se suicider.

— Heureusement !

Zelda s'assit à côté de Maxine, sentant qu'elle avait besoin de compagnie.

— Comment se passe le week-end des enfants avec leur papa ?

— Bien. Il les a emmenés faire des courses et un tour en hélicoptère, et ce soir ils vont au théâtre.

— On dirait le père Noël plutôt que leur père, commenta Zelda.

Maxine hocha la tête et termina son potage.

— Il leur doit bien cela pour compenser tout le temps où il est absent, remarqua-t-elle d'un ton neutre.

Il ne s'agissait pas d'une critique, mais d'un fait.

— Ce n'est pas un tour en hélicoptère qui suffira, observa Zelda avec sagesse.

— C'est le mieux qu'il puisse faire. Il est incapable de tenir en place. Il était déjà comme cela avant de faire fortune. Depuis, les choses ont empiré, puisqu'il a les moyens de s'offrir ses caprices. Il y a toujours eu des hommes comme lui. Autrefois, ils devenaient capitaines au long cours ou explorateurs. Christophe Colomb a sûrement laissé une flopée de gamins à la maison. Certains hommes ne sont tout simplement pas faits pour être des maris et des pères normaux.

— Mon père était un peu comme ça, admit Zelda. Il a abandonné ma mère quand j'avais trois ans. Il est entré dans la marine et il a disparu. Des années plus tard, elle a découvert qu'il avait une autre épouse et quatre enfants à San Francisco. Il n'avait jamais pris la peine de divorcer, ni même de lui écrire. Il était parti sans crier gare, en la laissant avec mon frère et moi.

— L'as-tu revu ? Par la suite, je veux dire ? demanda Maxine avec intérêt.

C'était la première fois que Zelda lui confiait cette partie de son passé. Elle se montrait plutôt discrète sur sa vie privée, et respectait la leur.

— Non, il est mort avant que je puisse le faire. Mon frère en a eu le temps et il n'a guère été impressionné.

Nous avons perdu notre mère quand j'avais quinze ans. Je suis allée vivre avec une de mes tantes, qui est morte quand j'avais dix-huit ans. C'est alors que j'ai décidé d'être gouvernante.

Cela expliquait qu'elle ait choisi ce métier, songea Maxine. La vie en famille lui apportait la stabilité et l'amour qu'elle n'avait jamais eus étant enfant. Maxine savait que son frère s'était tué à moto des années plus tôt. En fait, Zelda était seule au monde.

— Tu n'as jamais rencontré tes demi-sœurs et demi-frères ? s'enquit Maxine avec intérêt.

— Non, je n'en ai jamais eu envie. Ma mère étant morte de chagrin, j'ai toujours eu l'impression qu'ils en étaient responsables.

Maxine savait qu'avant d'être à son service, Zelda avait travaillé dans une famille pendant neuf ans, jusqu'à ce que les enfants partent pour l'université. Elle se demanda si Zelda regrettait de ne pas avoir eu d'enfants, mais n'osa pas lui poser la question.

Assises à la table de la cuisine, elles bavardèrent un moment avant de regagner chacune leur chambre. Zelda sortait rarement le soir, même pendant ses jours de congé. C'était également le cas de Maxine. Ce soir-là, elle se coucha de bonne heure, songeant à Hilary et à la détresse de ses parents.

Le lendemain matin, quoique encore un peu abattue, elle se sentait mieux. Elle retrouva Blake et les enfants au Rockefeller Center et fit du patin avec eux. Ensuite, ils prirent un chocolat chaud au restaurant de la patinoire et retournèrent chez lui. Aussitôt, les enfants se précipitèrent dans la salle de projection pour regarder un film avant le dîner. À chaque fois, le contact se rétablissait très vite avec leur père. Daphné avait invité deux de ses amies. Elle adorait présenter son père à ses copines. Cela lui permettait de leur montrer à quel point il était séduisant et comme son appartement était luxueux.

Après avoir bavardé pendant quelques minutes, Maxine et Blake allèrent retrouver les enfants. Le film qu'ils regardaient n'était pas encore sorti en salles. Blake avait des relations partout et il jouissait de privilèges rares, même s'il considérait cela comme normal. Il apprit à Maxine qu'il irait à Londres juste après New York. Il y retrouverait des amis pour assister à un concert de rock. Il connaissait personnellement les stars qui allaient se produire. Il semblait parfois à Maxine que Blake les connaissait toutes. Il avait souvent présenté ses enfants à des acteurs et à des célébrités du rock, et il était invité dans les coulisses partout où il allait.

Le film terminé, ils partirent tous dîner. Blake avait réservé une table dans un restaurant japonais qui venait d'ouvrir ses portes et qui était très branché. Maxine n'en avait jamais entendu parler, mais Daphné si. À leur arrivée, ils eurent droit au traitement réservé aux personnalités. On leur fit traverser le restaurant pour les conduire à un salon privé. Le dîner fut excellent et tous passèrent une bonne soirée. Ils déposèrent Maxine sur le chemin du retour, après quoi Blake et les enfants rentrèrent chez lui.

Il devait les ramener le lendemain à 17 heures. Comme d'habitude lorsqu'elle se retrouvait seule, Maxine passa la journée à travailler. Elle était assise à son ordinateur et corrigeait un article quand ils rentrèrent. Blake n'était pas monté, car il était en retard pour prendre son avion. Les enfants étaient tout excités et avaient une foule de choses à lui raconter.

— Il nous emmènera à Aspen pour le nouvel an, annonça Sam, et il a dit qu'on pouvait tous amener un copain. Je peux t'inviter à la place, maman ?

Maxine sourit en entendant son offre.

— Je ne crois pas, mon chéri. Papa viendra peut-être avec une amie et ce serait un peu gênant.

— Il dit qu'il n'en a pas en ce moment, répondit Sam, pragmatique.

— Mais il en aura peut-être une d'ici là.

Blake ne restait jamais longtemps seul. Les femmes lui tombaient toutes dans les bras.

— Et s'il n'en a pas ? insista Sam.

— Nous en parlerons à ce moment-là.

Elle prenait plaisir à voir Blake quand il venait. De là à partir en vacances avec lui, il y avait un pas qu'elle ne désirait guère franchir, et elle soupçonnait Blake de partager son point de vue. Il leur prêtait chaque année son yacht pour les vacances d'été, mais ne les accompagnait pas. Néanmoins, c'était gentil de la part de Sam de lui demander de venir.

Ils lui racontèrent tout ce qu'ils avaient fait et vu au cours des trois jours écoulés. Tous les trois étaient de bonne humeur. D'ordinaire, ils étaient souvent tristes quand leur père repartait, mais cette fois ils savaient qu'ils le verraient dans un mois à Aspen. Elle était heureuse qu'il ait organisé ce séjour et espérait qu'il ne les décevrait pas si quelque chose de plus tentant se profilait à l'horizon. Les enfants adoraient partir avec lui. En sa compagnie, tout était grisant, excitant.

Après le dîner, Daphné déclara que son père lui avait dit qu'elle pouvait utiliser son appartement n'importe quand, même en son absence. Maxine fut stupéfaite. C'était la première fois que Blake faisait une telle proposition et elle se demanda si Daphné l'avait bien compris.

— Il a dit que je pouvais amener des amis pour regarder des films dans la salle de projection, dit-elle fièrement.

— Peut-être pour un anniversaire ou une occasion spéciale, répondit Maxine prudemment, mais pas en temps normal.

L'idée que des jeunes de treize ans puissent utiliser un appartement en l'absence d'adultes ne lui plaisait pas du tout, mais Daphné parut irritée.

— C'est mon père, et il a dit que je pouvais, et c'est son appartement, s'entêta-t-elle en regardant sa mère avec colère.

— C'est vrai. Mais je ne crois pas que tu devrais y aller quand il n'est pas là.

Il pouvait se passer n'importe quoi dans cet appartement. Cela l'inquiétait que Blake se montre si insouciant. Brusquement, elle se rendit compte qu'avoir des adolescents avec Blake pour père pourrait se révéler difficile. Jusqu'ici, il n'y avait pas eu de conflit, mais les choses pouvaient changer. Surtout que Daphné semblait prête à tout pour conserver le privilège qu'il lui avait accordé.

— Je lui en parlerai, se contenta de dire Maxine tandis que sa fille tournait les talons et se précipitait dans sa chambre.

Elle lui conseillerait de ne pas se laisser manipuler par ses enfants et de ne pas chercher les ennuis en leur donnant trop de liberté. Elle espérait qu'il serait prêt à coopérer, sinon les années à venir allaient virer au cauchemar. La seule pensée que Blake puisse donner à Daphné les clés de son appartement la faisait frémir. Elle allait lui en parler sans tarder. Et, bien sûr, Daphné ferait la tête. Comme d'habitude, c'était à Maxine de jouer le gendarme.

Elle termina son article pendant que les enfants regardaient la télévision dans leurs chambres. Après trois jours de fête avec Blake, ils étaient fatigués. Être avec lui, c'était comme faire de la haute voltige. Il fallait un peu de temps pour redescendre sur terre.

Le lendemain matin, le petit déjeuner fut agité. Tout le monde s'était réveillé en retard. Jack renversa son bol de céréales sur la table, Daphné avait égaré son téléphone portable et refusait de partir sans, Sam éclata en sanglots lorsqu'il se rendit compte qu'il avait oublié ses chaussures favorites chez son père, et Zelda souffrait d'une rage de dents. Daphné retrouva son appareil au dernier moment, Maxine promit à Sam de lui acheter exactement les mêmes chaussures le jour même, en espérant les trouver. Elle partit au bureau alors que Zelda appelait son dentiste. C'était un de ces matins qui vous donnent envie de rester couchée. Pour couronner le tout, il se mit à pleuvoir et elle arriva trempée jusqu'aux os, pour constater que son premier patient attendait déjà, ce qui ne lui arrivait presque jamais.

Elle parvint à rattraper son retard en se passant de déjeuner afin de voir tous ses patients et de trouver les chaussures promises à Sam. Elle était en train de rappeler tous ceux qui lui avaient laissé des messages, lorsque sa secrétaire l'informa que Charles West était à l'appareil. Maxine se demanda ce qu'il voulait et elle décrocha avec un soupir. La journée avait été pénible du début à la fin.

— Dr Williams, dit-elle d'un ton où se mêlaient la fatigue et une certaine exaspération.

— Bonjour à vous.

Le ton familier la désarçonna quelque peu, surtout qu'elle n'était pas d'humeur à bavarder. Son dernier patient devait arriver d'une minute à l'autre, et elle avait des coups de fil à passer avant.

— Bonjour. Que puis-je pour vous ? demanda-t-elle de but en blanc, consciente de paraître quelque peu abrupte.

— Je voulais vous dire combien j'étais désolé pour votre patiente.

— Oh, dit-elle, surprise. C'est gentil de votre part. C'est un moment difficile. On fait tout ce qui est possible pour éviter les tragédies, mais parfois on perd la partie, malheureusement. J'ai beaucoup de peine pour les parents. Comment va votre nonagénaire ? Sa hanche ?

Il était impressionné qu'elle s'en souvienne. Il n'était pas sûr que lui l'aurait fait.

— Elle rentre chez elle demain. Merci. Elle est étonnante. Elle a un petit ami qui a quatre-vingt-treize ans.

— Elle a plus de succès que moi, commenta Maxine en riant, lui offrant précisément l'occasion qu'il cherchait.

— Et que moi aussi. Elle change de petit ami tous les ans. Et il ne lui faut que quelques semaines pour en trouver un nouveau. Tout le monde devrait avoir la chance de vieillir comme elle. J'étais un peu inquiet quand elle a eu une pneumonie, mais elle s'est remise. Je l'adore. Si seulement tous mes patients étaient comme elle !

Sa description fit sourire Maxine, qui se demandait toujours pourquoi il appelait.

— Puis-je faire quelque chose pour vous, docteur ? répéta-t-elle.

— En fait, dit-il d'un ton gêné, je me demandais si vous accepteriez de déjeuner avec moi. Je vous dois bien ça après ma conduite avec Jason Wexler.

C'était la seule excuse qui lui venait à l'esprit.

— Ne dites pas de bêtises ! s'écria-t-elle, jetant un coup d'œil à sa montre.

Il fallait qu'il ait choisi ce jour-là pour lui téléphoner, alors qu'elle courait après le temps depuis le matin.

— C'était une erreur compréhensible, ajouta-t-elle. Le suicide chez les adolescents n'est pas votre spécialité. Croyez-moi, je ne saurais pas quoi faire d'une nonagénaire avec une fracture de la hanche, une pneumonie et un petit ami.

— Vous êtes gentille. Alors, que dites-vous de ce déjeuner ? insista-t-il.

— Vous n'êtes pas obligé de m'inviter.

— Je sais, mais ça me ferait plaisir. Vous êtes libre demain ?

Face à cette question, le cerveau de Maxine cessa brusquement de fonctionner. Pourquoi diable cet homme l'invitait-il à déjeuner ? Elle se sentait stupide. Elle n'acceptait jamais de déjeuners professionnels avec d'autres médecins.

— Je ne sais pas... Je crois que j'ai un patient, balbutia-t-elle, cherchant un prétexte pour refuser.

— Après-demain, alors ? Vous devez bien déjeuner, non ?

— Eh bien... oui... Quand j'en ai le temps.

Ce qui n'arrivait pas souvent. Elle jeta un coup d'œil à son agenda et marmonna qu'elle était libre le jeudi suivant.

Il suggéra un petit restaurant situé près de son cabinet, afin que ce soit pratique pour elle. L'endroit était agréable. Elle y allait quelquefois avec sa mère, mais il était rare qu'elle prenne le temps de déjeuner avec une amie. Elle préférait voir des patients, et le soir elle restait à la maison avec les enfants. La plupart des femmes qu'elle connaissait étaient aussi occupées qu'elle. Elle n'avait quasiment pas de vie mondaine.

Ils se donnèrent rendez-vous à midi le jeudi, et Maxine raccrocha, stupéfaite. Elle ne savait pas s'il s'agissait d'un rendez-vous romantique ou d'un déjeuner de courtoisie, mais dans un cas comme dans l'autre, elle se sentait gênée. Elle se souvenait à peine de lui. Lorsqu'elle l'avait vu, elle était si bouleversée par la mort d'Hilary Anderson qu'elle savait seulement qu'il était grand et qu'il avait des cheveux blonds grisonnants. Le reste était flou et n'avait d'ailleurs aucune importance. Elle griffonna une note dans son agenda et passa deux coups de fil aussi vite que possible, avant de recevoir sa dernière patiente.

Ce soir-là, elle dut préparer le repas, car Zelda avait très mal aux dents et était alitée. La journée s'acheva comme elle avait commencé, difficile et stressante. Elle fit brûler le plat et commanda des pizzas.

Les deux jours suivants furent tout aussi stressants et ce ne fut que le jeudi matin qu'elle se souvint brusquement de son rendez-vous avec Charles West. Assise à son bureau, elle regarda son agenda avec consternation. Elle ne comprenait pas ce qui l'avait poussée à accepter. Elle ne le connaissait pas et n'avait aucune envie de le connaître. La dernière chose qu'elle désirait était bien d'aller déjeuner avec un parfait inconnu. Jetant un coup d'œil à sa montre, elle se rendit compte qu'elle avait déjà cinq minutes de retard. Elle prit son manteau et partit en hâte, sans avoir eu le temps de se recoiffer ni de mettre du rouge à lèvres.

Lorsque Maxine arriva au restaurant, Charles West l'attendait déjà, assis à une table. Il se leva à son entrée et elle le reconnut. Il était grand, comme dans son souvenir, et plutôt séduisant. Il devait approcher de la cinquantaine. Il sourit.

— Je suis désolée d'être en retard, s'excusa-t-elle, légèrement décontenancée.

Il remarqua la lueur de prudence dans son regard. Il en savait assez sur les femmes pour comprendre que, contrairement à sa patiente de quatre-vingt-douze ans, Maxine n'était pas à la recherche d'un petit ami. Elle semblait distante, sur ses gardes.

— J'ai eu une semaine épouvantable au cabinet, ajouta-t-elle.

— Moi aussi, répondit-il en souriant. C'est la mauvaise période. Mes patients attrapent tous une pneumonie entre Thanksgiving et Noël, et je suis sûr que les vôtres ne réagissent pas bien aux fêtes non plus.

Il semblait détendu et facile à vivre. Le serveur leur demanda ce qu'ils désiraient boire. Maxine ne voulait que de l'eau, mais Charles commanda un verre de vin.

— Mon père est chirurgien orthopédiste. Il dit que les gens se cassent toujours le col du fémur entre Thanksgiving et Noël.

Charles parut intrigué, comme s'il se demandait qui était son père.

— Arthur Connors, expliqua-t-elle.

— Je le connais. Il est excellent. Je lui ai envoyé des patients.

Charles semblait être le genre d'homme que son père apprécierait.

— On lui envoie tous les cas difficiles. Il a le cabinet le plus rempli de New York.

— Et qu'est-ce qui vous a incitée à choisir la psychiatrie plutôt que la même discipline que lui ? s'enquit Charles avec intérêt.

— La psychiatrie me fascine depuis toujours. Et j'adore travailler avec des adolescents. On a l'impression d'avoir plus de chances d'obtenir des résultats. Avec des patients plus âgés, les pathologies sont installées. Et puis, je ne me verrais pas dans un cabinet ultrachic de Park Avenue à écouter des épouses névrosées ou des agents de change alcooliques qui trompent leur femme.

C'était le genre de commentaire qu'elle ne pouvait faire qu'à un confrère. Elle se tut, soudain embarrassée.

— Pardon. Je sais que ce n'est pas très charitable. Mais les enfants me semblent plus honnêtes, et plus dignes d'attention.

Il se mit à rire.

— Je suis d'accord avec vous. Mais je ne suis pas sûr que les agents de change qui trompent leur femme aillent voir des psys.

— Sans doute que non, admit-elle, mais leurs femmes, oui. Ce genre de cabinet me déprimerait.

— Et les suicides d'adolescents ne vous dépriment pas ? lança-t-il.

Elle hésita avant de répondre.

— Ils m'attristent, bien sûr. Mais la plupart du temps, je me sens utile. Je ne crois pas que je supporterais de recevoir des adultes qui, en fait, veulent juste qu'on les écoute. Les enfants que je vois ont vraiment besoin d'aide.

— C'est un bon argument.

Il lui posa ensuite des questions sur son dernier livre, qu'il avait acheté, ce qui fit plaisir à Maxine. Au milieu du déjeuner, il lui apprit qu'il était divorcé. Sa femme l'avait quitté pour un autre, après vingt et un ans de mariage. Maxine était sidérée qu'il en parle sur un ton aussi détaché. Il lui expliqua que cela n'avait pas été une surprise, car leur mariage battait de l'aile depuis un certain temps.

— C'est dommage, dit Maxine avec compassion. Vous avez des enfants ?

Il secoua la tête et ajouta que sa femme n'en voulait pas.

— C'est mon seul regret, à vrai dire. Elle a eu une enfance difficile et elle ne se sentait pas capable d'avoir des enfants. Et maintenant il est un peu tard pour moi.

Il ne semblait pas bouleversé, plutôt désolé d'avoir manqué quelque chose.

— J'en ai trois, lui apprit-elle en souriant, songeant qu'elle ne pouvait imaginer sa vie sans eux.

— Vous devez être très occupée. Vous vous partagez leur garde ?

À sa connaissance, c'était ainsi que beaucoup de gens procédaient. Maxine éclata de rire.

— Non. Leur père voyage beaucoup et ne les voit que de temps à autre. Je les ai en permanence et cela me convient parfaitement.

— Quel âge ont-ils ?

Il avait vu son visage s'éclairer quand elle avait évoqué ses enfants.

— Treize, douze et six ans. La plus âgée est une fille, et les deux autres sont des garçons.

— Ça ne doit pas être facile de les élever toute seule, déclara-t-il avec admiration. Depuis combien de temps êtes-vous divorcée ?

— Cinq ans. Nous sommes restés en très bons termes. Mon ex-mari est quelqu'un de fantastique, mais pas un très bon époux ni un très bon père. Il est resté lui-même un enfant. Je me suis lassée d'être la seule adulte. Il est plutôt comme un oncle excentrique et un peu dingue. Il n'a jamais grandi, et je doute qu'il le fasse un jour.

Elle avait dit cela en souriant et Charles la dévisagea, intrigué.

— Où vit-il ?

— Partout. À Londres, à New York, à Aspen, à Saint-Barth. Il vient d'acheter un villa à Marrakech. Il mène une vie de conte de fées, en un sens.

Charles hocha la tête, se demandant avec qui elle avait été mariée. Il ne voulait pas lui poser la question. C'était elle qui l'intéressait, et non son ex-mari.

Ils bavardèrent à bâtons rompus pendant tout le déjeuner. Au moment où elle s'apprêtait à partir, il lui confia qu'il avait pris beaucoup de plaisir en sa compagnie et qu'il aimerait la revoir. Elle se demandait toujours s'il avait quelque chose derrière la tête ou si c'était professionnel ou par courtoisie. Il lui donna la réponse en l'invitant à dîner.

Maxine rougit, stupéfaite.

— Je... oh... euh, je pensais que c'était seulement un déjeuner à cause de... vous savez, des Wexler.

Il lui sourit. Elle paraissait si surprise qu'il se demanda si elle avait quelqu'un dans sa vie et s'attendait à ce qu'il le sache ou le sente.

— Vous n'êtes pas libre ? demanda-t-il.

Elle parut plus gênée encore.

— Vous voulez dire, dans ma vie ?

— Eh bien, oui, dit-il en riant.

— Si.

Depuis qu'elle était séparée de Blake, elle n'avait trouvé personne qui lui plaise et elle se demandait parfois si elle en avait envie. Elle était sortie avec quelques hommes mais s'était vite lassée d'être déçue. Quant aux rencontres organisées par ses amis, toutes s'étaient soldées par des fiascos. Finalement, elle préférait être seule.

— Je ne sors pas beaucoup, avoua-t-elle avec embarras. Pas depuis un certain temps. Cela ne mène à rien.

À un moment donné, elle avait tout simplement arrêté de chercher et renoncé à sortir.

— Aimeriez-vous dîner avec moi ? insista-t-il avec douceur.

Il avait du mal à croire qu'une femme de son âge, aussi jolie, reste cloîtrée chez elle. Il se demanda si elle avait été traumatisée par son mariage ou par quelqu'un.

— Je ne suis pas contre, répondit-elle comme s'il avait parlé d'une réunion de travail.

Il la dévisagea, à la fois incrédule et amusé.

— Maxine, soyons clairs. Je ne vous invite pas pour parler travail. Je crois que c'est génial qu'on soit médecins tous les deux. Mais pour être franc, cela me serait égal que vous soyez coiffeuse ou danseuse. Vous me plaisez. Vous êtes belle, amusante, vous avez de l'humour. Votre CV ferait rougir n'importe qui. Je vous trouve attirante et sexy. Je vous ai invitée à déjeuner parce que je voulais faire votre connaissance, et je vous invite à dîner parce que j'ai envie de mieux vous connaître. C'est aussi simple que cela. Pourtant j'ai l'impression que cela vous surprend et vous ennuie presque. Je ne comprends pas pourquoi, et si c'est le cas, dites-le-moi. Mais sinon, j'aimerais vous inviter à dîner. Vous êtes d'accord ?

Elle lui souriait, toujours rougissante.

— Oui. D'accord. Je suppose que j'ai perdu l'habitude.

— Quelle drôle d'idée !

Il la trouvait irrésistible, et la plupart des hommes auraient été d'accord avec lui. Mais curieusement, elle semblait avoir renoncé à sortir.

— Quel soir vous conviendrait ?

— Je ne sais pas. Je suis plutôt disponible. J'ai un dîner de psychiatres mercredi prochain, mais à part ça, je n'ai rien de prévu.

— Que diriez-vous de mardi ? Je passerai vous prendre vers 19 heures et nous irons dans un endroit sympathique.

Il appréciait les bons restaurants et les vins de qualité. C'était le genre de soirée qu'elle ne connaissait plus depuis des années, sauf avec Blake et les enfants. Lorsqu'elle voyait ses amis mariés, ils ne sortaient pas au restaurant : elle allait dîner chez eux. D'ailleurs, cela arrivait de moins en moins souvent. Faute d'attention et d'intérêt, elle n'avait plus de vie sociale. Sans le vouloir, Charles venait de le lui rappeler. Bien qu'encore sous le choc, elle accepta son invitation. Elle ne nota pas la date, certaine qu'elle s'en souviendrait.

— Où habitez-vous, au fait ?

Elle lui donna l'adresse en expliquant qu'il ferait la connaissance de ses enfants lorsqu'il viendrait la chercher, et il lui répondit qu'il en serait heureux. Ensuite, il la raccompagna à son cabinet et Maxine prit plaisir à marcher à ses côtés. Elle avait été heureuse de déjeuner avec lui. Il était charmant. Après l'avoir remercié une dernière fois, elle pénétra dans l'immeuble, sur un petit nuage. Elle était invitée à dîner par un homme à qui elle plaisait, un généraliste de quarante-neuf ans (il lui avait révélé son âge durant le repas). Elle ne savait qu'en penser, mais elle sourit en pensant que son père au moins serait content. Il faudrait qu'elle le lui dise la prochaine fois qu'elle lui parlerait. Ou peut-être après son dîner.

Et puis, elle cessa de penser à Charles West. Joséphine attendait dans son cabinet. Maxine retira son manteau et se hâta de commencer la séance.

7

Maxine eut un week-end d'enfer. Jack avait un match de football, et c'était à son tour d'apporter les sandwichs pour l'équipe. Quant à Sam, il était invité à deux anniversaires. Maxine dut les emmener et les ramener. Daphné, elle, avait invité dix amies à venir manger une pizza. C'était la première fois depuis la fameuse soirée bière. Maxine les surveilla de près, mais tout se passa bien. Zelda avait profité de son week-end de congé pour aller à une exposition de peinture et rendre visite à des amis.

Maxine dut prendre aussi des nouvelles de deux de ses patients qui venaient d'être hospitalisés, l'un pour overdose, l'autre pour tentative de suicide. Et, le soir, elle rédigea un article pour un magazine spécialisé.

Le lundi, sa journée fut tout aussi chargée que le week-end. Elle alla voir six jeunes patients dans deux hôpitaux différents et eut de très nombreuses consultations. Lorsqu'elle rentra à la maison, Zelda avait une fièvre de cheval et présentait tous les symptômes de la grippe. Le mardi matin, elle n'allait pas mieux, et Maxine lui conseilla de rester au lit. Daphné pourrait aller chercher Sam à l'école et la mère d'un de ses camarades ramènerait Jack après son entraînement de foot. Ils se débrouilleraient.

Maxine n'eut pas une seconde à elle de toute la journée. Traditionnellement, le mardi, elle voyait de nouveaux patients. Les premières rencontres avec les adolescents étant cruciales, elle devait particulièrement se concentrer et noter scrupuleusement tout ce qu'elle pouvait apprendre. À midi, elle reçut un appel de l'école de Sam. Il avait vomi à deux reprises durant la matinée, et comme Zelda n'était pas en état d'aller le chercher, c'était à elle de s'en charger. Elle avait vingt minutes libres entre deux clients, si bien qu'elle sauta dans un taxi et fonça à l'école. Sam avait vraiment l'air malade et il vomit à nouveau dans le taxi qui les ramenait à la maison, au grand dam du chauffeur. Dès qu'ils arrivèrent, elle le mit au lit et demanda à Zelda, qui n'allait pas mieux, de s'occuper de lui. C'était un peu comme de laisser un aveugle aux soins d'un borgne, mais elle n'avait pas le choix. Sam l'ayant salie, elle dut prendre une douche et se changer avant de repartir au cabinet. Elle arriva bien sûr en retard à son rendez-vous, et la mère de l'adolescente avec qui elle devait faire connaissance le lui fit remarquer.

Deux heures plus tard, Zelda l'appela pour l'avertir que Sam avait encore vomi et qu'il avait trente-neuf. Maxine lui indiqua ce qu'elle devait lui donner. Sa dernière patiente arriva en retard et lui avoua, alors qu'elle était en cure de désintoxication, qu'elle avait fumé du cannabis l'après-midi même. C'était mauvais signe et Maxine dut prolonger sa séance pour en discuter avec elle.

La jeune fille venait de partir quand Jack téléphona, affolé. La femme qui devait le ramener ne l'avait pas attendu et il se trouvait seul dans un quartier mal fréquenté. Maxine avait envie d'étrangler cette femme qui l'avait laissé seul dans un tel endroit. Sa propre voiture était dans un parking loin de son cabinet et il lui fallut marcher une demi-heure sous la pluie avant de trouver un taxi. Elle récupéra enfin Jack, mais la circulation était si dense qu'ils mirent un temps fou avant d'arriver à la maison. Ils étaient tous les deux trempés et transis. Quand Maxine entra dans sa chambre, Sam avait une mine épouvantable et pleurait. Elle l'examina, puis alla voir Zelda et conseilla à Jack, qui éternuait, d'aller prendre une douche chaude. Elle avait l'impression de diriger un hôpital.

— Comment vas-tu ? Tu n'es pas malade, j'espère ? demanda-t-elle à Daphné, qui passait devant la chambre de Sam.

— Ça va, mais j'ai un devoir de sciences pour demain. Tu peux m'aider ?

Maxine se demanda si elle ne voulait pas plutôt que sa mère fasse le devoir à sa place.

— Pourquoi n'en as-tu pas parlé ce week-end ?

— J'ai oublié que je l'avais.

— Vraiment ? marmonna Maxine.

L'interphone se mit alors à grésiller. C'était le portier qui lui annonçait que M. Charles West était en bas. Maxine écarquilla les yeux, prise de panique. Charles ! Elle avait oublié ! On était mardi. Ils devaient aller dîner et il était convenu qu'il vienne la chercher. Il était pile à l'heure alors que la moitié de la maison était malade et que Daphné avait un devoir de sciences et réclamait son aide. Elle allait devoir annuler. C'était incroyablement grossier, mais sortir était impensable. Elle n'avait même pas eu le temps de se changer. Sans compter que Zelda était trop souffrante pour qu'elle lui laisse les enfants. C'était un cauchemar. Trois minutes plus tard, atterrée, elle ouvrit la porte à Charles. Il parut stupéfait de la voir en pantalon et en pull, les cheveux mouillés, pas maquillée.

— Je suis vraiment désolée, murmura-t-elle. J'ai eu une journée infernale. Un de mes enfants est malade, j'ai dû aller chercher l'autre à son club de football, ma fille a un devoir de sciences pour demain et notre gouvernante a de la fièvre. Je suis en train de devenir folle. Entrez, je vous en prie.

Il franchit la porte d'entrée au moment précis où Sam avançait dans le couloir, blanc comme un linge.

— C'est mon fils, Sam, expliqua-t-elle tandis que ce dernier se remettait à vomir.

Charles le regarda, abasourdi.

— Oh, Seigneur, dit-il, visiblement alarmé.

— Je suis désolée. Allez vous asseoir au salon. J'arrive dans une minute.

Elle se hâta de conduire Sam dans la salle de bains, où il vomit de nouveau, puis courut dans le couloir et nettoya le sol à l'aide d'une serviette. Daphné entra au moment où elle remettait Sam au lit.

— Quand est-ce qu'on peut faire mon devoir ?

— Oh, mon Dieu ! s'écria Maxine, au bord de l'hystérie. Laisse tomber ton devoir. Il y a un homme dans le salon. Va lui parler. Il s'appelle Charles West.

— Qui est-ce ?

Daphné était perplexe. Sa mère semblait avoir perdu la tête. Elle était en train de se laver les mains tout en tentant de se coiffer.

— Un ami. Non, un inconnu. Je ne sais pas qui il est. Je dîne avec lui.

— Ce soir ? s'exclama Daphné, l'air horrifiée. Et mon devoir ? C'est la moitié de ma note finale du trimestre !

— Dans ce cas, tu aurais dû y songer plus tôt. Je ne peux pas faire ton devoir. Je sors. Ton frère est en train de vomir, Zelda est mourante, et Jack va sans doute attraper une pneumonie.

— Tu sors ? répéta Daphné, abasourdie, en la dévisageant. Tu as rencontré quelqu'un ? Qui est-ce ? C'est sérieux ?

— Non. Et, vu comment vont les choses, il ne se passera sans doute jamais rien. Veux-tu, s'il te plaît, aller lui parler ?

Sam l'interrompit pour dire qu'il avait encore envie de vomir, et elle courut à la salle de bains avec lui, pendant que Daphné, la mine résignée, allait faire la connaissance de Charles West. En sortant, elle n'oublia pas de lui lancer que si elle avait une mauvaise note, ce ne serait pas sa faute, puisque sa mère refusait de l'aider.

— Et pourquoi serait-ce la mienne ? rétorqua Maxine depuis la porte de la salle de bains.

— Ça va mieux, annonça Sam en même temps, bien qu'il n'en ait pas l'air.

Maxine le remit au lit et l'entoura de serviettes. Elle était sur le point de sortir de la pièce quand il la regarda tristement.

— Comment ça se fait que tu sortes avec un monsieur ?

— C'est comme ça. Il m'a invitée à dîner.

— Il est sympa ?

Sam paraissait inquiet. Il ne se souvenait même pas quand sa mère était sortie pour la dernière fois. Elle non plus, d'ailleurs.

— Je ne le sais pas encore, répondit-elle honnêtement. Mais je vais juste dîner, tu sais.

Il acquiesça.

— Je reviens dans une minute, assura-t-elle.

Il était hors de question qu'elle sorte.

Elle arriva au salon juste au moment où Daphné parlait à Charles du yacht de son père, de son avion, de son appartement à New York et de sa maison à Aspen. Ce n'était pas exactement ce dont Maxine aurait voulu qu'elle l'entretienne, même si elle devait reconnaître que sa fille avait eu la délicatesse d'omettre Londres, Saint-Barth, le Maroc et Venise. Elle fit taire Daphné d'un regard et la remercia d'avoir tenu compagnie à Charles. Puis elle présenta ses excuses à Charles pour le spectacle que Sam lui avait offert à son arrivée. Il aurait d'ailleurs également mérité des excuses pour la manière dont Daphné s'était vantée de son père. Comme celle-ci ne faisait pas mine de se lever, Maxine lui suggéra d'aller commencer son devoir de sciences. D'abord réticente, l'adolescente finit par obtempérer. Maxine se sentait au bord de la crise de nerfs.

— Je suis vraiment désolée. L'appartement n'est pas dans cet état, d'ordinaire. Je ne sais pas ce qui s'est passé. Tout est allé de travers aujourd'hui. Et je suis désolée pour Daphné.

— Ne vous excusez pas. Elle parlait de son père, c'est tout. Elle est très fière de lui.

Maxine s'abstint de tout commentaire, mais elle soupçonnait Daphné d'avoir voulu mettre Charles mal à l'aise. Sa conduite était grossière et inqualifiable.

— J'ignorais que Blake Williams avait été votre mari, dit-il d'un ton quelque peu intimidé.

— Hum.

Maxine aurait voulu pouvoir recommencer la soirée depuis le début. Évidemment, l'idéal aurait été qu'elle se soit souvenue qu'ils avaient rendez-vous. Mais cela lui était complètement sorti de l'esprit.

— Oui, nous avons été mariés un certain temps. Désirez-vous boire quelque chose ?

En prononçant ces paroles, elle se souvint qu'elle n'avait pas d'alcool à la maison, hormis le vin blanc bon marché que Zelda utilisait pour la cuisine. Elle avait eu l'intention d'acheter du vin correct durant le week-end, mais elle avait oublié.

— Sortons-nous dîner ? demanda Charles abruptement.

Il en doutait, avec un enfant malade, une autre qui avait un devoir à faire, et Maxine qui semblait dans tous ses états.

— Vous me détesteriez si nous annulions ? demanda-t-elle honnêtement. Je ne sais pas comment c'est arrivé, mais j'ai oublié. J'ai eu une journée dingue aujourd'hui, et je n'avais pas noté notre rendez-vous dans mon agenda.

Elle avait les larmes aux yeux, et il eut pitié d'elle. En temps normal, il aurait été furieux, mais il en était incapable. La pauvre semblait bouleversée.

— C'est peut-être pour cela que je ne sors pas souvent, murmura-t-elle. Je ne suis pas très douée.

C'était le moins que l'on puisse dire.

— Peut-être que vous n'en avez pas envie, observa-t-il.

L'idée était venue à Maxine aussi et elle soupçonnait qu'il avait raison. Entre son travail et ses enfants, sa vie était suffisamment remplie. Il n'y avait pas de place pour quelqu'un d'autre, cela lui aurait demandé trop de temps et d'efforts.

— Je suis désolée, Charles. Je ne suis pas aussi désorganisée, d'habitude.

— Ce n'est pas de votre faute si votre fils et votre gouvernante sont malades. Voulez-vous que nous fassions une nouvelle tentative ? Disons, vendredi soir ?

Elle n'osa pas lui dire que c'était le soir de congé de Zelda. Elle demanderait à cette dernière de rester. Zelda était toujours accommodante.

— Ce serait fantastique. Voulez-vous rester avec nous ? Il faut que je prépare le dîner des enfants.

Il avait réservé une table à la Grenouille, mais il se garda de le lui dire, car il ne voulait pas qu'elle se sente coupable. Bien que déçu, il se raisonna. Après tout, ce n'était qu'un dîner annulé.

— Je vais rester un peu, mais vous avez suffisamment à faire et n'avez pas besoin d'une bouche supplémentaire. Voudriez-vous que j'examine votre fils et votre gouvernante ? proposa-t-il avec gentillesse.

Elle lui adressa un sourire reconnaissant.

— Ce serait vraiment gentil. C'est juste une grosse fièvre, mais c'est votre domaine plutôt que le mien. S'ils ont des tendances suicidaires, alors ce sera à moi de jouer.

Il se mit à rire. Il avait presque eu des envies de suicide en voyant la folie qui régnait dans la maison. Il n'était pas habitué aux enfants et à l'agitation qu'ils créaient. Il menait une vie tranquille, ordonnée, et aimait qu'il en soit ainsi.

Elle conduisit Charles dans sa chambre, où elle avait installé Sam. Étendu dans le lit de sa mère, il regardait la télévision. Il avait repris des couleurs et il leva les yeux à l'entrée de Maxine, surpris de voir un homme avec elle.

— Sam, voici Charles. Il est médecin, il va t'examiner, lui expliqua-t-elle en souriant.

— C'est avec lui que tu dois sortir ? demanda Sam d'un ton soupçonneux.

— Oui, répondit Maxine, l'air gêné. C'est le Dr West.

— Charles, corrigea ce dernier en s'approchant du lit avec un grand sourire. Bonsoir, Sam. On dirait que tu n'es pas en grande forme. Tu as vomi toute la journée ?

— Six fois, affirma Sam avec fierté. Et même dans le taxi en rentrant de l'école.

Charles adressa à Maxine un sourire de compassion. Il imaginait la scène.

— Ça n'a pas dû être drôle. Je peux toucher ton ventre ?

Sam acquiesça et remonta le haut de son pyjama, pendant que son frère entrait.

— Tu as dû appeler le médecin ? s'inquiéta Jack.

— C'est avec lui qu'elle sort, expliqua Sam à Jack, perplexe.

— Qui, lui ?

— Le docteur, répondit Sam.

Maxine se hâta de présenter Jack à Charles, qui se tourna vers lui en souriant.

— Tu dois être le joueur de foot.

Jack hocha la tête, se demandant d'où sortait ce mystérieux médecin et pourquoi il n'avait pas entendu parler de lui.

— Tu joues à quel poste ? J'ai fait du foot à l'université. J'étais meilleur en basket, mais j'adorais le foot.

— Moi aussi. Je veux faire du hockey l'année prochaine, ajouta Jack tandis que Maxine les observait.

— C'est un sport très physique. Il y a beaucoup plus de blessures qu'au foot, commenta Charles en se redressant. Il sourit au petit garçon.

— Je pense que tu vas survivre, Sam. Je parie que tu te sentiras mieux demain.

— Vous croyez que je vais encore vomir ? demanda Sam, inquiet.

— J'espère que non. Repose-toi ce soir. Voudrais-tu boire un peu de Coca ?

Sam acquiesça, jaugeant Charles avec intérêt. C'était étrange pour eux tous de voir un homme à la maison, mais c'était plutôt agréable, songea Maxine. Et il était gentil avec eux. Une minute plus tard, Daphné entra à son tour. La chambre de Maxine sembla soudain trop petite.

— Où cachez-vous la gouvernante malade ? s'enquit Charles.

— Suivez-moi, répondit Maxine en le précédant dans le couloir.

Sam gloussa et ouvrit la bouche pour dire quelque chose, mais Jack porta un doigt à ses lèvres pour lui imposer le silence. Maxine et Charles les entendirent chuchoter et pouffer pendant qu'ils s'éloignaient. Maxine se tourna vers lui avec un sourire d'excuse.

— Ils n'ont pas l'habitude.

— C'est ce que je vois. Ils sont gentils, assura-t-il.

Ils pénétrèrent dans la cuisine, puis dans le couloir au-delà. Maxine frappa à la porte de Zelda, l'ouvrit sans bruit, fit les présentations et proposa à la gouvernante que Charles l'examine. Celle-ci parut perplexe.

— Je ne suis pas malade à ce point, affirma-t-elle d'un air gêné, pensant que Maxine avait appelé le médecin pour elle. Ce n'est qu'une grippe.

— Il était là et il vient d'examiner Sam.

Zelda se demanda s'il s'agissait d'un nouveau médecin qu'elle ne connaissait pas. Il ne lui vint pas à l'idée que Maxine avait rendez-vous avec lui.

Quelques minutes plus tard, Maxine et Charles étaient de retour dans la cuisine. Elle lui offrit un Coca, des chips et du guacamole qu'elle trouva dans le réfrigérateur, mais il lui dit qu'il allait partir et la laisser s'occuper des enfants. Elle avait suffisamment à faire. Néanmoins, elle s'assit en face de lui et ils bavardèrent quelques instants. Il avait eu son baptême du feu. Elle aurait préféré lui présenter ses enfants dans des circonstances différentes, mais il s'en était tiré avec les honneurs. Ce n'était pas un premier rendez-vous normal. Loin de là.

— Je suis navrée que ce soir ait été un tel désastre, s'excusa-t-elle de nouveau.

— Tout s'est arrangé, la rassura-t-il, regrettant l'espace d'une seconde le dîner à la Grenouille. Nous passerons une bonne soirée vendredi. Je suppose qu'il faut être souple, quand on a des enfants.

— D'habitude, tout se passe mieux. Je suis bien organisée, en règle générale. Aujourd'hui, tout a été de travers. C'est surtout dû au fait que Zellie était malade. Je me repose beaucoup sur elle.

Il hocha la tête. Il était évident qu'elle avait besoin de quelqu'un sur qui compter, puisque son ex-mari n'était jamais là. Après sa conversation avec Daphné, il comprenait pourquoi. Il avait entendu parler de Blake Williams. C'était un des piliers de la jet-set. Il ne devait guère s'intéresser à sa famille. Maxine le lui avait laissé entendre lors de leur déjeuner.

Avant de partir, Charles alla dire au revoir aux enfants et souhaita à Sam de se rétablir très vite. Ce dernier le remercia en souriant.

Quelques instants plus tard, Maxine raccompagnait Charles à la porte.

— Je passerai vous prendre à 19 heures vendredi, promit-il.

Elle le remercia d'avoir été si compréhensif et il la rassura gentiment :

— Ne vous inquiétez pas. Au moins, j'ai eu l'occasion de faire la connaissance de vos enfants.

Il entra dans l'ascenseur et lui fit un petit signe de la main en partant. Elle referma alors la porte et fonça dans sa chambre où elle se laissa tomber sur le lit à côté de Sam, avec un soupir. Les autres entrèrent aussitôt.

— Pourquoi ne nous as-tu pas dit que tu sortais ? se plaignit Jack.

— J'avais oublié.

— Qui est-ce ? s'enquit Daphné d'un air soupçonneux.

— Juste un médecin que j'ai rencontré, expliqua Maxine épuisée.

Elle n'avait pas à se justifier auprès d'eux, songea-t-elle. La soirée avait été suffisamment éprouvante.

— À propos, dit-elle à sa fille, tu ne devrais pas te vanter de ton père comme ça. Ce n'est pas bien.

— Pourquoi ? riposta Daphné d'un ton plein de défi.

— Parce que parler de son yacht et de son avion peut mettre les gens mal à l'aise.

Mais elle savait que c'était précisément la raison pour laquelle Daphné l'avait fait. L'adolescente haussa les épaules et quitta la pièce.

— Il est plutôt sympa, jugea Sam.

— Ouais, peut-être, fit Jack, l'air peu convaincu.

Il ne voyait pas pourquoi sa mère aurait eu besoin d'un homme. Ils se débrouillaient très bien tout seuls. Cela ne les choquait pas que leur père sorte avec des femmes, mais ils n'avaient pas l'habitude qu'un homme s'intéresse à leur mère, et cette idée ne leur plaisait guère. Ils étaient très contents de l'avoir à eux seuls et ne voyaient pas de raison pour que cela change. Maxine reçut le message cinq sur cinq.

Elle se leva alors pour préparer le dîner avec ce qu'elle trouverait. Comme elle sortait de la salade, des œufs et de la viande froide du réfrigérateur, Zelda entra, en peignoir, l'air intrigué.

— C'était qui ? Zorro ? demanda-t-elle à Maxine, qui se mit à rire.

— C'est juste un médecin que j'ai rencontré récemment. Il m'avait invitée à dîner ce soir, mais j'ai complètement oublié. Et au moment où il est entré, Sam s'est mis à vomir dans le couloir. Une vraie scène d'anthologie !

— Tu vas le revoir ? demanda Zelda avec intérêt.

Elle le trouvait plutôt agréable. Et séduisant.

Maxine n'était pas sortie depuis longtemps et cet homme-là semblait sérieux. De plus, c'était un médecin, ce qui signifiait qu'ils avaient déjà un point commun.

— Il m'a invitée à dîner vendredi, répondit Maxine. S'il se remet de ses émotions.

— Intéressant, commenta Zelda.

Elle but un verre d'eau, puis retourna se coucher.

Maxine appela les enfants et ils dînèrent dans la cuisine. Puis, après avoir tout débarrassé et rangé, elle alla aider Daphné à faire son devoir. Elles ne terminèrent que vers minuit. La journée avait été épouvantable et la soirée interminable. Quand Maxine se glissa enfin dans son lit, à côté de Sam, elle eut une pensée pour Charles. Elle n'avait aucune idée de ce qui allait se passer, ni si elle le reverrait après vendredi soir, mais au moins il ne s'était pas enfui à toutes jambes. C'était déjà ça.

8

Le vendredi soir, quand Charles arriva, tout se déroula parfaitement. Maxine était seule à la maison. Zelda était sortie. Daphné passait la nuit chez une amie. Sam, qui était guéri, dormait chez un camarade de classe. Jack était parti à une fête chez un copain. Maxine avait acheté du whisky, de la vodka, du gin, du champagne, et une bouteille de vin blanc. Elle portait une jolie robe noire, égayée par un collier de perles et des boucles d'oreilles en diamant, et avait rassemblé ses cheveux en un élégant chignon.

En entrant, Charles avait l'air d'un homme qui s'apprêtait à mettre le pied dans un champ de mines. Il regarda autour de lui, surpris par le silence, et la dévisagea avec stupeur.

— Qu'avez-vous fait de vos enfants ? demanda-t-il.

Il semblait nerveux. Elle lui sourit.

— Je les ai fait adopter et j'ai renvoyé la gouvernante. Cela m'a fait de la peine de les voir partir, mais il faut faire des choix dans la vie. Je ne veux pas gâcher une autre soirée.

Il éclata de rire et la suivit dans la cuisine, où elle lui offrit un whisky-soda. Le silence était vraiment insolite.

— Je suis sincèrement désolée pour mardi, Charles, dit-elle en versant des cacahuètes dans un bol en argent et en se dirigeant vers le salon.

Le souvenir de toutes les catastrophes de cette soirée la faisait penser à un mauvais film. Et elle aurait préféré l'oublier.

— Ça m'a rappelé certaines soirées à la fac, avoua-t-il.

Néanmoins, il était prêt à faire une autre tentative. Maxine lui plaisait énormément. C'était une femme sérieuse, intelligente, très respectée dans son domaine et, de surcroît, extrêmement séduisante. Ses enfants étaient la seule ombre au tableau. Il n'était pas habitué à avoir des enfants dans sa vie et cela ne lui manquait pas. Cette fois, au moins, elle les avait expédiés loin de la maison et ils pourraient profiter de la soirée seul à seule, ce qu'il préférait.

Il avait à nouveau réservé à la Grenouille, sans qu'on lui tienne rigueur de son annulation de dernière minute le mardi. Il s'y rendait souvent et était un bon client. Maxine et lui y arrivèrent à 20 heures, et on leur donna une excellente table. Jusque-là, la soirée était parfaite, pensa-t-il, mais elle commençait à peine. Après ce qu'il avait vécu trois jours plus tôt, il s'attendait à tout. L'espace d'un instant, il avait failli prendre la fuite et se félicitait à présent de ne pas l'avoir fait.

Pendant le dîner, la conversation tourna autour de leur travail. Maxine était une compagne agréable et Charles était plein d'admiration pour ses idées et ce qu'elle accomplissait. Ils en étaient au dessert lorsqu'il fit allusion à Blake.

— Je suis surpris que vos enfants ne lui en veuillent pas d'être si rarement là.

Elle aurait facilement pu en effet les monter contre leur père. La plupart des femmes ne s'en seraient pas privées. Et il trouvait cela très élégant de sa part.

— Il est très gentil, vous savez, répondit-elle. Merveilleux, même, et ils en sont conscients. C'est juste qu'il n'est pas très attentif.

— J'ai l'impression qu'il est surtout égoïste et qu'il ne songe qu'à son propre plaisir, observa Charles.

Maxine reconnut qu'il n'avait pas tort.

— C'est dû en partie à sa réussite, expliqua-t-elle. Dans une telle situation, il est très difficile de garder les pieds sur terre. Bien sûr, il aurait pu choisir une autre voie et consacrer sa fortune à des œuvres philanthropiques. Il le fait, d'ailleurs, mais il ne s'en occupe pas personnellement. Il se dit que la vie est courte, qu'il a eu de la chance, et il veut prendre du bon temps. Il a été adopté et, bien que ses parents adoptifs aient été gentils et affectueux, je crois qu'il a toujours eu un sentiment d'insécurité. Il veut saisir tout ce qu'il peut, avant que quelqu'un le lui prenne ou qu'il le perde.

— Il doit regretter de vous avoir perdue, constata Charles.

— Pas vraiment. Nous sommes restés bons amis. Je le vois à chaque fois qu'il vient. Je fais toujours partie de sa vie, mais d'une manière différente, en tant qu'amie et mère de ses enfants. Il sait qu'il peut compter sur moi. Il est toujours entouré de jolies femmes, plus jeunes et beaucoup plus drôles que je le suis ou que je l'ai jamais été. J'ai toujours été trop sérieuse pour lui.

Charles acquiesça. C'était justement ce côté de sa personnalité qui lui plaisait. Cependant, il trouvait étrange sa relation avec son ex-mari. Pour sa part, il n'avait quasiment plus de contacts avec son ex-femme. N'ayant pas d'enfants pour faire le lien entre eux, ils n'avaient plus rien à se dire et plus rien en commun, hormis une certaine dose d'animosité. C'était comme s'ils n'avaient jamais été mariés.

— Quand on a des enfants, reprit Maxine doucement, on est en quelque sorte liés l'un à l'autre pour toujours. Mais je dois admettre que si nous n'avions pas cela, il me manquerait. Nous nous entendons toujours bien et c'est important, surtout pour les enfants. Ce serait triste pour eux si leur père et moi nous détestions.

Peut-être, songea Charles en l'écoutant, mais ce serait aussi plus facile pour celui ou celle qui viendrait après. Succéder à Blake n'était pas chose aisée et succéder à Maxine non plus, même si elle ne mettait pas en avant ses propres qualités.

Il n'y avait rien d'arrogant ni de prétentieux chez elle, en dépit de sa brillante carrière de psychiatre et des livres qu'elle avait publiés. Au contraire, elle était très simple et c'est ce qui plaisait à Charles. Il se connaissait suffisamment pour savoir qu'il ne possédait pas cette vertu. Il avait une très haute opinion de lui-même et était très sûr de lui. Il n'avait pas hésité à contredire Maxine sur le cas du jeune Wexler et n'avait fait marche arrière qu'après avoir découvert qu'elle était une sommité dans son domaine. Alors seulement il avait admis qu'elle pouvait mieux que lui juger de la situation, comme l'avait confirmé la troisième tentative de suicide de Jason. Il avait eu l'impression de s'être conduit en imbécile. D'habitude, il détestait admettre qu'il avait eu tort, mais là, il n'avait pas eu le choix.

Maxine était forte, mais aussi douce et féminine. Elle n'éprouvait pas le besoin de faire étalage de ses compétences, sauf si la vie d'un patient était en jeu. Charles n'avait jamais rencontré de femme comme elle.

— Que pensent les enfants de notre sortie ? demanda-t-il comme ils achevaient de dîner.

Il n'osait pas lui demander ce qu'ils avaient dit de lui, même s'il se posait la question. Il était clair qu'ils avaient été étonnés de le voir. En un sens, c'était compréhensible. Ils n'y avaient pas été préparés, puisqu'elle avait complètement oublié son invitation. Son arrivée les avait tous pris au dépourvu, y compris Maxine. Ensuite, c'est lui qui avait été surpris par la tournure des événements. Lorsqu'il avait raconté sa soirée à un ami le lendemain, ce dernier avait été plié en deux de rire en écoutant Charles. Il avait ajouté que cela lui ferait du bien et le forcerait à se lâcher un peu.

En principe, Charles ne sortait pas avec des femmes qui avaient des enfants. Elles étaient trop absorbées par leur vie de famille. Et si cela se produisait, elles avaient toujours des ex-maris qui s'occupaient des enfants la moitié du temps. Maxine, elle, n'avait personne pour la soulager, hormis une gouvernante qui avait elle-même ses propres problèmes. S'il sortait avec elle, ce serait donc pour lui un défi.

— Ils ont été plutôt choqués, avoua Maxine honnêtement. Il y a longtemps que je ne suis pas sortie avec quelqu'un. Ils ont l'habitude de voir des femmes dans la vie de leur père, mais je crois qu'il ne leur est jamais venu à l'esprit qu'il puisse y avoir un jour quelqu'un dans la mienne.

D'ailleurs, elle n'était pas encore habituée à cette idée non plus. Les rares fois où elle était sortie, cela l'avait si peu intéressée qu'elle avait préféré y renoncer.

En général, ses collègues médecins lui semblaient imbus d'eux-mêmes. De plus, ils étaient effrayés par toutes les contraintes de sa profession. La plupart des hommes ne voulaient pas d'une épouse qui courait à l'hôpital pour une urgence à 4 heures du matin, et dont la vie privée était tributaire de ses charges professionnelles. Cela n'avait pas plu à Blake non plus, mais il avait dû l'accepter car, pour elle, sa carrière comptait énormément et ses enfants encore davantage. La vie de Maxine était plus que remplie, et il ne fallait pas grand-chose pour la faire exploser, comme l'avait prouvé la soirée de mardi. Il n'y avait pas beaucoup de place, à supposer qu'il y en ait, pour un homme, et Charles soupçonnait que cela plaisait aux enfants. Il avait lu sur leurs visages qu'ils la voulaient pour eux seuls et qu'il n'était pas le bienvenu parmi eux. Ils n'avaient pas besoin de lui. Et sans doute elle non plus. Elle ne semblait pas, comme la plupart des femmes de son âge, vouloir à tout prix trouver un homme. Au contraire, elle paraissait heureuse, épanouie, tout à fait capable de se débrouiller seule. Cela aussi attirait Charles. Il n'avait aucun désir de jouer les sauveurs, même s'il voulait être au centre de la vie d'une femme. Et il n'y avait aucune chance que cela se produise avec Maxine. Cela présentait à la fois des avantages et des inconvénients.

— Vous croyez qu'ils accepteraient que vous sortiez avec quelqu'un ? demanda-t-il négligemment, tâtant le terrain.

Maxine réfléchit un instant.

— Sans doute. Peut-être. Cela dépendrait de la personne, et de la manière dont elle s'habituerait à eux. Ces choses-là marchent dans les deux sens et exigent des efforts de part et d'autre.

Charles hocha la tête.

— Et vous ? Vous pensez que vous vous habitueriez à avoir de nouveau un homme dans votre vie, Maxine ? Vous semblez plutôt indépendante.

— Je le suis.

Elle but une gorgée de l'infusion à la menthe qu'on lui avait servie et qui terminait parfaitement ce délicieux repas.

— À vrai dire, je ne connais pas la réponse. Cela ne pourrait sans doute marcher que si je trouvais un homme qui me convienne. En outre, il faudrait que je sois sûre du résultat. Je ne veux pas faire une autre erreur. Blake et moi étions trop différents. On n'y fait pas attention quand on est jeune, mais quand on a mûri et qu'on se connaît mieux, cela a vraiment de l'importance. À notre âge, on ne peut pas se mentir. Et il est plus difficile de s'engager parce que nos vies sont plus compliquées. Sans compter qu'il n'est pas si facile de trouver chaussure à son pied. De toute façon, pour l'instant, mes enfants m'occupent et suffisent à mon bonheur. Le problème viendra le jour où ils auront grandi et où je me retrouverai seule. Mais ce n'est pas encore pour demain.

Elle avait raison, et il hocha la tête. Ses enfants la protégeaient de la solitude et lui donnaient une excuse pour ne pas laisser entrer d'homme dans sa vie. D'ailleurs, il se demandait si elle n'avait pas peur d'essayer de nouveau. Il avait l'impression que Blake avait emporté une grande partie d'elle et que, même s'ils étaient « trop différents », comme elle le disait, elle était toujours amoureuse de lui. Comment rivaliser avec un milliardaire au charme légendaire ? C'était un défi que peu d'hommes auraient relevé.

Ils passèrent à d'autres sujets, parlant de nouveau de leur métier et de la passion de Maxine pour sa discipline. En comparaison, ce que faisait Charles paraissait bien moins intéressant.

Après avoir quitté le restaurant, ils retournèrent chez Maxine, et Charles accepta un verre de cognac. Elle s'était totalement réapprovisionnée et pouvait à présent recevoir à n'importe quel moment. Cette réserve de boissons alcoolisées l'inquiétait un peu. Elle avait l'intention de les mettre sous clé. Elle ne voulait pas tenter les enfants, après l'incident avec Daphné.

Maxine le remercia pour le délicieux dîner et la si agréable soirée. Cela lui avait fait plaisir de s'habiller pour sortir et de discuter avec lui. C'était infiniment plus excitant que d'aller chez Mc Donald's avec les enfants, comme elle en avait l'habitude.

Charles lui répondit qu'elle méritait d'aller à la Grenouille plus souvent, et il espérait qu'elle accepterait qu'il l'y emmène à nouveau. C'était son restaurant favori. Il avait un faible pour la cuisine française et l'atmosphère qui y régnait. Bien plus que Maxine, il aimait sortir et aller dans des restaurants réputés. Tout en bavardant avec elle, il se demandait si cela lui plairait de sortir avec ses enfants. C'était possible, mais il n'en était pas certain. Il préférait discuter avec elle sans être dérangé et sans que Sam vomisse à ses pieds. Ils en rirent tous les deux, au moment où il partait.

— J'aimerais vous revoir, Maxine, lui confia-t-il.

En dépit d'une première soirée désastreuse, ils étaient heureux de ce dîner qui avait été parfait du début à la fin.

— Moi aussi, répondit-elle simplement.

— Je vous téléphonerai, promit-il.

Il ne tenta pas de l'embrasser. Elle aurait été choquée et se serait peut-être ravisée. D'ailleurs, ce n'était pas le genre de Charles. Il progressait lentement lorsqu'il s'intéressait à une femme, posant tranquillement des jalons mais ne voulant pas brusquer les choses. Pour lui, la décision d'aller plus loin devait être mutuelle. Maxine n'en était pas là et n'envisageait même pas d'avoir une liaison avec lui. Il devrait la faire changer d'avis petit à petit, si c'était ce qu'il désirait, mais il n'en était pas encore certain. Il prenait plaisir à être en sa compagnie, mais ses enfants représentaient un obstacle de taille.

Elle le remercia de nouveau et referma doucement la porte. L'appartement était silencieux. Jack était rentré, tout comme Zelda, et ils dormaient dans leurs chambres. Maxine se déshabilla et alla se coucher en songeant à Charles. Elle avait passé une soirée agréable, c'était indéniable. Mais sortir avec un homme lui avait semblé étrange. Cela lui avait paru si sérieux, si posé. Elle se voyait mal traîner avec lui un dimanche après-midi, au milieu des enfants, comme elle le faisait avec Blake lorsqu'il était là. En même temps, Blake était leur père et il ne consacrait pas sa vie à sa famille. Il se comportait plus comme un touriste de passage, une comète dans leur ciel.

Charles et elle avaient de nombreux points communs. Il était très sérieux, et cela lui plaisait. En même temps, l'espace d'un instant, elle regretta qu'il ne soit pas plus léger, plus drôle – mais on ne pouvait pas tout avoir. Elle avait toujours dit que si elle devait avoir de nouveau une liaison, ce serait avec quelqu'un de stable, sur qui elle pouvait compter. Charles était certainement ce genre d'homme. Elle se moqua alors d'elle-même et de ses rêves. Blake était fantasque et drôle, Charles sérieux et responsable. Dommage qu'il n'y ait nulle part un homme capable d'être les deux à la fois – une sorte de Peter Pan adulte, avec un sens des responsabilités. C'était beaucoup demander et sans doute était-ce la raison pour laquelle elle était encore seule et le resterait peut-être jusqu'à la fin de ses jours. On ne pouvait pas vivre avec un homme comme Blake et il n'était peut-être pas agréable de vivre avec un homme comme Charles. Quelle importance, après tout ? Personne ne lui demandait de choisir. Un homme intelligent l'avait invitée à dîner, point à la ligne. Il n'était pas question de mariage.

9

De retour à Londres, Blake devait rencontrer ses conseillers financiers pour discuter de trois sociétés qu'il envisageait d'acquérir. Il avait aussi rendez-vous avec deux architectes, pour charger le premier d'apporter des changements à sa maison de Londres, et le second de rénover le palais qu'il avait acheté au Maroc. Six décorateurs seraient mêlés aux deux projets. Blake s'amusait comme un fou. Il avait l'intention de rester un mois à Londres, après quoi il emmènerait les enfants à Aspen pour le nouvel an. Il avait invité Maxine à se joindre à eux, mais elle avait décidé de ne pas venir, et il le regrettait.

La plupart du temps, ils ne passaient qu'un ou deux jours ensemble lorsqu'il lui prêtait son yacht ou une de ses maisons. Il aimait faire profiter ses amis de ses propriétés. Après tout, il ne pouvait les utiliser toutes à la fois. D'ailleurs, il ne comprenait pas pourquoi Maxine avait fait tout un plat du fait qu'il avait proposé à Daphné d'aller dans son appartement avec ses amis, si elle le voulait. Elle était assez grande pour ne pas laisser tout en désordre et, dans le cas contraire, des employés se chargeraient de nettoyer. Pourquoi Maxine était-elle allée s'imaginer qu'ils feraient des sottises tout seuls là-bas ? Sa fille était raisonnable, et puis, que peut-on faire de mal à treize ans ? Après plusieurs conversations téléphoniques, il avait fini par se plier aux désirs de Maxine, mais cela lui semblait dommage. L'appartement de New York était presque toujours vide. Il vivait surtout à Londres, plus près des endroits où il aimait se rendre. Il comptait aller faire du ski à Gstaad, afin de s'échauffer avant Aspen. Il n'en avait pas fait depuis le mois de mai, en Amérique du Sud.

Peu après son arrivée à Londres, Blake assista à un concert des Rolling Stones, un de ses groupes favoris. Mick Jagger et lui étaient de vieux amis. Ce dernier lui avait fait rencontrer d'autres pop stars, parmi lesquelles des femmes hors du commun. La brève liaison de Blake avec une des plus grandes stars du rock avait fait la une des journaux du monde entier, jusqu'à ce qu'elle le quitte pour se marier. Lui ne voulait pas entendre parler de mariage. Non seulement l'idée ne l'effleurait jamais mais, en plus, il possédait beaucoup trop d'argent et cela aurait été très risqué pour lui, sauf s'il épousait quelqu'un d'aussi riche que lui. Mais les femmes qui possédaient sa fortune ne l'intéressaient pas. Il les préférait jeunes, libres et pleines de vie. Tout ce qu'il voulait, c'était s'amuser. Il ne faisait souffrir personne. Quand l'aventure se terminait, il les quittait en leur laissant bijoux, fourrures et de merveilleux souvenirs. Puis, il passait à la suivante et recommençait. N'ayant personne avec qui aller au concert des Rolling Stones, il s'y rendit seul, ainsi qu'à la fabuleuse réception prévue ensuite au palais de Kensington. Top models, actrices, aristocrates, stars du rock, tout le gratin était là. C'était l'univers de Blake, un univers qu'il adorait.

Il avait passé une excellente soirée et prenait un dernier verre au bar lorsqu'il remarqua une jolie rousse qui lui souriait. Les cheveux coiffés à la punk, les bras couverts de tatouages et la narine percée d'un diamant, elle le fixait sans la moindre gêne. Elle n'avait rien d'une Indienne, mais elle était vêtue d'un sari bleu vif, de la couleur de ses yeux, et elle arborait un bindi d'un rouge éclatant sur le front. Les tatouages de ses bras représentaient des fleurs. On en percevait un autre sur son ventre, visible sous son sari. Elle buvait du champagne et grignotait des olives.

— Bonsoir, dit-il simplement.

Leurs yeux se rencontrèrent et le sourire de la jeune femme s'accentua. C'était la créature la plus sexy qu'il ait jamais vue. Il était impossible de savoir si elle avait dix-huit ou trente ans, et il s'en moquait. Elle était sublime.

— D'où êtes-vous ? demanda-t-il, s'attendant à l'entendre dire Bombay ou New Delhi, malgré ses cheveux roux.

Elle rit, révélant une denture parfaite. Elle était vraiment irrésistible.

— De Knightsbridge.

Son rire cristallin résonna délicieusement aux oreilles de Blake.

— Et le bindi ?

— Je les aime, c'est tout. J'ai vécu à Jaipur pendant deux ans. J'adore les saris et les bijoux indiens.

Blake venait à peine de la rencontrer qu'il était déjà fou d'elle.

— Vous êtes allé en Inde ? demanda-t-elle.

— Plusieurs fois, répondit-il. J'ai fait un safari photo incroyable dans une réserve de tigres, l'an dernier. C'était infiniment plus impressionnant que ce que j'ai vu au Kenya.

Elle haussa les sourcils.

— Je suis née au Kenya. Ma famille a longtemps vécu en Rhodésie, puis nous sommes rentrés en Angleterre. C'est plutôt ennuyeux ici. Je pars dès que j'en ai la possibilité.

Elle était britannique et parlait avec un accent aristocratique. Blake se demanda qui elle était et qui étaient ses parents. En général, cela ne l'intéressait pas, mais tout chez elle l'intriguait.

— Et vous êtes ? s'enquit-elle.

C'était sans doute la seule femme présente à ignorer son nom, et cela aussi lui plut. Elle lui faisait l'effet d'une bouffée d'air frais. Et il sentait qu'ils étaient attirés l'un par l'autre. Fortement attirés.

— Blake Williams.

Il n'ajouta rien, et elle se contenta de hocher la tête en prenant une gorgée de champagne. Il buvait de la vodka avec des glaçons. C'était sa boisson préférée, dans ce genre de soirée. Le champagne lui donnait mal à la tête, la vodka non.

— Américain, commenta-t-elle d'un ton neutre. Marié ?

Elle avait posé la question d'un ton curieux, ce qu'il trouva étrange.

— Non. Pourquoi ?

— Je ne fréquente pas les hommes mariés. Je suis sortie avec un horrible Français qui était marié et qui me l'avait caché. Chat échaudé craint l'eau froide, dit-on. Les Américains sont plus honnêtes pour cela. Les Français, non. Ils ont toujours une épouse et une maîtresse quelque part, et ils trompent les deux. Vous trompez les femmes ? questionna-t-elle, comme si elle lui demandait s'il jouait au golf ou au tennis.

Il se mit à rire.

— En général, non. Non, à vrai dire. Et je ne crois pas l'avoir jamais fait. Je n'ai aucune raison puisque je ne suis pas marié. Si je veux sortir avec quelqu'un d'autre, je romps avec la femme avec qui je suis. Cela me semble beaucoup plus simple. Je n'aime ni les drames ni les complications.

— Moi non plus. C'est ce que je voulais dire à propos des Américains. Ils sont simples et directs. Les Européens sont beaucoup plus compliqués. Ils veulent que tout soit difficile. Mes parents essaient de divorcer depuis douze ans. Ils n'arrêtent pas de se séparer et de se réconcilier. C'est très déroutant pour nous. Personnellement, je n'ai pas l'intention de me marier. Ça me semble un affreux gâchis.

Son ton était désinvolte, comme si elle parlait d'un voyage ou du temps qu'il faisait, et cela amusa Blake. Elle était drôle, jolie, très lucide. Avec son sari et son bindi, elle ressemblait à une sorte de nymphe ou à un petit lutin. Il remarqua alors qu'elle portait un énorme bracelet d'émeraudes presque invisible parmi les tatouages, et un gros rubis au doigt. Qui qu'elle soit, elle ne manquait pas de bijoux.

— Je suis d'accord avec vous. Pour ma part, je suis resté en excellents termes avec mon ex-femme. Nous nous apprécions encore plus que lorsque nous étions mariés.

Pour lui, c'était vrai, et il était sûr que Maxine éprouvait la même chose.

— Vous avez des enfants ? demanda-t-elle en lui offrant des olives.

Il en laissa tomber deux dans son verre.

— Oui. J'en ai trois. Une fille et deux garçons. Treize, douze et six ans.

— C'est bien. Je ne veux pas d'enfants, mais je pense que les gens qui en ont sont très courageux. Cela me fait plutôt peur. Toute cette responsabilité quand ils tombent malades, et puis il faut s'en occuper pour qu'ils travaillent bien à l'école et qu'ils aient de bonnes manières. C'est encore plus dur que de dresser un cheval ou un chien, et je suis nulle pour les deux. J'ai eu un chien qui faisait ses besoins partout dans la maison. Je suis sûre que je serais encore pire avec des enfants.

Il ne put s'empêcher de rire. Mick Jagger vint la saluer, tout comme plusieurs autres invités. Tout le monde semblait la connaître hormis Blake, qui ne parvenait pas à comprendre pourquoi il ne l'avait jamais vue auparavant, alors qu'il était un habitué des soirées londoniennes.

Il lui parla avec enthousiasme de sa propriété à Marrakech. Elle l'écouta avec intérêt et trouva son projet fabuleux. Elle lui confia qu'elle aurait aimé être architecte, mais qu'elle n'avait pas pu, car elle n'avait jamais été bonne en maths. Elle ajouta qu'elle avait été très mauvaise élève à l'école.

Plusieurs amis de Blake vinrent lui dire quelques mots, tandis qu'elle aussi était accaparée par diverses connaissances. Lorsqu'il se retourna, quelques minutes plus tard, elle avait disparu. Blake se sentit frustré et déçu. Il avait été séduit par sa beauté, son intelligence, son attitude peu conventionnelle et aurait aimé continuer à bavarder avec elle. Il demanda à Mick Jagger qui elle était, ce qui le fit rire.

— Tu ne la connais pas ? s'étonna-t-il. C'est Arabella. Elle est vicomtesse. Son père est le lord le plus riche d'Angleterre.

— Que fait-elle ?

À l'entendre parler, il avait eu l'impression qu'elle travaillait.

— Elle est peintre. Portraitiste. Elle est très douée. Les gens paient une fortune pour qu'elle fasse leur portrait. Elle est un peu dingue, mais adorable. L'Anglaise excentrique par excellence. Je crois qu'elle a été fiancée à un Français, mais ça s'est arrêté là. Ensuite, elle est partie en Inde, où elle a eu une liaison avec un Indien très haut placé, puis elle est rentrée les valises pleines de très beaux bijoux. J'ai du mal à croire que tu ne la connaisses pas. Elle adore faire la fête.

Blake n'en doutait pas.

— Tu sais où je peux la trouver ? Je n'ai pas eu le temps de lui demander son numéro de téléphone.

— Bien sûr. Que ta secrétaire appelle la mienne demain. J'ai son numéro, comme tout le monde d'ailleurs. Toute la bonne société anglaise lui commande un portrait. Tu peux toujours te servir de ça comme prétexte.

Blake n'était pas sûr d'avoir besoin d'un prétexte. Il quitta la soirée, regrettant qu'elle soit partie avant lui. Le lendemain matin, sa secrétaire obtint facilement le numéro.

Il hésita un court instant, puis appela. Une voix de femme qu'il reconnut aussitôt répondit.

— Arabella ? demanda-t-il avec une assurance qu'il était loin d'éprouver.

Pour la première fois depuis longtemps, il se sentait gauche et emprunté. Elle avait infiniment plus de classe que les jeunes femmes avec qui il sortait d'habitude.

— Oui, répondit-elle avec assurance et en éclatant de rire, avant même qu'il se soit présenté.

L'entendre lui sembla aussi magique que la veille. Elle était merveilleuse.

— Blake Williams à l'appareil. Nous nous sommes rencontrés hier, au palais de Kensington, et vous êtes partie avant que j'aie eu le temps de vous dire au revoir.

— Vous sembliez occupé, alors je me suis éclipsée. C'est très gentil à vous d'appeler.

Elle semblait sincèrement contente de l'entendre et il alla droit au but.

— À vrai dire, je voulais vous dire bonjour plutôt qu'au revoir. Seriez-vous libre pour déjeuner ?

Elle rit de nouveau.

— Non, malheureusement, avoua-t-elle avec regret. Je fais le portrait de quelqu'un qui ne peut venir qu'à l'heure du déjeuner. Il s'agit du Premier ministre et son emploi du temps est très chargé. Demain, cela vous irait ?

— Ce serait parfait, répondit Blake, légèrement intimidé.

Elle avait vingt-neuf ans et lui quarante-six, et pourtant, il avait l'impression d'être un collégien.

— Au Santa Lucia, à 13 heures ?

Ce restaurant, qui avait été le favori de la princesse Diana, était devenu celui de tout le monde depuis.

— D'accord. J'y serai, promit-elle. À demain.

Et avant qu'il ait eu le temps de réagir, elle avait coupé la communication. Pas de bavardage, pas de conversation inutile, seulement le minimum nécessaire pour se donner rendez-vous pour déjeuner. Il se demanda si elle porterait un bindi et un sari. Il y avait des années qu'il n'avait pas été aussi excité par une femme.

Le lendemain, Blake arriva au Santa Lucia en avance et resta debout au bar pour l'attendre. Arabella entra vingt minutes plus tard, ses cheveux roux et courts dressés sur sa tête, vêtue d'une minijupe, de bottes en daim marron à hauts talons et d'un gros manteau en lynx. Elle ressemblait à un mannequin français ou italien ou à une actrice de cinéma. Il n'y avait nulle trace de son bindi, mais le bleu intense de ses yeux était le même que dans son souvenir. Elle sourit en le voyant et l'étreignit avec chaleur.

— C'est si gentil de m'inviter à déjeuner, murmura-t-elle comme si c'était la première fois que cela lui arrivait – ce qui n'était évidemment pas le cas.

Elle était très séduisante et très simple en même temps, ce qui plaisait beaucoup à Blake. Chose rare pour lui, face à elle, il se sentait comme un petit garçon. Le maître d'hôtel les conduisit à leur table et la conversation alla bon train durant tout le déjeuner. Blake l'interrogea sur son travail et lui raconta sa réussite dans la haute technologie, domaine qu'elle trouvait fascinant. Ils parlèrent d'art, d'architecture, de voile, de chevaux, de chiens, de ses enfants. Ils discutèrent d'une foule de choses et il était 16 heures quand ils sortirent du restaurant. Blake lui ayant confié qu'il aimerait voir ses tableaux, elle l'invita à venir à son atelier le lendemain, après sa séance avec Tony Blair. En dehors de ce rendez-vous, sa semaine était libre jusqu'au samedi où, naturellement, comme toute la bonne société londonienne, elle partirait à la campagne pour le week-end.

Quand ils se quittèrent, il avait déjà hâte de la revoir. Elle l'obsédait. Arabella était la femme la plus sexy et la plus intéressante qu'il ait jamais rencontrée. L'après-midi même, il alla chez le plus grand fleuriste de Londres et lui fit livrer un splendide bouquet de lis, de roses et d'orchidées, accompagné d'un petit mot amusant. Elle lui téléphona dès qu'elle le reçut pour le remercier.

Le lendemain en début d'après-midi, il se rendit à son atelier. Le Premier ministre venait de partir. Arabella lui ouvrit la porte, vêtue d'un jean moulant couvert de peinture, d'un tee-shirt blanc et de baskets rouges. Elle portait un énorme bracelet en rubis et un bindi sur le front. Il était ébloui par son côté femme-enfant, ses multiples facettes, son originalité et sa beauté. Elle lui montra plusieurs de ses tableaux en cours et d'autres plus anciens. Elle était aussi talentueuse que l'avait affirmé Mick Jagger.

— Ils sont fantastiques, s'exclama-t-il. Vraiment magnifiques, Arabella.

Elle ouvrit une bouteille de champagne et porta un toast à sa première visite à l'atelier, ajoutant qu'elle espérait qu'elle serait suivie de beaucoup d'autres. En dépit de son aversion pour le champagne, il but deux coupes avec elle. À vrai dire, il aurait bu du poison si elle le lui avait demandé. Ensuite, il proposa qu'ils aillent chez lui. Il voulait lui montrer sa maison, dont il était très fier, ainsi que les œuvres d'art qu'il possédait. Ils trouvèrent un taxi sans difficulté. Une demi-heure plus tard, ils étaient chez lui et elle poussa des cris de ravissement à la vue de ses tableaux. Il lui offrit du champagne, mais lui-même prit de la vodka. Puis il alluma la chaîne stéréo, lui montra la salle de projection qu'il avait fait aménager, et peu après ils se retrouvèrent dans son lit, en train de faire passionnément l'amour. Jamais il n'avait connu pareille sensation. Arabella lui faisait l'effet d'une drogue. Plus tard, dans son immense baignoire, quand elle s'installa à califourchon sur lui pour le chevaucher de nouveau, il eut l'impression d'être au paradis. Il gémit de plaisir en atteignant l'extase pour la quatrième fois cette nuit-là, grâce au petit lutin qu'il avait découvert au palais de Kensington et dont le rire espiègle le faisait fondre. Il ne savait pas si c'était de l'amour ou de la folie, mais il aurait voulu que cela ne finisse jamais.

10

Le vendredi soir suivant, Charles et Maxine dînèrent de nouveau à la Grenouille. Ils choisirent tous les deux du homard et un délicieux risotto aux truffes. Maxine prit plaisir à leur soirée, plus encore que la première fois, appréciant leur conversation. En outre, Charles ne lui parut pas aussi austère qu'il lui avait semblé. Il avait même un certain sens de l'humour. Il lui confia qu'il aimait l'ordre et la tranquillité, et qu'il avait horreur des imprévus. Le genre de vie que Maxine avait toujours désiré mais qui s'était révélé impossible avec Blake, trois enfants à élever et un métier où l'imprévu était quasiment la norme. Charles correspondait beaucoup plus à son idéal que Blake, et même son manque de spontanéité avait quelque chose de rassurant. Avec lui, elle savait à quoi s'attendre. De plus, il était attentionné, ce qui lui plaisait aussi.

Il avait promis de l'emmener dans d'autres restaurants réputés comme le Cirque, Chez Daniel ou le Café Boulud. Il adorait y aller et il voulait les lui faire connaître. Ils étaient dans le taxi qui les ramenait, quand le téléphone portable de Maxine se mit à sonner. Elle crut d'abord qu'un des enfants l'appelait, mais c'était le service de garde qui voulait lui passer Thelma Washington. Maxine compris aussitôt qu'il y avait un gros problème avec un de ses patients.

— Que se passe-t-il ? demanda Maxine, anxieuse.

Charles espérait qu'il ne s'agissait pas d'une urgence qui viendrait perturber leur soirée. Mais Maxine écoutait avec attention, les sourcils froncés, les yeux clos, et cela lui parut de mauvais augure.

— Quelle quantité de sang lui avez-vous transfusée ?

Il y eut un court silence pendant qu'elle écoutait la réponse.

— Pouvez-vous faire venir un cardiologue tout de suite ? Essayez Jones... Flûte... Bon. J'arrive.

Elle se tourna vers Charles, l'air inquiète.

— Je suis désolée et cela m'ennuie beaucoup de vous le demander, mais une de mes patientes vient d'être admise en urgence à l'hôpital de Columbia, et je dois m'y rendre tout de suite. Je n'ai pas le temps de rentrer à la maison pour me changer, mais je peux vous déposer en route.

Elle ne songeait qu'aux paroles de Thelma. Il s'agissait d'une adolescente de quinze ans qu'elle soignait depuis tout juste quelques mois. Elle avait tenté de se suicider et se trouvait entre la vie et la mort. Maxine voulait la voir au plus vite. Charles n'hésita pas.

— Je vous accompagne. Je pourrai vous apporter mon soutien moral, à défaut d'autre chose.

Il imaginait à quel point ces situations devaient être douloureuses pour elle. Lui-même n'aurait pas supporté de devoir les affronter au quotidien, et il n'en admirait que plus Maxine. Son travail était beaucoup plus passionnant mais beaucoup plus stressant que le sien.

— Je vais peut-être devoir rester toute la nuit. Tout du moins, c'est ce que j'espère.

Le contraire signifierait le décès de sa patiente, ce qui était malheureusement tout à fait possible.

— Pas de problème. Si j'en ai assez d'attendre, je rentrerai chez moi. Je suis médecin et je connais ce genre de situation.

Elle sourit, contente qu'ils aient cela en commun. Cela les rapprochait. Pendant qu'ils roulaient vers l'hôpital, Maxine lui résuma la situation. L'adolescente s'était tailladé les poignets et enfoncé un couteau de cuisine dans la poitrine. Par miracle, sa mère l'avait très vite trouvée. Les secours étaient arrivés en quelques minutes. On lui avait administré les premiers soins, mais son cœur s'était arrêté deux fois pendant qu'on la conduisait à l'hôpital. Ils avaient réussi à la réanimer, mais sa vie ne tenait qu'à un fil. C'était sa deuxième tentative.

— Seigneur, ils ne font pas les choses à moitié, n'est-ce pas ? Auparavant, j'étais persuadé que les jeunes faisaient ça uniquement pour attirer l'attention, sans vouloir aller jusqu'au bout.

Dès qu'ils arrivèrent, Maxine retira son manteau, enfila une blouse blanche et courut voir Thelma et l'équipe des urgences. Après avoir examiné la jeune fille, elle se mit en rapport avec le chirurgien et s'entretint avec l'interne de garde. On avait déjà recousu les poignets de l'adolescente. Le chirurgien arriva un quart d'heure plus tard et la fit aussitôt entrer en salle d'opération, tandis que Maxine réconfortait les parents. Pendant ce temps, Charles et Thelma restèrent dans le couloir.

— Elle est fantastique, commenta Charles avec admiration.

Thelma acquiesça. Maxine était d'une efficacité remarquable. Et cela lui plut que Charles s'en rende compte. Maxine les rejoignit une demi-heure plus tard.

— Comment va-t-elle ? demanda aussitôt Thelma.

— Elle tient le coup, mais c'est limite, répondit Maxine.

Héloïse resta quatre heures en salle d'opération. Près de cinq heures s'écoulèrent avant que Maxine en sache plus. À sa grande surprise, Charles était resté à ses côtés, alors que Thelma était rentrée chez elle depuis longtemps.

Enfin, le chirurgien apparut, un grand sourire aux lèvres.

— Il y a parfois des miracles. Il s'en est fallu de quelques millimètres, mais tous les organes vitaux sont intacts. Elle n'est pas encore sortie d'affaire. Nous en saurons plus dans les jours qui viennent, mais elle devrait s'en tirer.

Maxine laissa échapper un cri de joie et se jeta au cou de Charles, qui l'étreignit en souriant. Il était épuisé, mais il venait de vivre une des nuits les plus extraordinaires de sa vie.

Elle alla informer les parents d'Héloïse et, peu après 6 heures du matin, Charles et elle quittèrent l'hôpital. L'adolescente était toujours dans un état grave, mais le pire était passé. Ses parents étaient soulagés et Maxine aussi. Son optimisme était encore mesuré, mais elle avait le sentiment qu'ils allaient gagner la bataille et qu'ils avaient arraché la jeune fille à la mort.

— Je ne sais pas comment vous dire à quel point je vous admire, lui confia Charles avec douceur.

Il avait mis un bras autour de ses épaules, et elle se laissait aller contre lui, dans le taxi qui les ramenait chez elle. Elle vivait encore sous la tension de l'hôpital et il lui faudrait quelques heures pour se remettre. Malheureusement, à ce moment-là, elle devrait être de nouveau à l'hôpital, probablement sans avoir dormi. Elle y était habituée.

— Merci, murmura-t-elle avec un sourire. Merci d'être resté avec moi. C'était bon de savoir que vous étiez là. En général, je suis seule. J'espère qu'elle va s'en sortir. Je crois que oui.

— Moi aussi. Le chirurgien est un type exceptionnel.

Et elle l'était aussi, songeait-il.

Le taxi s'arrêta devant son immeuble, et elle se rendit soudain compte qu'elle était épuisée. Ses jambes lui semblaient de plomb et elle avait affreusement mal aux pieds dans ses hauts talons. Elle portait toujours la blouse blanche par-dessus sa robe de soirée, et son manteau était plié sur son bras. Elle regarda Charles. Avec son élégant complet sombre, sa chemise blanche et sa cravate bleu marine, il avait encore fière allure, malgré sa nuit blanche.

— J'ai l'impression d'avoir fait la guerre, confia-t-elle.

Il se mit à rire.

— Vous n'en avez pas l'air. Vous avez été absolument fantastique.

— Merci. C'est un travail d'équipe et tout dépend de la chance qu'on a. On ne sait jamais comment ça va se passer. On fait de notre mieux, voilà tout.

Il la regarda, les yeux pleins d'admiration. Il était 6 h 30 du matin, et il éprouva brusquement l'envie de rentrer avec elle et de lui faire l'amour. Après les moments qu'ils venaient de partager, il aurait aimé dormir avec elle. Au lieu de quoi, debout sur le trottoir, il se pencha et l'embrassa sur les lèvres. Cela arrivait plus vite qu'ils ne l'avaient envisagé, mais les événements de la nuit avaient précipité les choses. Ils avaient noué de nouveaux liens.

Il l'embrassa de nouveau, avec plus d'intensité, et elle lui rendit son baiser, tandis qu'il l'enlaçait et la serrait contre lui.

— Je t'appellerai plus tard, murmura-t-il.

Elle acquiesça, puis le quitta et rentra chez elle.

Elle resta un long moment assise dans la cuisine, songeant à Héloïse, à la longue nuit écoulée et au baiser de Charles. Lorsqu'il l'avait embrassée, elle avait eu l'impression d'être frappée par la foudre. Mais cela lui avait plu. Et elle avait apprécié son soutien. En un sens, il correspondait à tout ce qu'elle avait toujours désiré. Et maintenant qu'elle l'avait rencontré, elle avait peur de ce que cela signifiait. Qu'allait-elle faire ? Avait-elle assez de place dans sa vie pour lui et pour ses enfants ? Elle n'en était pas sûre et cela l'inquiétait.

Il était près de 9 heures lorsqu'elle se coucha enfin, espérant dormir un peu avant de devoir s'occuper des enfants. Elle se leva deux heures plus tard et se dirigea vers la cuisine pour se faire du café.

L'attaque de Daphné la prit par surprise.

— Où étais-tu hier soir ? demanda l'adolescente, livide.

— À l'hôpital. Pourquoi ? répondit Maxine, perplexe.

Sa fille la toisa d'un air furieux. Maxine n'avait pas la moindre idée de ce qui motivait sa colère, mais elle était sûre qu'elle n'allait pas tarder à le savoir.

— Ce n'est pas vrai ! Tu étais avec lui !

Elle utilisait le ton et les mots d'un mari jaloux.

— Je suis allée dîner avec « lui », comme tu dis, expliqua sa mère calmement. Mais en rentrant, j'ai reçu un appel me prévenant qu'une de mes patientes avait tenté de se suicider et j'ai dû aller à l'hôpital. C'est quoi, ton problème ?

— Je ne te crois pas. Je crois que tu as passé toute la nuit chez lui et que tu as couché avec lui !

Elle avait craché son accusation avec rage et Maxine la dévisagea, stupéfaite. L'attitude de sa fille était totalement injustifiée, mais cela lui donnait un aperçu du genre de réaction qu'elle risquait de rencontrer de la part de ses enfants concernant Charles. De la part de Daphné, tout au moins.

— Il est possible que cela arrive un jour, soit avec lui, soit avec quelqu'un d'autre et à ce moment-là, je vous préviendrai. Mais je peux t'assurer, Daphné, que j'ai passé la nuit dernière à l'hôpital. Et je pense que ta conduite est totalement inqualifiable.

Elle se détourna, à présent en colère elle aussi. Daphné parut momentanément se radoucir, avant de passer de nouveau à l'attaque.

— Pourquoi est-ce que je devrais te croire ? demanda-t-elle alors que Sam entrait et la regardait avec inquiétude.

— Parce que je ne vous ai jamais menti, rétorqua Maxine d'un ton sec, et que je n'ai pas l'intention de commencer aujourd'hui. Et je n'aime pas tes accusations. Elles sont grossières, fausses et déplacées. Alors, tais-toi et conduis-toi correctement, ajouta-t-elle avant de sortir de la cuisine sans adresser le moindre mot à l'un ou à l'autre.

— Tu vois ce que tu as fait ? gronda Sam. Tu as été méchante et tu as mis maman en colère. Elle est déjà fatiguée parce qu'elle n'a pas dormi de la nuit, et maintenant elle va être de mauvais poil toute la journée. Merci !

— Tu ne sais rien du tout ! riposta Daphné avant de quitter la cuisine à son tour.

Sam secoua la tête et se prépara un bol de céréales. La journée démarrait mal.

Maxine retourna à l'hôpital à midi et fut soulagée de constater que l'état d'Héloïse s'améliorait. Elle avait repris connaissance et pouvait parler, mais elle refusa de lui dire pourquoi elle avait tenté de se suicider. Maxine avait recommandé à ses parents une hospitalisation prolongée, et ils avaient été d'accord avec elle. Ils voulaient à tout prix éviter que cela se reproduise.

Maxine rentra chez elle à 14 heures. Daphné était sortie avec des amies, soi-disant pour faire des courses de Noël. Maxine était persuadée que c'était pour l'éviter mais cela lui convenait parfaitement. Elle était toujours aussi furieuse contre sa fille. Comme d'habitude, Sam fut adorable et s'efforça de compenser. Ils allèrent ensemble voir Jack jouer au football et, à leur grande joie, ce fut son équipe qui gagna. Ils rentrèrent de bonne humeur à la maison, en fin d'après-midi. Daphné était là, mais elle avait perdu de son agressivité.

Charles appela à 18 heures. Il venait juste de se réveiller et fut sidéré qu'elle n'ait presque pas dormi de la journée.

— J'ai l'habitude, observa-t-elle en riant. Il n'y a pas de repos pour les braves. En tout cas, pas pour ceux qui ont des enfants.

— Je ne sais pas comment tu fais. J'ai l'impression d'être passé sous un bus. Je dois être une petite nature. Comment va la jeune suicidée ?

Sa voix était tout ensommeillée, mais très séduisante.

— Aussi bien que possible.

— Tant mieux. Que fais-tu ce soir ?

— Nous allons au cinéma à 20 heures, et nous irons manger une pizza avant.

Il était sans doute encore trop fatigué pour se joindre à eux, et, de son côté, elle commençait à flancher, mais une idée lui vint subitement à l'esprit. Le dimanche soir, elle avait l'habitude de préparer un vrai repas ou de le commander chez le traiteur.

— Voudrais-tu venir dîner avec nous demain soir ?

— Avec les enfants ?

Il semblait hésitant, moins enthousiaste qu'elle l'avait espéré. C'était une situation nouvelle pour lui.

— Oui, bien sûr. J'envisage une soirée chinoise, demain. Mais je peux commander autre chose, si tu préfères.

— J'adore la cuisine chinoise. Mais je ne voudrais pas m'imposer à un dîner avec tes enfants.

— Je ne crois pas que cela posera problème. Et toi ? demanda-t-elle.

— Entendu, dit-il du ton de quelqu'un qui vient d'accepter de sauter à l'élastique du haut de l'Empire State Building.

Et pour lui, cela y ressemblait. Maxine en était consciente et elle apprécia qu'il ait accepté de venir. Il était évident que cela l'effrayait.

— À demain, 18 heures, lança-t-elle comme Daphné entrait dans la pièce.

Sa fille la fusilla du regard.

— Tu viens de l'inviter à dîner ?

— Oui.

Et elle n'allait certainement pas leur demander la permission. Les enfants invitaient constamment des copains qu'elle accueillait à bras ouverts. Elle avait le droit d'avoir des amis, elle aussi.

— Dans ce cas, je ne mangerai pas avec vous, grogna Daphné.

— Si, rétorqua Maxine calmement. Il n'y a aucune raison pour que mes invités ne soient pas reçus correctement et je ne comprends pas pourquoi tu fais tout un drame. Tu es pourtant habituée à voir les copines de ton père.

— Parce que c'est ton petit copain ? s'écria Daphné, horrifiée.

— Non, mais ça n'aurait rien de choquant, si ça arrivait. Ce qui est plus anormal, c'est que je ne sois pas sortie depuis des années. Tu n'as aucune raison d'en faire tout un plat.

Il était évident que Daphné se sentait menacée. L'idée que sa mère puisse fréquenter un homme lui était insupportable.

— Il ne va rien se passer, Daff. Alors, arrête et regarde les choses telles qu'elles sont. J'invite juste un ami à dîner. S'il s'avère qu'un jour, cela devient autre chose, je vous le dirai. Pour le moment, ce n'est qu'un dîner. D'accord ?

En disant cela, elle se souvint du baiser échangé le matin même. Sa fille n'avait pas entièrement tort. C'était plus qu'un simple dîner. Daphné sortit de la pièce sans un mot.

Le lendemain soir, lorsque Charles arriva, Daphné était dans sa chambre, et Maxine eut beaucoup de mal à l'en faire sortir. Elle vint dans la cuisine, mais son attitude montrait clairement que c'était contrainte et forcée. Elle ignora totalement Charles et lança à sa mère des regards furibonds. Au moment de passer à table, elle déclara qu'elle n'avait pas faim. Sam et Jack ne se firent pas prier pour manger sa part.

Charles félicita Jack pour sa victoire de la veille et l'interrogea sur le déroulement du match, puis entama une conversation animée avec Sam. Daphné fixait ses frères comme s'ils étaient des traîtres. Vingt minutes plus tard, elle retourna dans sa chambre.

Après le dîner, Charles resta avec Maxine, pendant qu'elle mettait de l'ordre dans la cuisine.

— Daphné me déteste, affirma-t-il, l'air peiné, en grignotant un cookie resté sur la table.

— Elle ne te déteste pas. Elle ne te connaît pas. Elle a peur, c'est tout. Je ne sors jamais et je n'invite jamais personne à la maison. Elle a peur de ce que cela signifie.

— Elle te l'a dit ?

Il paraissait intrigué et Maxine sourit.

— Non, mais je suis mère et spécialiste des problèmes des adolescents. Je sais ce qu'elle ressent.

— Ai-je dit quelque chose qui l'a perturbée ? s'inquiéta-t-il.

— Non, tu as été très bien.

Il était évident qu'il n'avait pas l'habitude de parler aux enfants, mais il faisait de son mieux et elle appréciait cela.

Maxine lui sourit.

— Elle veut s'affirmer, voilà tout. Personnellement, je déteste les adolescentes, poursuivit-elle tranquillement.

Cette affirmation fit rire Charles.

— À vrai dire, à quinze ans, c'est encore pire. Mais ça commence à treize ans. Les hormones et tout le tralala. On devrait les enfermer jusqu'à ce qu'elles aient seize ou dix-sept ans.

— C'est toi qui dis cela, alors que tu passes ton temps à t'occuper d'elles !

— Justement ! Je sais de quoi je parle. Elles torturent leurs mères à cet âge-là, tandis que leurs pères sont des héros.

— Je l'ai remarqué, confirma-t-il d'un ton sombre, se souvenant de la manière dont Daphné s'était vantée du sien, la première fois qu'il l'avait vue. Comment est-ce que je m'en sors avec les garçons ?

— Très bien, assura-t-elle en le regardant avec un sourire. Merci de faire tout cela. Je sais que ce n'est pas facile pour toi.

— Non, mais je le fais pour toi, chuchota-t-il.

— Je sais, souffla-t-elle.

Il la prit dans ses bras et ils s'embrassèrent passionnément. C'est alors que Sam revint sans crier gare.

— Oh ! balbutia-t-il en les voyant.

Ils tressaillirent et s'écartèrent aussitôt l'un de l'autre, dans une attitude coupable. Pour se donner une contenance, Maxine ouvrit le réfrigérateur, s'efforçant d'avoir l'air occupée.

— Daff va te tuer, si elle te voit l'embrasser, avertit Sam.

Charles et Maxine se mirent à rire.

— Ça ne se reproduira pas. Promis. Merci, Sam.

Sam haussa les épaules, prit deux cookies et ressortit.

— Je l'aime beaucoup, assura Charles avec chaleur.

— Cela leur fait du bien à tous que tu sois là, même à Daphné, répondit-elle calmement. Cela leur fait comprendre qu'ils n'ont pas à m'avoir pour eux tout seuls.

— Je ne m'étais pas rendu compte que j'étais en mission, grogna-t-il – ce qui la fit rire.

Ils allèrent au salon afin de bavarder un moment, et Charles partit vers 22 heures. En dépit de l'attitude hostile de Daphné durant le dîner, la soirée avait été très agréable. Charles s'en était bien tiré.

Souriante, Maxine entra dans sa chambre et trouva Sam dans son lit, déjà à moitié endormi.

— Tu vas te marier avec lui, maman ? chuchota-t-il, luttant pour garder les yeux ouverts, tandis qu'elle l'embrassait.

— Non. C'est juste un ami.

— Alors, pourquoi est-ce que tu l'embrassais ?

— Comme ça, parce que je l'aime bien. Mais ça ne veut pas dire que je vais l'épouser.

— Tu veux dire, c'est comme papa et les filles avec qui il sort ?

— Oui, si on veut. Ce n'est pas important.

— Papa dit tout le temps ça aussi.

Visiblement soulagé, Sam s'endormit aussitôt. L'arrivée de Charles provoquait des vagues, mais Maxine était persuadée que c'était une bonne chose. Et cela lui faisait du bien d'avoir un homme dans sa vie. Ce n'était pas un crime, se rappela-t-elle. Il faudrait qu'ils s'habituent, voilà tout. Blake avait bien des liaisons. Pourquoi pas elle ?

11

Blake vécut des moments magiques avec Arabella avant de repartir pour les États-Unis. Jamais de sa vie il n'avait été aussi heureux, ni aussi amoureux. Il l'emmena faire du ski à Saint-Moritz un week-end. Ils passèrent trois jours à Paris, au Ritz, et firent même un saut à Venise, dans le palazzo qu'il possédait. C'étaient les moments les plus romantiques qu'il ait partagés avec une femme.

Naturellement, il l'avait invitée à fêter le jour de l'an à Aspen avec ses enfants. Pour le réveillon de Noël, elle avait proposé qu'ils aillent chez ses parents, mais Blake préférait rester seul avec elle. Il n'était jamais très chaud pour faire la connaissance de la famille de ses amies. En général, cela éveillait de faux espoirs chez elles et les choses commençaient à mal tourner. Il n'en était pas là avec Arabella, mais préférait l'avoir à lui seul. Et elle n'y voyait pas d'inconvénient. Elle s'était installée chez lui, ce qui était une grande première pour Blake. Ils avaient déjà fait plusieurs fois la une des tabloïds.

Daphné les avait vus dans le magazine *People* et avait montré la photo à sa mère d'un air désapprobateur.

— On dirait que papa est de nouveau amoureux.

— Laisse-le tranquille, Daff. Tu sais bien que ce n'est jamais sérieux. Il s'amuse, voilà tout.

Daphné se montrait aussi intransigeante avec Blake qu'avec Maxine, ces temps-ci.

— Il avait dit qu'il viendrait en vacances tout seul, cette fois.

En fait, Daphné voulait être l'unique femme dans sa vie. Connaissant Blake, Maxine savait que cela n'avait aucune chance de se produire. Et elle trouvait sa dernière conquête ravissante. Savoir que Blake avait une nouvelle liaison ne l'ennuyait pas du tout.

— J'espère qu'il ne va pas l'amener, répéta Daphné.

Maxine répondit qu'il y avait, au contraire, de grandes chances pour qu'elle vienne avec lui. Il lui paraissait préférable d'avertir sa fille, afin de lui donner le temps de s'habituer à cette idée.

De fait, Arabella avait accepté avec enthousiasme l'invitation de Blake. Elle n'était jamais allée à Aspen et se faisait une joie de rencontrer ses enfants. Il lui avait longuement parlé d'eux et lui avait montré des photos. Ils allèrent ensemble chez un des grands bijoutiers londoniens et elle l'aida à choisir un adorable bracelet en diamant pour Daphné, affirmant qu'il serait parfait pour elle et qu'il était digne d'une princesse. Blake y retourna seul et offrit un splendide bracelet en saphir à Arabella. Ils fêtèrent ensemble le réveillon de Noël et partirent pour New York avec le jet privé de Blake, le lendemain. Ils arrivèrent en fin d'après-midi et Blake téléphona aussitôt à Maxine. Les enfants et elle avaient célébré Noël chez ses parents et rentraient tout juste. Les enfants étaient prêts à partir, leurs valises déjà bouclées.

— Je vois que tu as été très occupé, le taquina-t-elle. Daphné et moi avons lu un article sur toi dans *People*.

Elle n'ajouta pas que cela avait rendu Daphné furieuse.

— Attends de la voir. Elle est fantastique.

— J'ai hâte que tu me la présentes, répondit Maxine en riant.

D'ordinaire, les femmes se succédaient trop vite dans sa vie pour qu'elle ait le temps de les rencontrer. Elle connaissait Blake et elle ne le crut pas quand il affirma que c'était différent, cette fois-ci. Il disait toujours cela. Elle ne pouvait imaginer qu'il ait une liaison sérieuse avec une femme, même si, à vingt-neuf ans, celle-ci était un peu plus âgée que les jeunes femmes avec qui il sortait habituellement.

— Je vois quelqu'un, moi aussi, ajouta-t-elle incidemment.

— Vraiment ? Qui est l'heureux élu ?

— Un médecin que j'ai connu par l'intermédiaire d'un patient.

— Il est sympa ?

— Je trouve.

Elle s'arrêta là, ce qui ne surprit guère Blake. Maxine était toujours discrète et réservée.

— Qu'en disent les enfants ? demanda-t-il avec curiosité.

— Ah... soupira-t-elle, c'est une autre histoire. Daphné le déteste. Jack et Sam ne sont pas ravis.

— Pourquoi Daff le déteste-t-elle ?

— C'est un homme. Elle et ses frères s'imaginent qu'ils devraient me suffire, et en un sens, c'est le cas. Mais c'est agréable de changer un peu. Ça me permet de parler de choses qui m'intéressent vraiment.

— Je suis content pour toi.

Maxine songea soudain qu'elle devait le mettre en garde concernant sa fille.

— Daphné est sur le sentier de la guerre vis-à-vis de toi aussi.

— Ah bon ? fit-il d'un ton surpris. Pourquoi ?

Il ne s'en doutait pas du tout. Par certains côtés, il était très naïf.

— À cause de ta nouvelle conquête. Daphné est très possessive avec nous, ces temps-ci. Elle a dit que tu avais promis de venir à Aspen seul. Tu l'es ?

Il hésita.

— Euh… non. Arabella est avec moi.

— Je m'en doutais. C'est ce que je lui ai dit, mais tu risques d'essuyer une tempête. Prépare-toi.

— Génial. Mieux vaut que je prévienne Arabella. Elle a très envie de faire leur connaissance.

— Il n'y aura pas de problème avec les garçons. Ils ont l'habitude. Dis-lui seulement de ne pas attacher trop d'importance à l'attitude de Daphné. Elle a treize ans. C'est un âge délicat.

— Apparemment, commenta-t-il.

Mais il était convaincu qu'Arabella les séduirait tous, y compris Daphné, et qu'il n'y avait pas de quoi s'inquiéter.

— Je viendrai les chercher demain matin à 8 h 30, conclut-il.

— Ils seront prêts, promit Maxine. J'espère que tout se passera bien.

Daphné était toujours dans le même état d'esprit vis-à-vis de Charles, mais elle ne l'avait vu que brièvement ces derniers temps, car il s'était tenu à l'écart pendant les vacances. Il n'aimait pas Noël, n'avait plus de famille proche, et était parti dans sa maison du Vermont. Maxine devait l'y retrouver le lendemain, après le départ des enfants. Cette perspective lui faisait un peu peur. Ce serait une sorte de lune de miel. Ils sortaient ensemble depuis six semaines et, en dépit de son appréhension, elle ne pouvait pas remettre indéfiniment le moment de franchir le pas.

Blake arriva à l'heure prévue. Maxine ne descendit pas. Elle ne voulait pas s'imposer alors qu'il était avec Arabella et se contenta donc de dire aux enfants de l'embrasser de sa part. Comme Sam se cramponnait à elle, elle le rassura en lui disant qu'il pourrait l'appeler quand il le voudrait sur son téléphone portable. Elle demanda aux deux grands de veiller sur lui et de dormir avec lui la nuit. Daphné était déjà de mauvaise humeur, car sa mère l'avait prévenue que Blake était accompagné. « Mais… il avait promis… » s'était-elle lamentée, en larmes, la veille au soir. Maxine lui avait expliqué que cela ne signifiait pas que son père ne l'aimait pas ou qu'il n'avait pas envie de la voir. Simplement, il aimait aussi être en compagnie d'une femme. D'ailleurs, elles savaient l'une et l'autre que cette Arabella ne durerait pas longtemps. Ce n'était jamais le cas. Pourquoi aurait-elle été une exception à la règle ?

Après leur départ, un calme impressionnant envahit l'appartement. Maxine et Zelda rangèrent tout, puis Zelda se prépara pour aller au théâtre. De son côté, Maxine appela Charles. Il attendait son arrivée avec impatience. Elle aussi se réjouissait de le voir, même si elle était nerveuse à l'idée de faire l'amour avec lui. Il s'était déjà excusé de « sa cabane dans les montagnes », comme il l'appelait, sachant le luxe auquel elle avait été habituée avec Blake. Il avait expliqué que sa maison du Vermont était très simple, très rustique. Elle était située près d'une station de ski, mais il avait insisté sur le fait que l'endroit n'était en rien comparable à Saint-Moritz ou Aspen, ou aucun des autres lieux qu'elle connaissait. Maxine avait cherché à le rassurer.

« Cesse de t'inquiéter pour ça, Charles. Si c'était important pour moi, je serais toujours mariée à Blake. Souviens-toi que je l'ai quitté. Je veux seulement être avec toi. Peu m'importe que le chalet soit simple. C'est pour toi que je viens, pas pour ta maison. »

Et elle était sincère.

Quant à lui, il était heureux de se retrouver seul avec elle pour une fois. Il avait encore du mal à accepter de la voir toujours entourée de ses enfants. Pour Noël, il avait offert des CD à Daphné et à Jack, et des DVD à Sam. Comme il ne connaissait pas leurs goûts, il s'en était remis aux suggestions de Maxine. Il lui avait acheté un beau foulard Chanel qu'il lui avait donné quatre jours avant Noël, la dernière fois qu'ils avaient dîné ensemble, et elle l'avait adoré. Pour sa part, elle lui avait trouvé une magnifique cravate Hermès.

Il avait préféré quitter New York avant que débute la frénésie des fêtes. Maxine le regrettait, mais son absence lui avait facilité les choses. Daphné aurait fait une crise s'il avait passé Noël avec eux. Tout avait donc été pour le mieux.

Elle partit à midi, de manière à arriver dans le Vermont vers 18 heures. Leur liaison leur convenait à tous les deux, songea-t-elle tout en roulant. Elle n'était pas trop sérieuse et leur permettait de continuer à mener leur propre vie et leur propre carrière. Elle ne savait pas ce qui se passerait lorsqu'ils seraient amants, mais elle ne le voyait pas rester chez elle quand les enfants étaient là, et Charles l'avait d'ores et déjà prévenue que c'était hors de question. Il avait trop peur que Daphné ne le poignarde dans son sommeil. D'ailleurs, il trouvait que ce ne serait pas convenable, et Maxine était du même avis.

Il neigeait au nord de Boston, mais les routes étaient dégagées. Les flocons devinrent plus denses à mesure qu'elle avançait. Charles lui téléphona à deux reprises afin de s'assurer que tout allait bien, et elle eut des nouvelles des enfants : Daphné l'appela dès qu'ils eurent atterri à Aspen. La panique perçait dans sa voix.

— Je la déteste, maman ! chuchota-t-elle tandis que Maxine levait les yeux au ciel. Elle est horrible !

— Comment ça, horrible ?

Maxine s'efforçait de rester objective, tout en admettant que certaines des amies de Blake étaient plutôt spéciales. Au fil des années, elle était devenue philosophe. Les femmes qui entraient dans la vie de Blake n'y restaient jamais longtemps, si bien que cela ne valait pas la peine de se faire du souci, sauf si elles représentaient un danger pour les enfants. Mais ces derniers étaient grands à présent. Ce n'étaient plus des bébés.

— Elle a des tatouages plein les bras !

Maxine ne put réprimer un sourire.

— La dernière aussi, et tu n'avais rien contre. Elle est sympa ?

Peut-être était-elle désagréable avec les enfants. Maxine espérait que non, et d'ailleurs elle était certaine que Blake ne le tolérerait pas.

— Je ne sais pas. Je refuse de lui parler, déclara fièrement Daphné.

— Ne sois pas impolie, Daff. Ce n'est pas bien, et tu vas faire de la peine à ton père. Est-elle gentille avec les garçons ?

— Elle a fait un tas de dessins idiots pour Sam. Elle est peintre ou je ne sais quoi. Et elle porte un truc débile entre les yeux.

— Quel genre de truc ? demanda Maxine, imaginant une flèche collée à son front par une ventouse.

— Tu sais, comme les Indiennes. Tu parles d'une prétentieuse !

— Un bindi, tu veux dire ? Allons, Daff, ne sois pas si dure. Elle est peut-être un peu bizarre, et alors ? Donne-lui une chance.

— Je la déteste.

Comme Charles, songea Maxine à part elle. Décidément, Daphné détestait pas mal de gens en ce moment, et même ses parents. C'était l'âge qui voulait ça.

— Tu ne la reverras sans doute jamais, alors ne gaspille pas ton énergie. Tu sais comment ça se passe.

— Celle-là est différente, rétorqua Daphné d'une voix abattue. Je crois que papa l'aime.

— J'en doute. Il ne la connaît que depuis quelques semaines. Tu sais comment il est. Il est fou d'elles au début.

— Oui, et puis elles disparaissent et il les oublie.

Une fois la communication terminée, Maxine resta songeuse. Daphné avait-elle vu juste ? Cette femme était-elle différente des autres ? Elle ne pouvait imaginer que Blake se remarie un jour ou même qu'il ait une vraie liaison, mais on ne savait jamais. Qu'éprouverait-elle dans ce cas ? Peut-être ne serait-elle pas plus enthousiaste que ses enfants. Le changement n'était jamais facile à accepter, pourtant il était probable que cela se produise aussi bien pour Blake que pour elle. C'était ce qui risquait d'arriver avec Charles. Et cette perspective l'effrayait.

Le trajet dura plus longtemps que prévu à cause de la neige, et il était 20 heures lorsqu'elle atteignit enfin le chalet. C'était une charmante petite maison, au toit pentu, entourée d'une clôture en bois, comme sur une carte postale. Charles sortit pour l'accueillir et prit ses bagages. Une galerie courait le long de la façade et Charles y avait installé une balancelle et deux rocking-chairs. À l'intérieur, il y avait une grande chambre, un salon avec une cheminée, et une cuisine rustique et chaleureuse. Elle éprouva un pincement de déception en constatant qu'il n'y avait pas de place pour ses enfants, si jamais un jour on en arrivait là. Pas même une chambre d'amis où elle aurait pu les entasser à trois dans le même lit. C'était une maison qui convenait à un célibataire ou à un couple, pas à une famille. Et cela plaisait à Charles. Il l'avait clairement dit.

Charles déposa ses sacs dans la chambre et lui montra le placard où elle pouvait suspendre ses affaires. Maxine songea soudain qu'il était curieux qu'elle soit là alors qu'ils n'avaient jamais couché ensemble. Mais il était trop tard pour changer d'avis. Elle se sentit à la fois courageuse et intimidée en allant le retrouver. Sa cuisine était impeccable et parfaitement rangée. Il avait préparé du poulet froid et un potage, mais elle était trop lasse pour manger. Elle se contenta de s'asseoir au coin du feu avec lui et de prendre une tasse de thé.

— Les enfants sont bien arrivés ? s'enquit-il gentiment.

— Ils vont bien. Daphné m'a déjà téléphoné. Elle est déçue, parce que son père a amené sa nouvelle petite amie. Il avait promis de passer le nouvel an seul avec eux, mais il vient de la rencontrer et il a changé d'avis. Il est toujours un peu trop enthousiaste au début.

— Il ne perd pas de temps, commenta Charles d'un ton désapprobateur.

Il était toujours mal à l'aise quand elle parlait de Blake.

— Les enfants s'adapteront. Ils y arrivent toujours.

— Je ne suis pas sûr que Daphné s'habituera à moi.

Cela l'ennuyait. Il n'avait pas l'habitude de côtoyer des adolescentes en crise. Maxine y attachait beaucoup moins d'importance.

— Ça viendra. Elle a besoin de temps, voilà tout.

Ils restèrent longtemps assis devant la cheminée, à bavarder. Plus tard, ils sortirent sur la galerie et contemplèrent la beauté du paysage sous la neige. Charles la prit dans ses bras et se penchait pour l'embrasser, quand la sonnerie de son téléphone portable s'éleva, rompant la magie de l'instant. C'était Sam, qui voulait lui souhaiter une bonne nuit. Elle lui envoya un baiser, lui dit de faire de beaux rêves, puis se tourna vers Charles, qui semblait visiblement agacé.

— Ils arrivent à te trouver même ici, ironisa-t-il. Tu n'as jamais un moment de répit ?

— Je ne veux pas en avoir, répondit-elle doucement. Ce sont mes enfants. Ils sont toute ma vie.

C'était précisément ce qui l'inquiétait. Il avait peur de ne jamais parvenir à la détacher d'eux.

— Tu as besoin d'autres choses dans ta vie, murmura-t-il tendrement.

Il donnait l'impression de se porter volontaire pour les lui offrir, et elle en fut touchée. Il l'embrassa de nouveau. Cette fois, personne ne les dérangea. Elle le suivit à l'intérieur, et ils allèrent chacun leur tour dans la salle de bains se préparer pour se coucher. C'était vaguement gênant et assez comique, et Maxine laissa échapper un rire en se glissant entre les draps. Elle portait une longue chemise de nuit en cachemire, une robe de chambre assortie, et des chaussettes. Ce n'était guère romantique, mais elle ne voyait pas ce qu'elle aurait pu porter d'autre. Quant à Charles, il arborait un pyjama à rayures, et elle eut l'impression fugitive d'être à la place de ses parents, étendus côte à côte dans le grand lit.

— Ça fait un drôle d'effet, admit-elle dans un souffle.

Alors il l'embrassa et tout cessa de paraître bizarre. Il glissa la main sous sa robe de chambre, et petit à petit ils se déshabillèrent sous les couvertures, et jetèrent leurs vêtements sur le sol.

L'appréhension de Maxine se révéla sans fondement. Charles était un amant doux, attentionné, et faire l'amour avec lui sembla la chose la plus naturelle du monde. Ils restèrent longtemps enlacés, puis il lui murmura qu'elle était belle et qu'il l'aimait, ce qui choqua Maxine. Se sentait-il obligé de dire cela parce qu'ils avaient fait l'amour ? Il lui expliqua qu'il était tombé amoureux d'elle dès leur première rencontre. Elle lui répondit aussi délicatement que possible qu'il lui plaisait beaucoup et qu'elle voulait apprendre à mieux le connaître, mais qu'elle avait besoin de plus de temps pour être sûre de ses sentiments, même si elle se sentait en sécurité avec lui, et qu'elle avait confiance en lui. Tandis qu'ils chuchotaient dans le noir, il lui fit de nouveau l'amour. Heureuse, détendue, et parfaitement sereine, elle s'endormit entre ses bras.

12

Le lendemain matin, ils s'emmitouflèrent et allèrent faire une longue promenade dans la neige. Ensuite, Charles prépara le petit déjeuner, des crêpes et du sirop d'érable, ainsi que des tranches de bacon croustillant. Elle le regarda avec tendresse et il l'embrassa par-dessus la table. Il rêvait de cet instant depuis qu'ils s'étaient rencontrés. Maxine pouvait rarement s'offrir le luxe de telles escapades. Ses enfants avaient déjà appelé deux fois avant le petit déjeuner. Apparemment, Daphné avait déclaré une guerre ouverte au nouvel amour de son père.

— Je sais que ça va peut-être te paraître surprenant, Maxine, commença-t-il quand elle raccrocha, mais tu ne crois pas que tes enfants sont trop grands pour vivre à la maison ?

— Tu crois qu'ils devraient déjà entrer dans l'armée ou à l'université ? plaisanta-t-elle.

Après tout, Jack et Daphné n'avaient que douze et treize ans.

— J'étais en pension à leur âge. Cela a été une expérience fantastique, qui m'a préparé à la vie.

Maxine le regarda, horrifiée.

— Jamais, affirma-t-elle fermement. Je ne ferai jamais ça à mes enfants. Ils ont déjà plus ou moins perdu Blake. Je ne vais pas les abandonner à mon tour. Et pourquoi ? Pour être libre de sortir plus souvent ? Quelle importance ? C'est dans ces années-là qu'un enfant a besoin de ses parents, pour apprendre leurs valeurs, leur demander leur aide quand ils ont des problèmes, aborder des sujets tels que le sexe ou la drogue. Je ne veux pas que mes enfants apprennent cela d'un professeur, en pension. Je veux que ce soit moi qui en discute avec eux.

Elle était choquée.

— Mais... Et toi, là-dedans ? Vas-tu attendre qu'ils aillent à l'université pour vivre ta vie ? Parce que c'est ce que cela signifie.

— C'est à ça que je me suis engagée quand je les ai eus, répondit-elle doucement. C'est à ça que servent les parents. Je vois chaque jour dans mon cabinet ce qui se passe quand les parents ne sont pas à l'écoute de leurs enfants. Même lorsqu'ils le sont, les choses peuvent mal tourner. Si on renonce et qu'on les expédie en pension, je crois qu'on va à la rencontre des ennuis.

— Je m'en suis bien sorti, riposta-t-il.

— Oui, mais tu as décidé de ne pas avoir d'enfants, rétorqua-t-elle. Ce n'est peut-être pas une coïncidence. On ne peut pas envoyer un enfant si jeune en pension sans que cela laisse des traces. Certains ont du mal à former des liens, par la suite.

— J'ai l'impression que tu fais d'immenses sacrifices, fit-il remarquer d'un ton sévère.

— Pas du tout, répondit-elle en se demandant si elle le connaissait vraiment.

Il y avait indéniablement un blocage chez Charles vis-à-vis des enfants, et elle le regrettait. Peut-être était-ce justement pour cela qu'elle éprouvait des doutes à son sujet. Elle voulait l'aimer, mais elle avait besoin de savoir qu'il était capable d'aimer ses enfants, et ce n'était pas en faisant pression sur elle pour qu'elle les envoie en pension qu'il allait y arriver. Cette pensée la fit frissonner.

Charles s'en aperçut et battit aussitôt en retraite. Il ne voulait pas lui faire de peine, même s'il pensait que son idée était excellente. Il était clair qu'elle ne partageait pas son point de vue.

L'après-midi, ils allèrent faire du ski à Sugarbush. Maxine n'était pas une skieuse aussi accomplie que Blake, mais elle se débrouillait très bien. Charles et elle étaient du même niveau et ils évoluèrent sur les mêmes pistes, ce qui leur fit du bien. Maxine avait mis de côté leur petit désaccord du matin. Il avait le droit de penser ce qu'il voulait, tant qu'il n'essayait pas de le lui imposer.

Ce soir-là, les enfants ne téléphonèrent pas, et Charles en fut heureux. C'était agréable d'être avec Maxine sans être interrompu. Il l'emmena dîner, et à leur retour ils firent l'amour devant le feu. Elle était stupéfaite de constater à quel point elle se sentait à l'aise avec lui. C'était comme s'ils se connaissaient depuis toujours. Cette nuit-là, ils se pelotonnèrent l'un contre l'autre. Dehors, il neigeait. Maxine avait l'impression que le temps s'était arrêté, et qu'ils étaient seuls dans un univers féerique.

Dans le chalet de Blake, à Aspen, les choses étaient moins paisibles que dans le Vermont. La chaîne stéréo hurlait, Jack et Sam jouaient sur leur Nintendo, des copains allaient et venaient, et Daphné faisait tout son possible pour gâcher la vie d'Arabella. Elle lui lançait des remarques désobligeantes, voire cassantes, sur sa manière de s'habiller et refusait de manger si c'était cette dernière qui faisait la cuisine. Arabella ne savait pas comment la prendre, mais elle était bien décidée à y parvenir.

Blake tentait d'apaiser les tensions. Il voulait que ses enfants et Arabella s'entendent bien, malgré les tentatives de Daphné pour semer la zizanie. Elle avait essayé de monter les garçons contre Arabella, mais sans succès. Ils la trouvaient plutôt sympa, malgré ses tatouages et ses cheveux un peu bizarres.

Jack la traitait avec indifférence. Sam était poli, sans plus. Il était intrigué par le bindi. Son père lui expliqua qu'Arabella en portait depuis qu'elle avait vécu en Inde, et qu'il trouvait cela très joli. Sam reconnut que lui aussi. Daphné haussa les épaules et déclara à Arabella qu'ils avaient vu tant de femmes passer dans la vie de leur père qu'ils n'essayaient plus de les connaître. Elle ajouta qu'elle n'échapperait pas à la règle et qu'il se débarrasserait d'elle dans les semaines à venir. Ce fut la seule remarque de sa part qui blessa vraiment Arabella. Blake la trouva en larmes dans la salle de bains.

— Mon amour... Bella, ma chérie... Que se passe-t-il ?

Elle pleurait comme si son cœur allait se briser, et Blake ne supportait pas de voir une femme malheureuse, surtout une femme qu'il aimait.

— Qu'est-il arrivé ?

Arabella aurait voulu lui dire que c'était à cause de sa vipère de fille, mais elle se tut, par égard pour lui. Elle était vraiment amoureuse de lui. Elle finit cependant par lui répéter le commentaire qui l'avait fait fondre en larmes.

— Ça m'a fait peur. Tout à coup, je me suis demandé si tu allais vraiment me plaquer quand nous rentrerons à Londres.

Elle regarda Blake de ses grands yeux et se remit à sangloter, tandis qu'il l'entourait de ses bras.

— Je ne vais pas te plaquer, affirma Blake d'un ton rassurant. Je suis fou de toi. Je ne vais pas te quitter, je te le jure. Ça me coûte de l'admettre, mais ma fille est jalouse de toi.

Plus tard cet après-midi-là, il prit Daphné à part et lui demanda pourquoi elle était si méchante avec Arabella. Jamais elle ne s'était comportée de la sorte avec ses précédentes amies.

— Qu'y a-t-il, Daff ? J'ai eu des tas de petites amies et, je le sais, certaines étaient vraiment bêtes.

Sa franchise fit rire Daphné. C'était vrai qu'il y en avait eu de stupides, et jamais elle ne s'en était prise à elles, ni même ne s'était moquée d'elles.

— Arabella est différente, admit-elle avec réticence.

— Oui. Elle est plus intelligente et plus sympa que les autres. Alors, où est le problème ?

Il était furieux qu'elle se soit montrée odieuse envers Arabella, sans raison.

— Justement, papa, répondit Daphné. Elle est mieux que les autres... Alors, je la déteste...

— Explique-moi ça, veux-tu ?

Il ne comprenait pas.

— J'ai peur qu'elle reste.

Daphné avait répondu d'une petite voix, et ressemblait soudain de nouveau à une enfant.

— Et alors ? Qu'est-ce que ça peut te faire, si elle est gentille avec toi ?

— Et si tu te maries avec elle ?

Daphné en semblait malade. Son père était sidéré.

— Que je me marie ? Pourquoi diable irais-je faire une chose pareille ?

— Je ne sais pas. Il y a des gens qui le font.

— Pas moi. Je suis déjà passé par là. J'ai été marié à ta maman. Je vous ai tous les trois. Je ne vois pas pourquoi je me remarierais. Je m'entends bien avec Arabella et elle aussi. C'est tout. N'en fais pas toute une histoire.

— Elle dit qu'elle t'aime, papa, rétorqua Daphné. Et je t'ai entendu lui dire que tu l'aimais aussi. Les gens qui s'aiment se marient, et je ne veux pas que tu te maries, sauf avec maman.

— Eh bien, ça ne risque pas de se produire, affirma-t-il. Ta maman et moi nous aimons beaucoup, mais nous ne voulons plus être mariés ensemble. Et il y a de la place dans ma vie pour une femme et pour vous. Tu n'as pas à t'inquiéter. Tu as ma parole, Daff. Je ne vais pas me remarier. Avec personne. Tu me crois ?

— Hmm… Oui.

Elle ne paraissait guère convaincue. Elle trouvait qu'Arabella était jolie, intelligente et drôle. Par certains côtés, elle semblait être la femme idéale pour lui, et cela terrifiait Daphné.

— Et si tu changes d'avis ?

— Si je change d'avis, je vous en parlerai d'abord. Et à ce moment-là, tu auras le droit d'essayer de m'en dissuader. D'accord ? Mais cesse d'être désagréable avec Arabella. Ce n'est pas juste. Elle est notre invitée et tu lui fais passer des vacances affreuses.

— Je sais, confirma Daphné avec un sourire triomphant.

Elle s'était donné assez de mal pour ça.

— Arrête, maintenant. Sois gentille avec elle. C'est une fille bien et toi aussi.

— Je suis obligée, papa ?

— Oui, affirma-t-il fermement.

Il commençait à se demander si dorénavant Daphné allait se comporter ainsi avec toutes ses petites amies. Il savait que Charles aussi avait eu droit à des remarques désagréables de sa part. Elle semblait vouloir que ses parents restent célibataires, ce qui n'était pas très réaliste. Blake était heureux que Maxine ait enfin trouvé quelqu'un. Elle méritait bien cela et il ne lui en voulait pas. Daphné si, et elle était prête à tout faire pour lui mettre des bâtons dans les roues. Cela déplaisait à Blake de voir sa fille se conduire ainsi. Elle s'était métamorphosée en petite peste du jour au lendemain et il se demandait si Maxine n'avait pas raison quand elle disait que c'était une histoire d'âge. En tout cas, la perspective de devoir supporter ce genre de conduite à chaque fois qu'il emmènerait les enfants en vacances ne l'enthousiasmait pas.

— À partir de maintenant, je veux que tu fasses un effort avec elle. Pour moi, ajouta-t-il.

À regret, Daphné accepta.

Les résultats de cette conversation ne furent pas immédiats, mais deux jours plus tard, la situation s'était sensiblement améliorée. Daphné répondait quand Arabella lui adressait la parole et elle avait cessé de faire des remarques sur ses tatouages et ses cheveux. C'était déjà ça. Et Arabella ne pleurait plus. Mais Blake n'avait jamais eu de vacances aussi stressantes avec les enfants. Il était navré de tout ce qu'ils faisaient subir à Arabella et il regrettait presque de l'avoir invitée.

Ils réussirent à aller skier seuls un après-midi, et Blake fut soulagé de s'éloigner des enfants. Ils s'arrêtèrent plusieurs fois sur les pistes pour s'embrasser, puis ils rentrèrent et firent l'amour. Arabella lui avoua qu'elle avait hâte de repartir à Londres. Elle était contente d'avoir fait la connaissance de ses enfants, mais elle avait l'impression de passer son temps à s'occuper d'eux. De plus, il était évident que Daphné et elle ne seraient jamais de grandes amies, même si Daphné faisait des efforts par rapport au début. Si Maxine devait faire face à ce genre de réaction chaque fois que Charles venait la voir, Blake la plaignait du fond du cœur. Et il était surpris que Charles le supporte. Il était persuadé qu'Arabella n'aurait pas tenu longtemps, si Daphné ne s'était pas radoucie.

Pour la première fois de sa vie, il fut content de les ramener à Maxine. Elle venait juste de rentrer du Vermont, quand Blake les déposa. Arabella était restée à l'appartement. Ils devaient regagner Londres dans la soirée.

Sam poussa un cri de joie en voyant sa mère et se jeta aussitôt dans ses bras, manquant la renverser. Jack et Daphné aussi paraissaient heureux d'être de retour.

— Comment ça s'est passé ? demanda-t-elle.

Elle lisait dans son regard que les choses avaient été loin d'être parfaites, et il attendit que Daphné ait quitté la pièce pour lui répondre.

— Pas aussi bien que d'habitude, avoua-t-il avec un sourire de regret. Méfie-toi de Daff, Max, sinon tu vas finir vieille fille.

La mise en garde fit rire Maxine. Elle avait passé d'excellentes vacances dans le Vermont avec Charles. Elle était radieuse et épanouie, et se sentait plus proche de Charles qu'elle ne l'avait été de personne depuis des années. Ils formaient un couple parfaitement assorti. Tous deux étaient médecins, ils étaient l'un et l'autre méticuleux, ordonnés, organisés. Sans les enfants, ils s'entendaient parfaitement. La question était de savoir ce qui se passerait quand ils seraient de nouveau tous réunis.

— Elle ne s'est pas bien conduite ? demanda Maxine.

Blake secoua la tête.

— Pas vraiment. J'ai dû lui parler pour qu'elle arrête de faire des remarques ouvertement déplaisantes, mais elle a quand même réussi à gâcher la vie d'Arabella de toutes sortes de manières. Je suis surpris qu'elle soit restée.

— Je suppose qu'elle n'a pas d'enfants. Ça l'aurait peut-être aidée, commenta Maxine.

— Après ce qu'elle vient de vivre, elle n'en voudra sûrement jamais ! répondit-il avec un rire. Je la comprendrais, d'ailleurs.

Maxine poussa un soupir de compassion.

— La pauvre. Je ne sais pas ce que nous pouvons faire. Les filles de treize ans se conduisent souvent ainsi et ça va encore durer un certain temps avant de s'améliorer.

— Rappelle-moi quand elle sera sortie de l'université, plaisanta Blake en s'apprêtant à partir.

Auparavant, il alla dans les chambres des enfants pour leur dire au revoir et les embrasser. Puis il revint vers Maxine et s'attarda un instant sur le seuil.

— Prends soin de toi, Max. J'espère que Charles est l'homme qu'il te faut. Sinon, dis-lui qu'il aura affaire à moi.

— Dis la même chose à Arabella, répondit-elle en l'embrassant. Je suis désolée que Daphné lui ait rendu la vie si dure pendant les vacances. Où vas-tu à présent ?

— D'abord à Londres pour quelques semaines, et puis à Marrakech. Je veux commencer les travaux. C'est plus un palais qu'une maison. Il faudra que tu viennes le voir un de ces jours. Je serai sûrement à Saint-Barth fin janvier, ajouta-t-il. Je prendrai le yacht pour quelque temps.

Elle connaissait la chanson. Les enfants ne le reverraient pas de sitôt. Sans doute pas avant les vacances d'été. Ils en avaient l'habitude, mais cela l'attristait tout de même pour eux. Ils auraient eu besoin de le voir plus souvent.

— Je t'appellerai, promit-il.

Parfois, il tenait parole, et parfois non, mais elle savait où le trouver en cas de besoin.

— Amuse-toi bien, dit-elle en le raccompagnant à l'ascenseur.

— Toi aussi.

Il la serra dans ses bras et partit. Un sentiment étrange envahissait toujours Maxine quand ils se quittaient. Il lui arrivait de se demander ce qui se serait passé s'ils étaient restés mariés. Il serait parti tout le temps, exactement comme maintenant. Et elle ne pouvait plus se contenter d'avoir un mari courant d'air. Ce dont elle avait besoin – et elle l'avait enfin trouvé –, c'était un homme comme Charles, qui allait rester auprès d'elle. Un homme responsable.

13

Quand Blake et Arabella regagnèrent Londres, ils furent l'un et l'autre très pris. Il avait des réunions, et deux maisons dont il devait s'occuper, et elle avait reçu une commande pour un portrait. Deux semaines entières s'écoulèrent avant qu'ils puissent enfin s'en aller. Blake fut soulagé de partir. Il faisait un froid glacial à Londres et il était las de l'hiver. Il avait hâte d'être au Maroc et de faire découvrir le pays à Arabella, qui n'y était jamais allée. Ils devaient descendre à la Mamounia, et son architecte venait avec eux. Il lui avait remis les plans du palais et Blake les trouvait fabuleux. Il savait que les travaux allaient durer au moins un an, mais cela ne l'ennuyait pas. Il adorait planifier et voir les choses prendre forme. Il se réjouissait également d'avoir le point de vue d'Arabella, qui, avec son sens artistique très développé, allait lui donner d'excellentes idées. Il était ravi de partager ce projet avec elle.

Ils arrivèrent au coucher du soleil. Les monts de l'Atlas étaient baignés d'une lumière douce et une voiture les attendait pour les conduire à l'hôtel. Arabella fut éblouie par Marrakech et par l'impressionnant minaret de la Koutoubia lorsqu'ils traversèrent la place

Djemaa el-Fna au crépuscule. On aurait dit le décor d'un film. Même lors de ses voyages en Inde, elle avait rarement vu scène aussi exotique. Il y avait des charmeurs de serpents, des danseurs, des acrobates, des marchands ambulants, et des hommes en djellaba. Une atmosphère enivrante les entourait. On se serait cru dans *Les Mille et Une Nuits*. Blake promit de lui faire visiter le souk Zarbia, la vieille ville fortifiée et les jardins de la Menara, qui, d'après lui, étaient le lieu le plus romantique au monde. Elle abaissa la vitre teintée pour mieux voir, savourant les odeurs des épices, des fleurs, des animaux, qui se mêlaient les unes aux autres et créaient une impression unique, fascinante. La circulation était infernale. Motos et scooters pétaradaient au milieu des voitures et des camions, ajoutant à la cacophonie ambiante. Arabella se tourna vers Blake, les yeux brillants et un grand sourire aux lèvres, visiblement ravie.

— J'adore cet endroit ! s'exclama-t-elle, sous le charme.

Il lui rendit son sourire, impatient de lui montrer son palais. Dans ces lieux exotiques, Arabella semblait dans son élément, plus animée, plus épanouie que partout ailleurs.

Une allée bordée de palmiers géants menait à l'hôtel. Arabella avait entendu parler de la Mamounia et avait toujours eu envie d'y séjourner. Elle était enchantée de réaliser ce rêve avec Blake. Des hommes en costume traditionnel marocain blanc à large ceinture rouge les accueillirent. Arabella s'extasiait sur les mosaïques et le bois sculpté de l'entrée, quand le directeur apparut. Blake était venu plusieurs fois depuis qu'il avait fait l'acquisition du palais, et il avait réservé l'une des trois luxueuses villas privées de l'hôtel, qu'il comptait garder jusqu'à la fin des travaux.

Il guida Arabella vers les battants à vitraux multicolores qui s'ouvraient sur la réception, avec son sol en marbre blanc bordé de noir, et son immense lustre en cristal taillé. Des membres du personnel en pantalon bouffant blanc, veste grise et chéchia rouge les entourèrent et les saluèrent. L'hôtel abritait cinq restaurants de luxe et cinq bars, et offrait à sa clientèle tout le confort possible et imaginable. Le directeur les mena à la villa de Blake, où d'autres membres du personnel les attendaient. La villa comprenait trois chambres, un salon, un coin-salle à manger, une petite cuisine pour leur usage privé, ainsi qu'une plus vaste où le cuisinier préparerait leurs repas s'ils ne souhaitaient pas dîner en ville ou dans l'un des restaurants de l'hôtel. Ils avaient leur propre jardin avec jacuzzi, si bien qu'ils pouvaient, s'ils le désiraient, ne croiser personne durant leur séjour.

Ils prirent une douche et se changèrent, puis on leur servit une légère collation dans le jardin. Comme Arabella était impatiente de visiter la ville, Blake demanda à son chauffeur de les déposer dans le centre, où ils déambulèrent, main dans la main, flânant sur la place principale, mais restant à distance respectable des charmeurs de serpents. Ensuite, ils montèrent dans une calèche pour faire le tour des remparts. Tout était exactement comme Arabella l'avait rêvé. Après être retournés dans leur villa, ils s'installèrent dans le jacuzzi au milieu du parfum enivrant des fleurs. Puis ils se retirèrent dans leur chambre et firent longuement l'amour. L'aube pointait presque lorsqu'ils s'endormirent dans les bras l'un de l'autre.

Le lendemain matin, après un somptueux petit déjeuner préparé par le personnel, Blake montra à Arabella les plans du palais et l'emmena le visiter. Il était encore plus fabuleux que ce qu'elle avait imaginé. Elle admira les arches, les tourelles, l'immense cour intérieure aux murs ornés de magnifiques mosaïques anciennes. Les pièces étaient très grandes. C'était un vrai palais, et les yeux de Blake brillaient d'excitation. Arabella lui fit de judicieuses suggestions pour la décoration et les couleurs des murs, qui l'enthousiasmèrent. Et soudain, alors qu'ils se tenaient sur une terrasse face aux monts de l'Atlas, il sut qu'il voulait partager cet endroit avec elle. Il l'attira dans ses bras et l'embrassa avec passion.

— Je veux que ce palais soit notre nid d'amour. Ce sera parfait pour nous. Tu pourras peindre ici.

Il se voyait déjà passer des mois entiers à Marrakech. Avec ses restaurants et ses bazars, c'était une ville splendide, nichée dans un cadre de rêve. Il y avait déjà fait des connaissances et Arabella y avait retrouvé des amis français qui s'y étaient installés. Ils dînèrent avec eux avant de repartir.

Ils firent un court arrêt à Londres, avant de s'envoler pour les Açores, et de là, pour Saint-Barth. Arabella adora la maison que Blake y possédait. Ils y restèrent une semaine, puis firent cap sur les îles Grenadines, à bord de son yacht. Arabella avait dû totalement modifier son emploi du temps pour l'accompagner, mais elle ne le regrettait pas, allongée nue sur le solarium à côté de lui, alors qu'ils fendaient sans bruit les eaux vertes et transparentes. On était en février et ils avaient bien conscience de mener une vie idéale. Il neigeait partout ailleurs, mais pour eux c'était l'été. L'été de leur amour.

Maxine marchait entre les congères pour gagner son cabinet, plus occupée que jamais. Elle avait plusieurs nouveaux patients et, comme il y avait encore eu des fusillades dans des écoles, elle avait été très sollicitée et avait dû se rendre aux quatre coins du pays, afin de conseiller les psychiatres sur les soins à apporter aux enfants traumatisés lors de ces tragédies.

Dans sa vie privée, tout allait bien et l'hiver passait à toute allure. Même Daphné s'était un peu calmée. Charles et elle ne seraient peut-être jamais de grands amis, mais elle ne lui était plus ouvertement hostile. De temps en temps, il lui arrivait même de plaisanter avec lui. De son côté, il faisait de gros efforts. Cela lui était plus facile avec Jack et Sam, qu'il avait emmenés plusieurs fois à des matchs de basket. Daphné préférait retrouver ses copines plutôt que de se joindre à eux, bien qu'il l'ait invitée aussi.

Maxine prenait grand soin de leur cacher qu'elle couchait avec Charles. Il ne passait jamais la nuit chez elle, sauf si les enfants étaient invités chez des amis. Elle tâchait d'aller chez lui une ou deux fois par semaine, mais elle rentrait toujours avant que les enfants se lèvent. Dans ce cas, cela lui faisait des nuits courtes. Parfois, ils partaient ensemble pour le week-end. Ils ne pouvaient pas faire mieux.

Ils se voyaient depuis deux mois et demi et Charles participait désormais à leurs dîners du dimanche soir – il lui arrivait même de faire la cuisine.

Le jour de la Saint-Valentin, il lui fit livrer deux douzaines de roses rouges au cabinet et elle en fut émue. Il y avait joint une carte sur laquelle il avait écrit : « Je t'aime. C. », ce qui était vraiment adorable. C'est sa secrétaire qui les lui apporta, arborant un grand sourire. Elle aussi aimait bien Charles.

Ce soir-là, il l'emmena à la Grenouille, leur restaurant favori. Il le surnommait leur cantine et ils y allaient au moins une fois par semaine. Pour l'occasion, Maxine s'était acheté une nouvelle robe, rouge, et, quand il vint la chercher, Charles lui déclara qu'elle était ravissante. Sam fit la grimace en le voyant l'embrasser. Pourtant, les enfants y étaient habitués à présent.

Ce fut une soirée parfaite. Ensuite, Charles la raccompagna chez elle et Maxine lui offrit un cognac. Ils s'assirent dans le salon, comme ils le faisaient souvent, et parlèrent de choses et d'autres. Il était fasciné par le travail de Maxine, qui était de nouveau invitée à s'exprimer devant le Congrès, et il comptait bien venir l'écouter. Les enfants dormaient. Il lui prit alors la main et la tint dans la sienne.

— Je t'aime, Maxine, dit-il doucement.

Elle sourit. Elle aussi était tombée amoureuse de lui et l'acceptait désormais, surtout depuis qu'elle avait vu qu'il faisait vraiment des efforts avec ses enfants.

— Je t'aime aussi, Charles. Merci pour tes roses et cette merveilleuse soirée.

Elle n'avait pas connu de Saint-Valentin aussi romantique depuis des années. Leur relation était idéale pour elle. Ni trop ni trop peu. Il lui laissait sa liberté et la voyait plusieurs fois par semaine, ce qui lui permettait d'avoir suffisamment de temps pour son travail et ses enfants. C'était exactement ce qu'elle souhaitait.

— Ces deux derniers mois ont été merveilleux, ajouta-t-il. Les plus heureux de ma vie, en fait.

Il avait bien plus de points communs avec elle qu'il n'en avait eu avec celle qui avait été son épouse durant vingt et un ans. Maxine était la femme qu'il avait attendue toute sa vie. Il avait pris sa décision et il avait choisi cette soirée pour lui en faire part.

— C'est fantastique pour moi aussi, confia-t-elle en se penchant vers lui pour l'embrasser.

Ils avaient éteint les lumières du salon. C'était plus intime et plus romantique ainsi, et elle goûta le cognac sur ses lèvres.

— Je veux te voir davantage, Maxine. Sans compter que nous avons l'un et l'autre besoin de plus de sommeil, ajouta-t-il d'un ton taquin. Tu ne peux pas continuer à te lever à 4 heures du matin chaque fois que nous passons la nuit ensemble.

Ils avaient d'ailleurs décidé d'y renoncer ce soir-là, car Maxine avait des rendez-vous de bonne heure le lendemain, et lui aussi. En l'entendant parler, elle craignit soudain qu'il ne veuille s'installer avec elle. Elle ne savait que trop bien que cela poserait des problèmes avec les enfants. Ils venaient tout juste d'accepter qu'ils sortent ensemble. Et puis, elle aimait le fait d'avoir son appartement, et lui le sien.

— Ça me convient parfaitement pour l'instant, assura-t-elle doucement.

Il secoua la tête.

— Pas à moi. Pas à long terme. Je ne crois pas que toi ou moi soyons du genre à attendre indéfiniment, Maxine. Et je crois que nous avons l'âge de savoir ce que nous voulons et quand nous le voulons.

Elle écarquilla les yeux, interloquée, ne sachant au juste où il voulait en venir.

— Je l'ai su tout de suite. Nous nous ressemblons comme deux gouttes d'eau… Nous sommes tous les deux médecins. Nous avons les mêmes goûts pour des tas de choses. J'adore être avec toi. Je m'habitue à tes enfants… Maxine… Veux-tu m'épouser ?

Elle étouffa un cri et resta longuement silencieuse, tandis qu'il attendait, les yeux fixés sur elle dans la semi-pénombre. Il lisait la peur dans son regard.

— Tout ira bien. Je te le promets.

Elle n'en était pas si sûre. Le mariage était pour toujours. Elle avait cru qu'il en serait ainsi avec Blake, et elle s'était trompée. Comment le savoir avec Charles ?

— Maintenant ? C'est si rapide, Charles… Nous ne sommes ensemble que depuis deux mois…

— Deux et demi, corrigea-t-il. Je suis certain que tu sais, tout comme moi, que c'est la bonne décision.

Au fond, elle le pensait aussi, mais dans le même temps, elle sentait qu'il était encore trop tôt pour les enfants. Elle ne pouvait pas leur annoncer qu'elle allait l'épouser. Pas encore.

— Je pense que les enfants ont besoin de plus de temps, murmura-t-elle avec douceur. Et nous aussi. Le mariage est un engagement. Nous ne voulons ni l'un ni l'autre faire une nouvelle erreur.

— Mais nous ne voulons pas non plus attendre éternellement. Je veux vivre avec toi, répondit-il à voix basse. Être ton mari.

Beaucoup de femmes désiraient qu'un homme les demande en mariage au bout de quelques mois. Mais Maxine ne se sentait pas prête.

— Qu'en penses-tu ?

Elle réfléchissait à toute allure, surprise de constater qu'elle ne voulait pas refuser, mais pas non plus l'épouser tout de suite. Il fallait qu'elle soit sûre.

— J'aimerais attendre juin pour parler aux enfants. Cela fera six mois. À ce moment-là, ils seront en vacances et, si ça les perturbe, ils auront tout l'été pour se remettre.

Charles fut légèrement déçu de sa réponse, mais heureux qu'elle n'ait pas refusé, comme il l'avait un peu craint.

— Et quand nous marierions-nous ?

Il retint son souffle, attendant sa réponse.

— Au mois d'août ? Ça leur donnerait deux mois pour s'habituer à l'idée. Assez pour s'y faire, mais pas suffisamment pour ruminer. Et ce serait bien pour nous aussi, avant qu'ils rentrent à l'école.

— Tout tourne-t-il toujours autour de tes enfants, Maxine ? Ne s'agit-il jamais de toi, ou de nous ?

— Je suppose que non, répondit-elle sur un ton d'excuse. Il est important qu'ils acceptent l'idée, sinon les choses seront plus difficiles pour nous.

Surtout pour lui. Elle appréhendait leur réaction, même en juin. Ils ne seraient pas ravis, elle le savait. Ils ne pensaient plus qu'elle puisse se remarier. Ils avaient cessé de s'inquiéter à ce sujet depuis longtemps, lorsqu'elle leur avait assuré qu'il n'en était pas question. Et à ce moment-là, elle en était elle-même persuadée. Et voilà qu'elle allait les mettre sens dessus dessous en annonçant le contraire.

— Je veux que mes enfants soient heureux aussi.

— Ils finiront par l'être, dit-il fermement. J'espérais pouvoir annoncer la nouvelle dès maintenant, mais j'accepte un compromis. Le mariage au mois d'août, et l'annonce en juin.

Il lui sourit.

— C'est fantastique.

Maxine se sentait un peu étourdie, à la fois excitée et effrayée. Elle l'aimait, mais avec lui tout était très différent de ce qu'elle avait connu avec Blake. Charles et elle étaient plus âgés, et leur relation était plus sage. Charles était le genre d'homme solide et fiable qu'elle avait toujours désiré, pas un être fantasque et impulsif comme Blake, sur qui on ne pouvait jamais compter, en dépit de son charme. Et sa demande était normale, même si elle l'avait surprise, voire choquée, au premier abord.

Tout lui semblait aller très vite, mais au fond elle était d'accord avec lui. À leur âge, ils devaient savoir ce qu'ils voulaient. À quoi bon perdre plus de temps ?

— Je t'aime, murmura-t-elle.

Il l'embrassa.

— Je t'aime aussi. Où veux-tu te marier ?

— Si nous faisions cela chez moi, à Southampton ?

L'idée s'était aussitôt imposée à elle.

— La maison est assez grande pour nous accueillir tous et nous pourrions dresser une tente dans le jardin.

— Ça me paraît une excellente solution.

Ils y étaient allés deux fois passer un week-end, et il avait adoré l'endroit. Il parut soudain inquiet.

— Faudra-t-il que nous emmenions les enfants durant notre lune de miel ?

Maxine sourit et secoua la tête.

— Non.

Et puis une pensée lui vint.

— Peut-être que Blake nous prêterait son yacht. Il serait parfait pour notre lune de miel.

Charles fronça les sourcils.

— Je ne veux pas passer ma lune de miel sur le yacht de ton ex-mari, déclara-t-il fermement. Si luxueux soit-il. Tu es ma femme à présent, pas la sienne.

Il avait été jaloux de Blake depuis le début, et Maxine battit aussitôt en retraite.

— Je suis désolée. C'était stupide de ma part.

— Nous pourrions aller à Venise, reprit-il d'un ton rêveur.

Il avait toujours aimé cette ville. Elle se garda de proposer qu'ils s'installent dans le palazzo de Blake. Charles avait heureusement oublié qu'il en possédait un.

— Ou à Paris, suggéra-t-elle. Ce serait romantique.

C'était une des rares villes où Blake n'avait pas de pied-à-terre.

— Nous y réfléchirons. Nous avons tout le temps d'y penser.

Il voulait aussi lui offrir une bague de fiançailles et l'emmener la choisir, même si elle ne pourrait pas la porter avant juin, puisqu'elle ne dirait rien aux enfants jusque-là. Il le regrettait, mais le mois d'août arriverait vite. Dans six mois, elle serait Mme Charles West. Il adorait cette idée. Maxine West. Cela sonnait bien.

Ils restèrent encore un moment à discuter et à faire des projets. Ils tombèrent d'accord pour qu'il vende son appartement et s'installe chez elle. Avec les enfants, ils avaient besoin d'une certaine superficie et c'était la meilleure solution. Après des moments si tendres, ils auraient aimé faire l'amour, mais c'était impossible, car Sam dormait à poings fermés dans le lit de Maxine. Elle accepta d'aller chez lui le lendemain, afin de sceller la promesse qu'ils s'étaient faite. À présent, ils mouraient d'envie de passer toutes leurs nuits ensemble et de se lever sous le même toit le matin. Maxine songea avec plaisir que tous ceux qu'elle aimait seraient rassemblés.

Ils s'embrassèrent longuement avant qu'il parte. Il se montra tendre, doux, attentionné. Comme il montait dans l'ascenseur, il se tourna vers elle.

— Bonne nuit, madame West, chuchota-t-il.

Elle sourit.

— Je t'aime, souffla-t-elle.

La porte refermée, elle se dirigea vers sa chambre, se remémorant leur conversation. Elle ne s'attendait pas le moins du monde à une demande en mariage, mais maintenant qu'ils avaient pris leur décision, cela lui semblait merveilleux. Elle espérait seulement que les enfants réagiraient bien en apprenant la nouvelle. Elle était contente que Charles et elle aient décidé de patienter. C'était le genre d'homme qu'elle aurait dû épouser la première fois. Mais si elle l'avait fait, elle n'aurait pas les enfants adorables qu'elle avait. En fin de compte, tout était bien. À présent, elle avait Charles et rien d'autre ne comptait.

14

Bien que Charles et Maxine n'aient rien dit de leurs projets aux enfants, ceux-ci notèrent un changement subtil dans leurs relations. Charles adopta des airs de propriétaire qui ne tardèrent pas à éveiller l'attention de Daphné.

— Pour qui se prend-il ? se plaignit-elle, un jour qu'il avait demandé à Jack de retirer ses crampons et de changer de chemise avant de sortir dîner.

Maxine l'avait remarqué aussi, mais elle était contente que Charles essaie de s'intégrer à la famille, même maladroitement. Être beau-père de trois enfants était un grand pas pour lui.

— Il voulait bien faire, répondit Maxine d'un ton conciliant.

— Non. Il est autoritaire, c'est tout. Papa ne dirait jamais ça. Ça lui serait égal que Jack porte ses crampons au lit ou qu'il ait une chemise sale pour aller au restaurant.

— Peut-être que, justement, il devrait réagir, remarqua Maxine. Peut-être qu'un peu d'ordre ne ferait de mal à personne.

Charles était très ordonné et il aimait que tout soit rangé et impeccable. C'était une des choses qu'ils avaient en commun, alors que Blake était à l'opposé.

— Qu'est-ce que c'est que cette maison ? Un camp nazi ? lança Daphné d'un ton mordant avant de quitter la pièce.

Maxine soupira, se félicitant qu'ils n'aient pas annoncé leurs fiançailles et leur mariage. Les enfants n'étaient pas encore prêts à l'accepter et elle espérait que la situation évoluerait dans le bon sens au cours des mois à venir.

Le mois de mars fut très chargé pour Maxine. Elle dut se rendre à San Diego pour une conférence sur le traumatisme chez le jeune enfant, puis à Washington pour un séminaire sur les suicides d'adolescents, avant de rentrer à New York pour les vacances de printemps des enfants. Elle avait espéré que Blake viendrait, mais il était toujours au Maroc, pleinement occupé par la restauration de son palais. C'est pourquoi elle dut prendre une semaine de congé en même temps que les enfants. Par chance, Thelma put assurer son remplacement.

De son côté Charles était surchargé de travail, si bien que Maxine partit seule dans le New Hampshire avec les enfants et quelques-uns de leurs copains. En fait, lorsqu'elle annonça à Charles qu'elle s'y rendait avec six enfants, il lui avoua qu'il était extrêmement soulagé de ne pouvoir se joindre à eux. Trois, c'était déjà beaucoup. Six, c'était au-dessus de ses forces. Maxine passa une excellente semaine et l'appela régulièrement pour lui raconter ce qu'ils faisaient. Le lendemain de son retour, elle se rendit à Washington, pour assister à un débat sur le suicide chez les adolescents. Charles réussit à se libérer et vint l'y retrouver.

Cela l'irritait qu'elle soit si peu disponible, mais il aurait été difficile à Maxine de faire autrement. Son cabinet lui prenait beaucoup de temps et elle élevait seule trois enfants, sans la moindre aide de la part de Blake. La plupart du temps, elle ne pouvait même pas le joindre. Elle était obligée de prendre toutes les décisions seule, alors que lui était totalement absorbé par la restauration de sa dernière acquisition et le nouvel amour de sa vie. La seule personne qui l'aidait était Zelda et elle lui en était très reconnaissante. Et lorsque Charles lui disait de prendre un mois de congé pour se détendre et s'occuper de leur mariage, cela la faisait rire. Comment, quand aurait-elle pu s'arrêter ? C'était impossible.

Avec l'arrivée des premiers beaux jours, elle avait encore plus de travail. Les enfants déjà malades avaient toujours une réaction négative au printemps et faisaient plus de crises. Le soleil brillait, les jardins étaient en fleurs, il y avait de la gaieté dans l'air et cela les fragilisait et les déprimait plus que jamais. Ils se sentaient abandonnés et encore plus seuls dans leurs ténèbres, leur tristesse et leur désespoir. C'était un moment critique pour les jeunes qui avaient des tendances suicidaires. Malgré tous ses efforts, deux de ses patients se donnèrent la mort en mars, et un troisième en avril. Ce fut une époque très dure pour Maxine. Pour Thelma aussi, qui perdit un jeune qu'elle soignait depuis quatre ans, un garçon de dix-huit ans.

Pour se réconforter, elles allèrent déjeuner ensemble un jour, et Maxine en profita pour annoncer à son amie, sous le sceau du secret, ses fiançailles. En parler leur fit du bien à toutes les deux. Cela les changea de toute la tristesse qu'elles éprouvaient.

— Ouah ! Pour une nouvelle, c'est une nouvelle ! s'écria Thelma d'un air ravi. Comment crois-tu que tes enfants vont réagir ?

Maxine lui avait dit qu'elle et Charles ne comptaient pas les prévenir avant juin, et que le mariage aurait lieu au mois d'août.

— J'espère qu'ils l'accepteront, soupira-t-elle non sans inquiétude. Petit à petit, ils ont l'air de s'habituer à Charles, mais je sais qu'ils regrettent de ne plus m'avoir pour eux tout seuls. Ça les dérange qu'un homme prenne une partie de mon temps et vienne mettre son grain de sel dans leurs affaires.

Thelma sourit.

— Ce qui fait d'eux des enfants tout à fait normaux et équilibrés. C'est l'idéal de t'avoir à eux tout seuls, sans la concurrence d'un homme.

— Je crois que Charles nous fera du bien à tous. C'est exactement le genre d'homme dont nous avions besoin, répondit Maxine avec espoir.

— En ce cas, ils l'accepteront d'autant plus difficilement, observa Thelma sagement. Si c'était un idiot, ils pourraient le mépriser, et toi aussi. Mais comme il est responsable et intelligent, il sera pour eux un véritable ennemi, tout au moins pendant un certain temps. Accroche-toi, Max, quelque chose me dit que ça ne se passera pas sans heurts quand tu leur annonceras la nouvelle. Mais ils s'y feront. Et je suis très heureuse pour toi.

Bien que soucieuse, Maxine lui rendit son sourire.

— Merci. Mais je crains que tu n'aies raison pour les enfants. J'appréhende ce moment, c'est pourquoi nous l'avons repoussé au maximum.

Cependant, juin approchait et son anxiété augmentait chaque jour, si bien que leurs préparatifs de mariage étaient légèrement tendus, avec une note douce-amère et un côté un peu irréel, puisqu'elle n'avait rien dit aux enfants.

En avril, Charles l'emmena choisir une bague chez Cartier. Il la lui offrit un soir au restaurant, avec beaucoup de romantisme, mais ils savaient l'un et l'autre qu'elle ne pouvait la porter pour l'instant. Elle la rangea dans un tiroir de son bureau fermé à clé, ne la sortant que le soir pour la regarder et la passer à son doigt. Elle était splendide et les pierres brillaient de mille feux. Maxine avait hâte de la porter. Depuis que Charles la lui avait offerte, elle avait l'impression que leurs projets étaient devenus plus réels. Elle avait réservé le traiteur. Leur mariage devait avoir lieu dans moins de quatre mois et à présent il lui fallait s'occuper de sa robe. Elle voulait aussi mettre Blake et ses parents au courant, mais elle tenait à en parler d'abord aux enfants.

Charles, elle et les enfants passèrent un week-end de Pâques très agréable à Southampton. Le soir, au lit, gloussant comme deux collégiens, Maxine et Charles discutaient de leurs préparatifs de mariage et dans la journée ils se promenaient main dans la main sur la plage, pendant que Daphné levait les yeux au ciel.

En mai, Maxine fut surprise par une confidence de Zelda. La gouvernante venait d'apprendre la mort d'une de ses amies dans un accident, et, pour la première fois, elle confia à Maxine son profond regret de ne jamais avoir eu d'enfant. Maxine se montra pleine de compassion.

— Il n'est pas trop tard, affirma-t-elle pour la réconforter. Tu pourrais encore avoir un bébé. De nos jours, les femmes peuvent avoir des enfants plus tard qu'avant.

Charles et elle avaient aussi abordé cette question. Pour sa part, Maxine aurait aimé avoir un autre enfant, mais à son grand regret Charles trouvait que trois suffisaient amplement et qu'il se sentait trop vieux pour devenir père.

— Je crois que je préférerais en adopter un, répondit Zelda, pragmatique. J'ai passé toute ma vie à m'occuper des enfants des autres. Cela ne me pose pas de problème. Je les aime comme s'ils étaient les miens.

Elle sourit et Maxine l'étreignit avec affection.

— Je vais peut-être me renseigner un de ces jours, confia Zelda.

Maxine acquiesça, sachant que c'était ce que les gens disaient pour se réconforter, sans le penser vraiment. D'ailleurs, Zelda n'en reparla plus.

Comme les enfants, Zelda ignorait tout du mariage de Maxine. Charles et elle avaient prévu de leur annoncer la nouvelle trois semaines plus tard, au début des vacances scolaires. Cette perspective angoissait et excitait Maxine.

Le dernier jour de classe, début juin, Maxine était en plein milieu d'une séance avec un garçon de dix-sept ans qu'elle soignait depuis deux ans, lorsqu'elle reçut un appel de l'école. Elle prit la communication, pensant qu'il s'agissait d'un simple point à régler. Les enfants devaient rentrer à la maison une heure plus tard.

Le choc fut terrible. Sam avait été heurté par un véhicule alors qu'il traversait la rue pour monter dans la voiture de la mère d'un copain qui devait le ramener. Il avait été emmené d'urgence à l'hôpital et un des professeurs l'avait accompagné.

— Oh, mon Dieu, il va bien ?

— Les secours pensent qu'il a la jambe cassée… Je suis vraiment désolée, docteur Williams. Il règne toujours une atmosphère de folie le dernier jour. Sa tête a également heurté la voiture, mais il était conscient quand ils sont partis. Il est courageux.

Maxine raccrocha, tremblante. Elle mit aussitôt fin à la séance en expliquant au jeune homme ce qui venait de se passer. Il en fut désolé pour elle. Puis elle avertit sa secrétaire et lui demanda d'annuler ses autres rendez-vous.

En partant, elle réalisa qu'elle devait prévenir Blake et l'appela sur son portable, mais il était sur répondeur. Elle téléphona alors chez lui à Londres. L'employé lui apprit qu'il se trouvait au Maroc, peut-être à la Mamounia. Là-bas, on prit son message, mais on refusa de lui confirmer s'il était là. Affolée, elle appela Charles qui promit de la retrouver aux urgences.

Sam avait un bras, une jambe et deux côtes cassés. Il souffrait d'un traumatisme crânien et semblait en état de choc, ne pleurant même pas. Charles fut merveilleux. Il resta près de Sam lorsqu'on lui plâtra le bras et la jambe. Les médecins ne pouvaient rien faire pour les côtes hormis les bander. Par chance, le traumatisme crânien était léger. Maxine attendit, effondrée. Plus tard dans l'après-midi, on lui donna l'autorisation de le ramener à la maison. Charles était toujours avec elle, et Sam les tenait tous les deux par la main. Ils l'installèrent dans le lit de Maxine. Il était sous sédatifs et paraissait assommé. Jack et Daphné furent bouleversés de le voir ainsi, mais il était vivant et n'aurait pas de séquelles. La femme qui devait le ramener téléphona, navrée, pour prendre de ses nouvelles. Personne n'avait vu la voiture arriver. Le conducteur avait été choqué lui aussi, mais pas autant que Maxine. En même temps, elle était soulagée que ce ne soit pas plus grave.

Charles resta et dormit sur le canapé, relayant Maxine pour veiller Sam. Ils avaient l'un et l'autre annulé leurs rendez-vous du lendemain. Zelda vint régulièrement prendre des nouvelles. À minuit, Maxine alla se préparer une tasse de thé dans la cuisine pour son tour de garde. Elle y trouva Daphné, qui la foudroya du regard.

— Pourquoi est-ce qu'il dort ici ? lança-t-elle hargneusement.

— Parce qu'il s'inquiète pour nous.

Maxine était fatiguée et elle n'était pas d'humeur à essuyer les remarques de sa fille.

— Il a été fantastique avec Sam à l'hôpital. Il l'a accompagné en salle d'opération.

— Tu as appelé papa ? demanda Daphné, belliqueuse.

Maxine en eut assez.

— Oui, je l'ai appelé, figure-toi. Il est je ne sais où au Maroc, et personne ne peut le trouver. Il n'a pas répondu à mes messages. Mais ce n'est pas nouveau. Tu as d'autres questions ?

Daphné déguerpit dans sa chambre, l'air blessée. Elle voulait toujours que son père soit celui qu'il n'était pas et ne serait jamais. Il en allait de même pour Jack, qui voyait son père en héros, alors qu'il n'en était pas un. Il n'était qu'un homme. Et tous, Maxine y compris, voulaient qu'il soit responsable, et joignable lorsqu'ils avaient besoin de lui, ce qui n'était jamais le cas. Aujourd'hui n'échappait pas à la règle. C'était précisément la raison pour laquelle ils avaient divorcé.

Il fallut cinq jours à Maxine pour le joindre. Il lui expliqua qu'il y avait eu un gros tremblement de terre au Maroc. Elle se souvint vaguement d'en avoir entendu parler, mais elle n'y avait pas prêté attention, toutes ses pensées étant concentrées sur Sam. Ses côtes le faisaient beaucoup souffrir et, à la suite du traumatisme, il avait très mal à la tête. Blake fut bouleversé en apprenant la nouvelle, mais Maxine était furieuse contre lui.

— Ce serait bien si tu te trouvais dans des endroits où je peux t'appeler, pour changer. C'est ridicule, Blake. Lorsqu'il arrive quelque chose, je ne peux jamais te joindre.

— Je suis vraiment désolé, Max. Toutes les lignes téléphoniques étaient coupées. Mon portable et Internet n'ont recommencé à fonctionner qu'aujourd'hui. C'est dramatique ce qui s'est passé ici. Il y a eu beaucoup de morts dans les villages. J'ai essayé de les aider, d'organiser les secours.

— Depuis quand fais-tu le bon Samaritain ? ironisa-t-elle, exaspérée.

Charles avait été là pour la soutenir, mais comme d'habitude, Blake avait manqué à l'appel.

— Ils ont besoin d'aide. Ils errent dans les rues et n'ont rien à manger. Il y a des cadavres partout. Écoute, je peux prendre l'avion...

— Ce n'est pas nécessaire. Le petit va bien, répondit-elle, un peu calmée. Mais nous avons tous eu peur. Surtout lui. Il dort en ce moment, mais essaie de l'appeler dans quelques heures.

— Je suis désolé, Max, répéta-t-il d'un ton sincère. Tu as assez de travail sur les bras sans avoir en plus ce genre de problème.

— Je vais bien. Charles est ici.

— Tant mieux, affirma-t-il.

À sa voix, elle comprit qu'il était fatigué. Peut-être faisait-il vraiment quelque chose d'utile au Maroc, bien que ce soit difficile à croire.

— J'appellerai Sam tout à l'heure. Embrasse-le de ma part.

— D'accord.

Comme promis, Blake téléphona quelques heures plus tard et Sam, ravi de parler à son père, lui raconta tout ce qui lui était arrivé. Il lui expliqua que Charles était resté dans la salle d'opération avec lui parce que sa mère était si bouleversée que le médecin n'avait pas voulu qu'elle entre, ce qui était vrai. Elle avait failli s'évanouir, tant elle était inquiète. Charles avait été le héros de l'histoire. Blake promit à Sam de venir le voir bientôt.

Entre-temps, Maxine avait lu des informations concernant le tremblement de terre au Maroc. Deux villages avaient été entièrement détruits et tous leurs habitants avaient péri. Il y avait des dégâts considérables dans les villes. Blake n'avait pas menti. Mais elle lui en voulait encore de ne pas avoir pu le contacter. C'était typique de Blake. Il ne changerait jamais. Il serait insaisissable jusqu'à la fin de ses jours. Insaisissable et irrésistible. Dieu merci, elle avait Charles.

À la fin de la semaine, il dormait toujours chez elle, sur le canapé. Il était revenu chaque soir après son travail pour les soutenir. Tous deux furent d'accord pour décider que le moment était bien choisi pour annoncer la nouvelle aux enfants. D'ailleurs, on était en juin et l'école était finie.

Le samedi matin, Maxine les rassembla tous dans la cuisine. Charles était là, ce qui, de l'avis de Maxine, n'était pas forcément une bonne idée, mais il avait tenu à être présent, et elle pensait qu'elle le lui devait bien. Il s'était montré tout à fait à la hauteur avec Sam, elle ne pouvait le garder à l'écart. Les enfants pourraient toujours lui parler plus tard, s'ils avaient quelque chose à dire.

Elle resta vague au début, disant combien Charles avait été gentil avec eux au cours des derniers mois. Elle regarda les enfants tour à tour, comme si elle essayait de les en persuader. Elle redoutait toujours leur réaction. Enfin, elle fut bien obligée de se jeter à l'eau.

— Charles et moi avons donc décidé de nous marier au mois d'août.

Un silence mortel et une absence totale de réaction accueillirent ses paroles.

Les enfants fixaient leur mère, aussi immobiles que des statues.

— J'aime votre mère et je vous aime aussi, ajouta Charles, d'une voix plus tendue qu'il ne l'aurait voulu.

Mais il n'avait jamais vécu une telle situation et les enfants formaient un groupe intimidant.

Daphné fut la première à réagir.

— Vous plaisantez ?

— Non. Pas du tout, lui répondit Maxine avec gravité.

— Tu le connais à peine.

Elle s'adressait à sa mère, ignorant Charles.

— Nous nous voyons depuis presque sept mois, et à notre âge, nous savons quand le moment est venu, assura Maxine, répétant les propos de Charles.

Daphné se leva et sortit de la cuisine sans ajouter un mot. Ils entendirent claquer la porte de sa chambre.

— Papa est au courant ? demanda Jack.

— Pas encore, répondit sa mère. Nous voulions vous l'annoncer d'abord. Ensuite, je le dirai à papa, et puis à papi et mamie. Mais je voulais que vous soyez les premiers à le savoir.

— Oh, fit Jack avant de disparaître à son tour.

Sa porte ne claqua pas. Elle se referma seulement, en même temps que le cœur de Maxine se serrait. C'était encore plus dur qu'elle l'avait imaginé.

— Je crois que vous avez raison, murmura Sam d'une petite voix en les regardant tous les deux. Tu as été très gentil pour moi à l'hôpital, Charles. Merci.

Il essayait d'être poli et il était moins peiné que les autres, mais il n'était pas enchanté non plus. Il lui était facile de comprendre qu'il ne dormirait plus dans le lit de sa mère. Charles allait prendre sa place. C'était douloureux pour eux tous. De leur point de vue, ils étaient très heureux avant l'apparition de Charles.

— Je peux aller regarder la télé dans ta chambre ?

Aucun d'entre eux n'avait posé de questions sur le mariage, ni même demandé quand il aurait lieu. Ils ne voulaient pas le savoir. Un instant plus tard, Sam s'éloigna sur ses béquilles, laissant Charles et Maxine seuls dans la cuisine. Zelda leur parla depuis le seuil.

— Félicitations, dit-elle doucement. C'est plutôt un choc pour eux, mais ils vont s'y faire. Je commençais à m'en douter.

Elle souriait, mais elle aussi paraissait un peu triste. C'était un grand changement pour eux tous. Ils avaient leurs habitudes, et elles leur convenaient.

— Ça ne changera rien pour toi, Zellie, la rassura Maxine. Nous aurons tout autant besoin de toi. Peut-être davantage.

— Merci. Je ne saurais pas quoi faire, si ce n'était pas le cas.

Charles la regarda et sourit. Elle lui semblait gentille, même s'il ne débordait pas d'enthousiasme à la perspective de la croiser en pleine nuit, quand il habiterait ici. Sa vie allait complètement changer, avec une épouse, trois enfants, et une gouvernante à domicile. Il pouvait dire adieu à sa tranquillité. Mais il était heureux d'avoir pris cette décision.

— Les enfants vont s'y faire, répéta Zelda. Ils ont besoin d'un peu de temps, c'est tout.

Maxine acquiesça.

— Ça aurait pu être pire, commenta-t-elle pour le réconforter.

— Je n'en suis pas certain, répondit Charles d'un air découragé. J'espérais que les garçons au moins seraient contents.

— Personne n'aime le changement, lui rappela Maxine. Et c'en est un grand pour eux. Et pour nous.

Elle se pencha pour l'embrasser, et il lui sourit en la regardant avec une pointe de regret, tandis que Zelda regagnait sa chambre pour les laisser seuls.

— Je t'aime, dit-il. Je suis désolé que cela fasse de la peine à tes enfants.

— Ils s'en remettront. Un jour, nous en rirons, comme de la première fois où tu es venu.

— C'est peut-être un mauvais présage, murmura-t-il, inquiet.

— Non… Tout ira très bien. Tu verras.

Maxine l'embrassa de nouveau. Malgré sa déconvenue, Charles la serra contre lui, priant pour qu'elle ait raison.

15

Après le choc causé par l'annonce de leur mère, les enfants restèrent cloîtrés dans leurs chambres et Charles décida de rentrer chez lui. Il n'y avait pas dormi depuis plusieurs jours et il jugeait préférable de laisser Maxine seule avec sa progéniture. Au moment de partir, devant son air abattu, Maxine eut beau lui affirmer qu'ils s'habitueraient, il n'en était pas aussi sûr. Il n'envisageait pas de revenir sur sa décision, mais il avait peur et les enfants aussi.

Après son départ, Maxine alla dans la cuisine et se laissa tomber sur une chaise, une tasse de thé devant elle. Elle fut contente de voir Zelda entrer.

— Il y a au moins quelqu'un ici qui accepte de me parler, soupira-t-elle tandis que cette dernière se servait une tasse de thé.

— Il va falloir du temps pour que les choses se tassent, commenta Zelda en s'asseyant en face d'elle.

— Je sais. Je déteste leur faire de la peine, mais je suis certaine d'avoir agi pour le mieux.

Charles avait montré sa valeur lors de l'accident de Sam. Il correspondait exactement à l'homme qu'elle avait espéré trouver, celui dont elle avait besoin.

— Ils s'habitueront, la rassura Zelda. Ce n'est pas facile pour lui non plus. On voit bien qu'il n'a jamais eu d'enfants.

Maxine hocha la tête. On ne pouvait pas tout avoir. Et s'il avait eu des enfants à lui, les siens n'auraient peut-être pas aimé cela non plus. Les choses étaient plus simples ainsi.

Ce soir-là, ce fut Maxine qui prépara le dîner, mais personne n'y fit honneur. Ils n'avaient pas le cœur à manger et l'expression de leurs visages n'était pas des plus joyeuses. Daphné avait une tête d'enterrement.

— Comment peux-tu faire ça, maman ? Il est nul !

— Ce n'est pas vrai, intervint Sam. Il est gentil avec moi. Et il serait gentil avec toi, si tu n'étais pas si méchante avec lui.

C'était vrai, mais Maxine s'abstint de le dire.

— Il n'a pas l'habitude des enfants, c'est tout.

Tous le savaient.

— Quand il m'a emmené au match de basket, il a essayé de me dire que je devrais aller en pension, expliqua Jack, l'air soucieux. Tu vas nous y envoyer, maman ?

— Bien sûr que non. Charles a beaucoup aimé être en pension, c'est pour cela qu'il pense que tout le monde devrait y aller. Mais je ne vous y enverrai jamais.

— Tu dis ça maintenant, commenta Daphné. Mais quand tu seras mariée avec lui, il t'y obligera.

— Certainement pas. Vous êtes mes enfants, pas les siens.

— On ne le dirait pas. Il pense avoir le droit de tout diriger, rétorqua Daphné en fusillant sa mère du regard.

— Non.

Maxine le défendait, mais en même temps elle était contente que ses enfants s'expriment librement.

— Il a l'habitude de diriger sa propre vie, mais il ne va pas contrôler la vôtre. Il n'en a pas l'intention, et je ne le laisserai pas faire.

— Il déteste papa, observa Jack d'un ton neutre.

— Je ne crois pas que ce soit vrai non plus. Il est peut-être jaloux de lui, mais il ne le déteste pas.

— Que va dire papa, à ton avis ? demanda Daphné avec intérêt. Je parie que ça lui fera de la peine que tu te maries, maman.

— J'en doute. Il a des tas de petites amies. Est-il toujours avec Arabella ?

Elle n'avait pas entendu parler de la jeune femme depuis un certain temps.

— Oui, répondit Daphné, l'air morose. J'espère qu'il ne va pas l'épouser. Il ne manquerait plus que ça !

Ils parlaient tous comme s'il s'était passé quelque chose d'affreux. L'annonce de son mariage n'avait pas été une bonne nouvelle, pas de doute là-dessus. Maxine avait beau s'y être attendue, cela lui faisait de la peine. Seul Sam semblait penser que c'était une bonne chose, car il aimait davantage Charles que les autres.

Après dîner, Charles téléphona. Maxine lui manquait, mais il avait été heureux de rentrer chez lui. La semaine écoulée avait été dure pour eux tous. D'abord, l'accident de Sam, et maintenant la réaction négative des aînés. Maxine se sentait prise entre deux feux.

— Ça va. Ils ont seulement besoin de temps pour s'habituer à l'idée, dit-elle avec bon sens.

— Vingt ans, à ton avis ?

Il était très peiné.

— Non, ce sont des enfants. Donne-leur quelques semaines.

— As-tu parlé à Blake ?

— Non, je lui téléphonerai tout à l'heure. Et j'appellerai mes parents demain. Ils seront ravis !

Charles les avait rencontrés et ils lui avaient beaucoup plu. L'idée d'entrer dans une famille de médecins n'était pas pour lui déplaire.

Les enfants boudèrent toute la soirée. Ils restèrent dans leurs chambres à regarder des DVD et Sam dormit dans sa propre chambre. Ce soir-là, étendue sur son lit, il sembla étrange à Maxine de songer que dans deux mois, Charles vivrait ici et que Sam ne pourrait plus coucher dans son lit. Cela allait lui manquer. En dépit du fait qu'elle aimait Charles, le mariage présentait des inconvénients pour tout le monde, même pour elle. La vie était ainsi. On échangeait certaines choses contre d'autres. Mais il était difficile de persuader les enfants de cela. Et parfois de s'en persuader soi-même.

Elle appela Blake après minuit, car c'était le matin pour lui. Sa voix lui parut tendue et fatiguée, et elle entendait des machines et des cris en arrière-fond. La ligne était mauvaise.

— Où es-tu ? Que fais-tu ? demanda-t-elle en élevant la voix.

— Je suis dans la rue, en train d'essayer de dégager les gravats. Nous avons fait venir des bulldozers. On continue à sortir des gens des décombres. Max, il y a des enfants qui errent dans les rues sans nulle part où aller. Des familles entières sont portées disparues. Il y a des blessés partout, les hôpitaux débordent. Tu ne peux pas imaginer comment c'est.

— Si, dit-elle avec tristesse. Je suis allée plusieurs fois sur les lieux de catastrophes pour mon travail. Il n'y a rien de pire.

— Peut-être devrais-tu venir nous aider. Il y a tant d'enfants traumatisés ici, et personne pour conseiller le personnel soignant. En fait, ce serait vraiment bien que tu viennes. Le pourrais-tu ? demanda-t-il d'un ton songeur.

Sa maison avait résisté, et il aurait pu s'en aller, mais il aimait tellement le Maroc et ses habitants qu'il voulait faire tout ce qui était en son pouvoir pour les aider.

— Oui, si j'étais mandatée par quelqu'un. Je ne peux pas juste débarquer et leur dire quoi faire.

— Je pourrais t'engager, affirma-t-il aussitôt.

— Ne dis pas de bêtises. Je le ferais gratuitement pour toi. Mais j'aurais besoin de plus d'informations. Ce que je fais est très spécifique. Mais si je peux t'être utile, dis-le-moi.

— Entendu. Comment va Sam ?

— Ça va. Il se débrouille bien avec ses béquilles.

Soudain, elle se souvint de la raison pour laquelle elle l'appelait. L'espace d'un instant, en lui parlant des dégâts causés par le séisme et de la détresse des orphelins, il le lui avait fait oublier.

— J'ai quelque chose à te dire, annonça-t-elle d'un ton solennel.

— Concernant Sam ?

Sa voix était inquiète. Elle songea qu'elle ne l'avait jamais entendu parler ainsi. Pour une fois, il pensait aux autres et non à lui.

— Non. Moi. Je me marie. Avec Charles West. En août.

Il demeura silencieux quelques secondes.

— Les enfants sont contents ? demanda-t-il, connaissant déjà la réponse.

Elle fut honnête avec lui.

— Non. Ils aiment leur vie comme elle est. Ils ne veulent pas de changement.

— C'est compréhensible. Cela ne leur plairait pas non plus que je me marie. J'espère qu'il est celui qu'il te faut, Max, ajouta-t-il, plus grave qu'il ne l'avait été depuis des années.

— Il l'est.

— Dans ce cas, toutes mes félicitations.

Il se mit à rire, redevenant lui-même.

— Je ne m'attendais pas à ce que cela arrive si vite. Mais ce sera bien pour toi et pour les enfants, même s'ils ne s'en rendent pas compte pour le moment. Écoute, je t'appellerai dès que je pourrai. Il faut que j'y aille maintenant. On m'attend. Je t'embrasse ainsi que les enfants... et, Max, encore toutes mes félicitations...

Et il raccrocha, avant même qu'elle ait eu le temps de le remercier. Elle posa son téléphone et se coucha, pensant à Blake pris dans la tourmente du tremblement de terre, à ses efforts pour aider les victimes, dégager les décombres, acheminer des médicaments et de la nourriture. Pour une fois, il ne se contentait pas de donner son argent à une bonne cause, il retroussait ses manches et se mettait lui-même au travail. Cela ne lui ressemblait guère, et elle se demanda s'il n'était pas finalement en train de devenir adulte. Si oui, il était plus que temps.

Maxine annonça son mariage à ses parents le lendemain matin, et enfin, quelqu'un manifesta sa joie en apprenant la nouvelle. Son père se déclara enchanté. Il aimait bien Charles et estimait qu'il était exactement le genre d'homme qu'il souhaitait pour elle. Il était également content qu'il soit médecin. Il la chargea de transmettre ses félicitations à Charles, puis lui passa sa mère, qui la bombarda de questions sur le mariage.

— Les enfants sont excités ? demanda-t-elle.

Maxine sourit et secoua la tête. Ses parents ne se doutaient de rien.

— Pas vraiment, maman. C'est un grand changement pour eux.

— Charles est très gentil. Je suis sûre qu'à long terme ils se réjouiront que tu l'aies épousé.

— Je l'espère, dit-elle, moins optimiste que sa mère.

— Il faudra que vous veniez dîner tous les deux.

— Cela nous fera très plaisir, assura Maxine.

Elle tenait beaucoup à ce que Charles les connaisse mieux, d'autant plus qu'il n'avait pas de famille.

L'approbation de ses parents lui faisait du bien et elle savait qu'il en irait de même pour Charles. Cela compenserait le manque d'enthousiasme des enfants.

Ce soir-là, Charles dîna avec eux. Le repas fut calme. Il n'y eut pas d'éclat et personne ne fit de commentaires désobligeants, mais l'atmosphère fut morose. Les enfants se comportèrent comme s'ils subissaient une épreuve et retournèrent dans leurs chambres dès la fin du dîner. Ce n'était pas ainsi que Charles avait imaginé les choses.

Maxine lui relata sa conversation avec ses parents et cela parut le rasséréner.

— Il y en a tout de même qui m'apprécient, s'exclama-t-il avec soulagement. Si nous les emmenions dîner à la Grenouille ?

— Ils veulent nous inviter d'abord, et je crois que nous devrions les laisser faire.

Elle tenait à ce qu'il s'habitue à leurs traditions, qu'il s'intègre à sa famille.

Après le dîner, elle eut une idée. Elle ouvrit le tiroir de son bureau et sortit la bague qu'elle rêvait de porter depuis des mois. Lorsqu'elle demanda à Charles de la glisser à son doigt, il parut ravi. Avec ce geste, leurs projets devenaient enfin réels. Ils étaient fiancés et ils allaient se marier, même si cela ne plaisait guère à ses enfants. C'était merveilleux, et Charles l'embrassa alors qu'ils admiraient tous les deux la bague. Elle scintillait avec autant d'éclat que l'espoir qu'ils mettaient dans leur mariage. L'amour qu'ils se portaient l'un à l'autre avait résisté aux journées difficiles qu'ils venaient de vivre. Rien n'avait changé. Ils traversaient seulement une période éprouvante, comme ils en connaîtraient d'autres. Maxine s'y était attendue plus que lui. Charles était ravi qu'elle aime toujours autant sa bague et surtout qu'elle l'aime toujours, lui. Plus que neuf semaines, et ils seraient mariés.

— Nous devons nous mettre au travail, à présent ! s'écria Maxine.

Elle avait retrouvé son dynamisme et se sentait à nouveau tout excitée, soulagée de ne plus avoir à garder le secret.

— Oh, mon Dieu, la taquina-t-il. Ça va être un grand mariage ?

Elle avait déjà commandé les cartons d'invitation. Ils les enverraient dans trois semaines. Ils devaient d'abord établir la liste définitive de leurs invités. Elle lui fit part également de son intention de déposer une liste chez Tiffany.

— C'est normal pour un second mariage ? s'enquit-il avec surprise. Nous ne sommes pas un peu trop âgés pour tout ça ?

— Bien sûr que non, répondit-elle avec animation. Et il faut que je trouve une robe.

Et il en fallait une pour Daphné aussi, même si elle craignait un peu que sa fille ne refuse d'assister au mariage.

Elle ne voulait pas la bousculer et espérait que tout finirait par s'arranger.

Ils se mirent d'accord pour convier deux cents personnes, ce qui signifiait qu'environ cent cinquante seraient présentes, ce qui leur convenait à tous les deux. Puis elle annonça à Charles qu'elle voulait inviter Blake, ce qui le fit bondir.

— Tu ne peux pas inviter ton ex-mari ! Et si j'invitais mon ex-femme ?

— C'est à toi d'en décider. Personnellement, je n'y verrais aucun inconvénient. Pour moi, Blake fait partie de ma famille, et les enfants seraient bouleversés s'il n'était pas là.

Charles laissa échapper un gémissement.

— Ta définition de la famille ne correspond pas à la mienne, grommela-t-il, parfaitement conscient à présent d'être tombé parmi des gens hors du commun.

Il n'y avait rien d'ordinaire ni de normal chez eux, et c'était encore plus bizarre de se dire qu'il épousait l'ex-femme de Blake Williams. Rien que cela suffisait à les éloigner de la norme.

— Fais comme tu veux, dit-il enfin. J'ai juste l'impression qu'on va un peu trop loin. Mais de quel droit te dirais-je quoi faire ? Je ne suis que le marié, après tout.

Il plaisantait à demi, atterré d'entendre sa future épouse lui dire que son ex-mari serait blessé de ne pas assister à leur mariage. Cependant, à moins de vouloir se retrouver avec une bataille majeure sur les bras, et des enfants qui le détesteraient encore plus, il n'avait guère le choix.

— Ce n'est tout de même pas lui qui va te mener à l'autel ? demanda-t-il, l'air inquiet.

— Mais non, grosse bête. Ce sera mon père.

Charles parut soulagé. Elle savait que le seul fait de mentionner Blake suffisait à le mettre mal à l'aise. C'était difficile pour tout homme de se comparer à lui. Mais il pouvait bien être beau, riche et célèbre, cela ne changeait rien au fait qu'il était irresponsable et qu'il n'était jamais là pour ses enfants. Blake était irrésistible et elle l'aimerait toujours, mais c'était avec Charles qu'elle voulait être mariée ; aucun doute là-dessus.

Il se prépara à partir. Ils avaient réglé la plupart des détails. Quand elle fit scintiller sa bague à la lumière de la lampe, ils rirent de plaisir.

— Bonne nuit, madame West, chuchota-t-il doucement en l'embrassant.

À ce moment-là, elle comprit qu'elle devrait sans doute garder le nom de Williams pour son travail. Compte tenu de sa notoriété, il serait trop compliqué de tout modifier. Elle serait donc Mme West à la ville et le Dr Williams à son cabinet. Elle porterait le nom de Blake pour toujours. Certaines choses ne pouvaient pas être changées.

16

Maxine était de très mauvaise humeur, lorsque Blake lui téléphona. Elle avait ses rendez-vous avec ses patients et devait gérer en même temps les préparatifs de son mariage. Elle venait d'avoir une discussion assez vive avec le traiteur, dont le prix était exorbitant. Ses parents avaient proposé de participer, mais Maxine estimait qu'à son âge, il ne pouvait en être question. Simplement, elle ne voulait pas se faire escroquer.

— Salut, dit-elle d'un ton bref. Qu'est-ce qu'il y a ?

— Pardon, Max. Je tombe mal ? Je rappellerai tout à l'heure, si tu préfères.

Elle jeta un coup d'œil à sa montre et vit qu'il était déjà tard pour lui. Elle ne savait pas s'il était rentré à Londres ou s'il était encore au Maroc, mais dans un cas comme dans l'autre, la soirée était bien avancée, et la fatigue perçait dans sa voix.

— Non, non, ça va. Excuse-moi. J'ai quelques minutes avant mon prochain rendez-vous. Comment vas-tu ?

— Ça va. Mais je suis une exception. Je suis toujours à Imlil, à environ trois heures de Marrakech. Par miracle, il y a une antenne-relais, c'est pour ça que je peux t'appeler. Sinon, il n'y a quasiment plus rien. Je m'occupe d'enfants qui ont vécu des choses épouvantables, Max. On sort encore des survivants des décombres, et certains ont passé des jours entiers à côté des membres de leur famille morts. C'est une région très pauvre et les gens sont démunis face à une telle catastrophe. On parle de plus de vingt mille victimes.

— Je sais, répondit Maxine avec tristesse. On en a parlé dans les journaux et à la télévision.

Elle était stupéfaite. Elle n'avait pas pu le joindre quand son propre fils avait été blessé, et il était en train d'essayer de résoudre les malheurs du monde ! Au moins, c'était mieux que d'aller d'une soirée mondaine à l'autre. La réalité des catastrophes n'était pas étrangère à Maxine. Elle y avait été confrontée lorsqu'on avait fait appel à elle aussi bien aux États-Unis qu'à l'étranger. En revanche, c'était la première fois qu'elle voyait Blake aussi bouleversé par un événement qui ne le concernait pas au premier chef.

— J'ai besoin de ton aide, avoua-t-il.

Il était épuisé ; depuis dix jours, il avait à peine dormi.

— J'essaie d'organiser les secours pour les enfants. L'aide gouvernementale est tellement saturée que le secteur privé essaie de prendre le relais. Je me suis chargé d'un énorme projet, dont je m'occupe seul, et j'ai besoin d'être conseillé sur le genre de soutien qu'il va falloir pour ces enfants, maintenant et plus tard. C'est ton domaine, Max. J'ai besoin de toi.

Sa voix était lasse, inquiète, empreinte de tristesse.

Elle laissa échapper un long soupir. Se rendait-il compte de l'ampleur de la tâche qui l'attendait ?

— J'aimerais beaucoup t'aider... commença-t-elle.

Elle était impressionnée par l'importance de ce qu'il avait entrepris, mais elle devait se montrer réaliste.

— Mais je ne suis pas sûre de pouvoir te conseiller par téléphone, dit-elle à regret. Je ne sais pas ce que le gouvernement et les associations mettent en place et cela m'est nécessaire pour que je me fasse une idée. Dans un désastre comme celui-ci, la théorie ne sert pas à grand-chose. Il faut être sur place pour évaluer correctement la situation et agir au mieux.

— Je sais, répondit-il. C'est pour ça que je t'appelle. Je ne sais pas quoi faire.

Il hésita une seconde.

— Tu peux venir, Max ? Ces enfants ont besoin de toi, et moi aussi.

Elle demeura sans voix. Certes, il avait évoqué cette possibilité lors de leur précédente conversation, mais elle n'avait pas soupçonné à quel point il était sérieux, ni qu'il le lui demanderait réellement. Son emploi du temps était bourré à craquer. En juillet, elle partait en vacances avec les enfants, comme toujours, et avec les préparatifs du mariage, sa vie était une véritable course.

— Mon Dieu, Blake... J'aimerais beaucoup, mais je ne vois pas comment ce serait possible. Je suis surchargée de travail en ce moment, et certains de mes patients sont très malades.

— Je peux t'envoyer mon avion. Même si tu ne restais que vingt-quatre heures, ce serait fantastique. J'ai besoin que tu viennes et que tu me donnes ton avis. J'ai l'argent pour les aider mais je ne sais pas comment faire, je n'y connais rien. Tu es la seule en qui j'ai confiance et tu sauras me dire quoi faire ici. Sinon, tout ce que j'entreprendrai ne servira à rien.

Sa requête était extraordinaire, et elle ne voyait pas comment elle pouvait y accéder. En même temps, il ne lui avait jamais rien demandé de pareil et elle sentait à quel point cela lui tenait à cœur. Il voulait à tout prix apporter son aide, à la fois par sa présence et par son argent. Et Maxine appréciait toujours ce genre de mission. C'était éprouvant, douloureux, mais cela lui permettait aussi de se sentir vraiment utile. En l'écoutant, les larmes lui vinrent aux yeux. Elle était fière de lui et elle voulait dire aux enfants ce qu'il faisait afin qu'eux aussi soient fiers de leur père. Elle admirait ses efforts et elle mourait d'envie de l'aider.

— J'aimerais venir, dit-elle lentement. Mais je ne vois pas quand ni comment.

— Et si tu annulais tes rendez-vous vendredi ? Je ferais en sorte que l'avion soit là jeudi soir, comme cela tu pourrais voyager de nuit et ça te permettrait d'être ici durant trois jours. Tu repartirais dimanche soir pour être à ton cabinet lundi matin.

Il avait passé des heures à réfléchir à cette solution, et il y eut un silence à l'autre bout du fil.

— Je ne suis pas de garde ce week-end, murmura-t-elle, songeuse.

Thelma l'était et elle pourrait lui demander de la remplacer un jour supplémentaire, le vendredi. Cependant, Maxine se rendait bien compte que partir au Maroc pour trois jours était de la folie, étant donné tout ce qu'elle avait à faire en ce moment.

— Je ne vois pas du tout à qui d'autre m'adresser, reprit-il. La vie de ces enfants sera gâchée si on ne prend pas les mesures qu'il faut tout de suite. Il est déjà trop tard pour certains.

Il pensait aux enfants blessés, estropiés, amputés, à tous ceux qui avaient perdu la vue ou l'esprit lorsque leur maison ou leur école s'était effondrée sur eux. Beaucoup d'entre eux s'étaient retrouvés orphelins. Il avait pleuré en voyant un nouveau-né sauvé des décombres, encore en vie.

— Donne-moi deux heures, murmura Maxine tandis que l'interphone grésillait, annonçant l'arrivée de son patient. Il faut que je réfléchisse.

On était mardi. Si elle acceptait sa proposition, elle n'aurait que deux jours pour s'organiser, mais c'était toujours le cas, lors des catastrophes. Il lui était déjà arrivé de partir au pied levé, avec quelques heures pour se préparer. Elle voulait l'aider, ou tout au moins lui recommander quelqu'un qui pourrait le conseiller. Elle connaissait une excellente association de psychiatres basée à Paris, spécialisée dans ce type de situation. En même temps, l'idée d'aller sur place la tentait. Il y avait un certain temps qu'elle n'avait pas participé à une mission de ce genre.

— Quand puis-je te rappeler ?

— N'importe quand. Je ne me suis pas couché depuis une semaine. Essaie mon portable. Ils marchent tous les deux ici, du moins par intermittence... et Max... merci... je t'aime. Merci de m'avoir écouté. Maintenant, je comprends ce que tu fais. Tu es vraiment formidable.

Après tout ce qu'il avait vu, il l'admirait encore plus. À sa voix, Maxine comprit qu'il était sincère, et qu'il avait mûri. Un nouveau Blake venait enfin de naître.

— Je te renvoie le compliment, dit-elle doucement, les larmes aux yeux. Je te rappellerai dès que possible. Je ne sais pas si je pourrai venir, mais, si je ne peux pas, je te trouverai quelqu'un d'excellent.

— C'est toi que je veux, insista-t-il. Je t'en prie, Max...

— Je vais essayer, promit-elle avant de raccrocher et d'aller ouvrir la porte.

Elle dut puiser en elle-même pour se concentrer sur le présent et porter toute son attention sur sa patiente, une fillette de douze ans qui se mutilait et qui avait des cicatrices tout le long des bras. C'était son école qui l'avait envoyée chez Maxine. Son père était un des pompiers qui avaient péri dans le drame du 11 Septembre, et Maxine étudiait le cas de cette enfant et d'autres semblables. La séance dura plus longtemps que d'habitude. Lorsque Maxine rentra enfin chez elle, ses enfants se trouvaient dans la cuisine avec Zelda. Elle leur fit part de l'appel de leur père et de ce qu'il avait entrepris au Maroc. À mesure qu'elle parlait, leurs regards s'illuminèrent. Quand elle ajouta qu'il lui avait demandé de le rejoindre, ils l'incitèrent aussitôt à y aller. Ils étaient au comble de l'excitation.

— Je ne vois pas comment ce serait possible, objecta-t-elle.

Surmenée et fatiguée, elle sortit de la cuisine pour appeler Thelma.

Celle-ci ne pouvait pas la remplacer le vendredi, car elle donnait un cours à la faculté de médecine, mais elle affirma que son associée pourrait s'en charger. Et, comme prévu, elle assurerait son remplacement durant le week-end.

Maxine passa d'autres coups de fil, vérifia ses rendez-vous du vendredi, et à 20 heures sa décision était prise. Qu'y avait-il au monde de plus important que de sauver une vie ? Elle songea que Blake avait enfin fini par le comprendre, lui aussi. Il lui avait fallu du temps, mais, à quarante-six ans, il y était arrivé.

Elle attendit minuit pour l'appeler. Il était très tôt pour lui. Après plusieurs tentatives sur ses deux téléphones portables, elle réussit enfin à le joindre. Il semblait plus épuisé encore que la veille. Il n'avait pas dormi cette nuit-là non plus. Maxine savait qu'il en allait souvent ainsi dans ce genre de situation. Il n'y avait pas de temps à perdre à dormir ou à manger. Blake était en train d'en faire l'expérience.

Elle alla droit au but.

— Je viens.

À ces mots, il s'effondra et se mit à pleurer. C'étaient des larmes de fatigue, de soulagement et de gratitude.

— Je partirai jeudi soir, continua-t-elle.

— Oh, Max… Je ne sais pas comment te remercier. Tu es extraordinaire. Je t'aime… Merci du fond du cœur.

Elle lui donna alors la liste des informations dont elle aurait besoin sur place. Il devrait faire en sorte qu'elle rencontre des hauts fonctionnaires, qu'elle ait accès aux hôpitaux, et qu'elle puisse examiner autant d'enfants que possible, où qu'ils soient rassemblés. C'était indispensable que son passage soit efficace. Blake promit de s'occuper de tout et la remercia une bonne dizaine de fois avant de raccrocher.

— Je suis fière de toi, maman, dit doucement Daphné quand sa mère raccrocha.

Elle s'était tenue sur le seuil, écoutant ce qu'elle pouvait de la conversation, et des larmes coulaient sur ses joues.

— Merci, ma chérie.

Maxine se leva et la serra contre elle.

— Et moi je suis fière de ton père. Il n'a aucune expérience de ce genre de situation, mais il fait tout ce qu'il peut.

Elles bavardèrent un moment, tandis que Maxine dressait une liste rapide des choses qu'elle devait emporter. Ensuite, elle envoya un e-mail à Thelma pour lui confirmer qu'elle partait et qu'elle aurait besoin d'être remplacée le vendredi.

Maxine se souvint alors qu'elle devait aussi avertir Charles. Ils avaient projeté de passer le week-end à Southampton et de rencontrer le traiteur et le fleuriste. Il pourrait s'y rendre sans elle ou repousser les rendez-vous au week-end suivant. Ce n'était pas grave, puisqu'il restait deux mois avant le mariage. Il était trop tard pour l'appeler maintenant. Elle se coucha et resta longtemps éveillée, songeant à ce qu'elle voulait faire lorsqu'elle serait au Maroc. Soudain, le projet de Blake devenait le sien aussi et elle lui était reconnaissante de le lui faire partager. Lorsque son réveil sonna, elle eut l'impression qu'elle venait tout juste de s'endormir. Une fois son petit déjeuner terminé, elle téléphona à Charles. Il n'était pas encore parti pour son cabinet, et elle devait être au sien dans vingt minutes. Les enfants étaient en vacances et dormaient encore, et Zellie, dans la cuisine, se préparait à leur assaut lorsqu'ils se réveilleraient.

— Bonjour, Max, dit-il gaiement, heureux d'entendre sa voix. Tout va bien ?

Il avait appris qu'un appel de sa part à une heure inhabituelle n'était pas forcément synonyme de bonne nouvelle. Le récent accident de Sam en était la parfaite illustration. La vie était différente quand on avait des enfants.

— Comment va Sam ?

— Il va bien. Je voulais juste t'avertir que je devais m'absenter ce week-end.

Elle avait parlé d'un ton rapide, un peu plus bref qu'elle n'en avait eu l'intention, mais elle ne voulait pas être en retard à son cabinet, et elle savait que lui non plus. Ils étaient l'un et l'autre scrupuleusement ponctuels.

— Il faut annuler les réunions avec le traiteur et le fleuriste à Southampton, à moins que tu ne veuilles y aller sans moi. Sinon, nous pourrons y aller la semaine prochaine. Je m'en vais.

Elle se rendait compte tout en parlant qu'elle sautait du coq à l'âne.

— Quelque chose ne va pas ?

Elle se rendait régulièrement à des colloques, mais rarement le week-end, qu'elle considérait comme sacré pour sa famille.

— Que se passe-t-il ? répéta-t-il, perplexe.

— Je vais au Maroc rejoindre Blake, dit-elle tout à trac.

— Tu *quoi* ? Qu'est-ce que ça veut dire ?

Il était atterré. Maxine se hâta de s'expliquer.

— Pas ce que tu crois. Il était au Maroc quand il y a eu le tremblement de terre. Il essaie d'organiser des secours, surtout pour les enfants. Apparemment, c'est le chaos et il ne sait pas comment s'y prendre. C'est la première fois qu'il se lance dans une mission humanitaire de ce genre. Il veut que j'y aille, que je voie des enfants, que je parle aux différentes instances nationales et internationales présentes sur le terrain, et que je lui donne des conseils.

À l'entendre, on aurait dit qu'il lui avait demandé d'aller chercher une salade au supermarché. Charles était sous le choc.

— Tu fais ça pour *lui* ? Pourquoi ?

— Pas pour lui. C'est la première fois en quarante-six ans qu'il s'intéresse aux autres et se comporte en adulte. Je suis fière de lui. Le moins que je puisse faire est de lui donner des conseils et de lui apporter mon aide.

— C'est ridicule, Max, protesta Charles, furieux. Ils ont la Croix-Rouge. Ils n'ont pas besoin de toi.

Maxine se hérissa.

— Je ne fais pas la même chose ! Je ne dégage pas les victimes des décombres, je ne conduis pas d'ambulance et je ne soigne pas les blessés. Je conseille les autorités sur la manière de permettre aux enfants de s'en sortir après un tel traumatisme. Et il n'y a personne d'autre que moi pour ce travail. Je ne pars que pour trois jours. Il m'envoie son avion.

— Tu vas habiter chez lui ? reprit-il d'un ton soupçonneux.

Il se comportait comme si elle partait en croisière avec Blake. Cela s'était produit par le passé et Blake n'avait jamais eu de geste équivoque. Mais là, il s'agissait uniquement de travail, et elle ne comprenait pas les soupçons de Charles.

— J'imagine que je n'habiterai nulle part, si ça se passe comme toutes les fois où je me suis rendue sur les lieux d'une catastrophe. Je risque fort de dormir dans un camion ou pas du tout. Et, si ça se trouve, je ne verrai même pas Blake.

Il lui semblait absurde que Charles se montre jaloux dans un tel contexte.

— Je ne crois pas que tu devrais partir, s'entêta-t-il, furieux.

— La question n'est pas là, Charles, et je suis désolée que tu sois de cet avis, rétorqua-t-elle froidement. Mais tu n'as pas de souci à te faire, ajouta-t-elle avec douceur, s'efforçant de se montrer compréhensive.

Sa jalousie la touchait. Il ignorait que ce type d'intervention était l'une de ses spécialités et qu'elle n'hésitait pas à partir aux quatre coins du monde pour cela.

— Je t'aime. Sache que j'y vais uniquement pour apporter mon aide. Cela n'a rien à voir avec Blake. C'est une pure coïncidence que ce soit lui qui m'ait demandé de venir. Cela aurait pu être n'importe quelle instance.

— Mais elles ne l'ont pas fait. Lui, si. Et je ne vois pas pourquoi tu y vas. Bon sang, souviens-toi qu'il t'a fallu presque une semaine pour le trouver quand son fils a été blessé !

— Parce qu'il était au Maroc et qu'il venait d'y avoir ce tremblement de terre, répondit-elle, exaspérée.

Charles lui semblait de plus en plus déraisonnable.

— Et toutes les autres fois ? Il est toujours à faire la fête, entouré de jolies femmes. Tu m'as dit toi-même que tu ne sais jamais où il est. C'est un rigolo, Max. Et tu vas traverser la moitié de la planète pour qu'il ait l'air d'un héros parce qu'il porte secours à une poignée de survivants ? Ne me fais pas rire. Qu'il aille se faire voir ! Je ne veux pas que tu y ailles.

— Arrête, je t'en prie, dit Maxine, les dents serrées. Je ne vais pas retrouver mon ex-mari pour coucher avec lui. Je vais apporter mes conseils pour que les milliers d'enfants qui sont blessés, orphelins, ne soient pas traumatisés pour le reste de leur vie si quelqu'un n'intervient pas au plus tôt. C'est la seule chose qui m'intéresse. Pas Blake, mais eux.

Elle s'était montrée on ne peut plus claire, mais il ne la croyait toujours pas. Pas une seconde.

— Je ne me rendais pas compte que j'épousais Mère Teresa, ironisa-t-il encore plus furieux.

Maxine éprouvait un sentiment croissant de déception vis-à-vis de Charles. Cependant elle ne voulait pas se disputer avec lui. C'était absurde. Elle s'était engagée auprès de Blake et elle allait partir, que cela lui plaise ou non. Il n'avait pas le droit de lui donner des ordres et il devait accepter son travail et sa relation avec Blake, telle qu'elle était. Charles était l'homme qu'elle aimait, celui avec qui elle allait vivre, mais Blake était le père de ses enfants.

— Tu épouses une psychiatre spécialisée dans le suicide de l'adolescent et le traumatisme de l'enfant. Ce tremblement de terre au Maroc fait tout à fait partie de mon domaine d'action. La seule raison pour laquelle tu es fâché est qu'il s'agit de Blake. Peux-tu essayer de te conduire en adulte ? Je ne ferais pas toute une histoire si c'était toi qui partais. Pourquoi, de ton côté, ne peux-tu être raisonnable ?

— Parce que je ne comprends pas votre relation et qu'elle me paraît malsaine. Vous n'avez jamais rompu les liens qui vous unissaient, ni l'un ni l'autre, et tu as beau être psychiatre, je ne crois pas que la relation que tu entretiens avec ton ex-mari soit normale.

— Merci pour ton opinion, Charles. J'y réfléchirai une autre fois. Pour l'instant, je suis en retard pour mes rendez-vous et je pars au Maroc dans trois jours. Je me suis engagée et j'ai envie d'y aller. J'aimerais vraiment que tu me fasses confiance et que tu arrêtes de t'imaginer que je vais coucher avec Blake au milieu des décombres.

Elle avait élevé la voix, et lui aussi. Ils se querellaient. Au sujet de Blake. C'était insensé.

— Je me moque de ce que tu fais avec lui, Maxine. Mais je peux te dire une chose, je ne tolérerai pas ce genre de conduite après notre mariage. Si tu veux être présente à chaque tremblement de terre, chaque tsunami ou n'importe quelle catastrophe, je n'y vois pas d'inconvénient. Mais je n'accepterai pas que ce soit avec ton ex-mari. À mon avis, ce n'est qu'un prétexte de sa part pour t'attirer là-bas. Je ne crois pas que ça ait la moindre chose à voir avec les orphelins marocains. Ce type est trop égoïste pour se soucier de quiconque hormis de lui-même, c'est toi-même qui me l'as dit.

— Charles, tu te trompes, répondit calmement Maxine. C'est la première fois que je le vois agir ainsi et je ne peux qu'approuver ce qu'il a entrepris. Et j'ai envie de l'aider, si je le peux. Ce n'est pas *lui* que j'aide. Ce sont les enfants. Essaie de le comprendre, s'il te plaît.

Il ne répondit pas. Ils restèrent silencieux, aussi furieux l'un que l'autre. Maxine était préoccupée qu'il éprouve tant d'hostilité envers Blake. S'il ne changeait pas d'attitude, cela allait rendre les choses difficiles à l'avenir. Elle espérait qu'il finirait par se montrer plus raisonnable. Entre-temps, elle irait au Maroc. Avec un peu de chance, Charles se calmerait. Lorsqu'ils raccrochèrent, rien n'avait été résolu.

Bouleversée, Maxine demeura un instant immobile, les yeux fixés sur l'appareil. Elle sursauta quand une voix s'éleva derrière elle. Toute à sa discussion avec Charles, elle n'avait pas entendu Daphné entrer.

— C'est un imbécile, déclara la jeune fille d'un ton sombre. Je ne peux pas croire que tu vas te marier avec lui, maman. Et il déteste papa.

Bien qu'en désaccord avec sa fille, Maxine comprenait sa réaction.

— Il ne comprend pas la relation que j'ai avec ton père. Il ne parle jamais à son ex-femme. Ils n'ont pas d'enfants.

En le disant, elle se rendit compte que les choses n'étaient pas aussi simples. En un sens, Blake et elle s'aimaient toujours. Leurs sentiments avaient évolué, s'étaient transformés en une sorte d'affection qui lui était précieuse. Elle ne voulait pas d'un affrontement avec Charles à ce sujet. Elle voulait qu'il comprenne, et il ne comprenait pas.

— Tu vas quand même au Maroc, n'est-ce pas ? demanda Daphné avec appréhension alors qu'elles regagnaient la cuisine.

Elle pensait que sa mère devait y aller, pour aider son père et toutes les petites victimes.

— Oui. J'espère seulement que Charles va se calmer.

— On s'en fiche, rétorqua Daphné en versant des céréales dans un bol tandis que Zellie commençait à faire cuire des crêpes.

— Pas moi, répondit Maxine sincèrement. J'aime Charles.

Et elle espérait qu'un jour viendrait où ses enfants l'aimeraient aussi. Il était fréquent que les enfants soient hostiles à un beau-père ou à une belle-mère, surtout à cet âge. Cela n'avait rien d'inhabituel, elle le savait, mais c'était extrêmement pénible à vivre.

Maxine arriva à son cabinet avec une bonne demi-heure de retard, qu'elle ne parvint pas à rattraper de toute la journée, et elle n'eut pas le temps de rappeler Charles. Entre ses patients et les rendez-vous qu'elle devait déplacer pour être libre le vendredi, elle n'eut pas une minute à elle. Quand elle lui téléphona en rentrant, elle fut peinée de constater qu'il était encore fâché. Elle fit de son mieux pour le rassurer et l'invita à dîner à la maison, mais, à sa totale consternation, il lui répondit qu'il la verrait à son retour. Autrement dit, il la punissait de partir.

— J'aimerais beaucoup te voir avant de m'en aller, insista-t-elle doucement.

Charles ne voulut rien entendre. Maxine était navrée de partir en sachant qu'il était encore furieux contre elle, mais il se montra inflexible. Pour se consoler, elle se dit qu'il se conduisait de façon puérile et qu'il reviendrait à la raison en son absence. Elle essaya de le rappeler plus tard, mais il s'était mis sur répondeur. Il fulminait et c'était sa manière de se venger.

Ce soir-là, elle fit un dîner agréable avec les enfants. Le lendemain, après une nouvelle journée infernale au cabinet, elle rappela Charles. Cette fois, il décrocha.

— Je voulais seulement te dire au revoir, dit-elle aussi calmement qu'elle en était capable. Je pars.

— Sois prudente, répondit-il d'un ton bourru.

— Je t'ai envoyé un e-mail avec le numéro du téléphone portable de Blake. Tu peux aussi essayer le mien. Je crois qu'il marchera là-bas.

— Je ne vais pas t'appeler sur son téléphone, riposta Charles d'une voix où la colère perçait de nouveau.

Il lui en voulait encore, et Maxine en fut attristée. Pourquoi ne pouvait-il pas montrer plus de bon sens ?

À présent, elle était excitée par l'imminence du départ et par ce qu'elle allait faire là-bas. C'était toujours dur et éprouvant, en même temps cela lui donnait l'impression d'être utile, de servir à quelque chose. De plus, elle savait qu'elle ferait du bien à Blake aussi, et c'était en partie la raison pour laquelle elle y allait. Elle voulait le soutenir dans la nouvelle orientation qu'il semblait avoir donnée à sa vie. Charles ne pouvait pas comprendre. Daphné avait raison. Il était jaloux de Blake depuis le début, et il le détestait.

— J'essaierai de t'appeler, dit Maxine pour le rassurer. Et j'ai laissé tes coordonnées à Zellie, au cas où il y aurait un problème ici.

— Je vais certainement partir dans le Vermont, répondit Charles. C'est splendide, en juin.

Maxine en éprouva une légère surprise. Elle avait supposé qu'il resterait en ville, puisqu'elle ne serait pas là. Elle imaginait qu'il aurait envie de voir ses enfants même sans elle, étant donné qu'il allait devenir leur beau-père dans deux mois. Mais ce n'était pas le cas. D'ailleurs, ses enfants n'avaient pas davantage envie de le voir. Elle le regrettait. Il y avait encore beaucoup de progrès à accomplir avant que tous soient à l'aise ensemble. Ils avaient besoin d'elle pour faire le lien.

— Sois prudente. Cela peut être dangereux. Et c'est l'Afrique du Nord, pas l'Ohio, l'avertit-il, avant qu'ils ne raccrochent.

— Ne t'inquiète pas, affirma-t-elle en souriant. Je t'aime, Charles. Je serai de retour lundi.

Elle raccrocha, envahie d'un sentiment de tristesse. Il y avait indéniablement un accroc dans leur relation. Elle espérait que ce ne serait rien de plus, mais son refus de la voir avant qu'elle parte lui semblait puéril et mesquin. Et elle ne put s'empêcher de songer que, quel que soit leur âge et même s'ils se prétendaient adultes, tous les hommes étaient des bébés.

17

L'avion de Blake décolla juste après 20 heures. Maxine s'installa confortablement dans un des luxueux sièges. Elle avait l'intention d'utiliser l'une des deux chambres pour passer une bonne nuit de sommeil. Chacune contenait un lit pour deux personnes, avec des draps fins, des oreillers moelleux à souhait, des couettes et des couvertures confortables. Un des deux stewards lui apporta une collation, suivie peu après d'un dîner léger composé de saumon fumé et d'une omelette. Le commandant de bord lui apprit que le vol durerait environ sept heures. Ils arriveraient à 7 h 30 du matin, heure locale. Là, une voiture avec chauffeur l'attendrait pour l'emmener au village où Blake et d'autres secouristes, ainsi que la Croix-Rouge, avaient établi leur camp.

Maxine le remercia, dîna et se coucha vers 21 heures. Elle savait qu'elle avait besoin de bien se reposer avant d'arriver, et le somptueux appareil de Blake le lui permettait. Cuirs et tissus dans les tons gris et beige créaient une atmosphère harmonieuse. Il y avait des plaids en cachemire, des couvertures en mohair, d'épaisses moquettes en laine grise. Dans sa chambre jaune pâle, Maxine sombra dans le sommeil dès que sa tête toucha l'oreiller. Elle dormit comme un loir pendant six heures. Quand elle s'éveilla, elle resta un instant allongée dans le lit, songeant à Charles. Elle était encore navrée qu'il soit si fâché contre elle, mais elle ne regrettait pas sa décision.

Elle se coiffa et se brossa les dents, puis enfila une vieille chemise sous un gros pull. Enfin, elle mit les grosses chaussures qu'elle gardait au fond de son placard pour ce genre de situation. Elle avait choisi des vêtements confortables, car elle ne pourrait sans doute pas se changer au cours des jours suivants, même pour dormir.

Elle sortit de la chambre fraîche et reposée, et le steward lui servit un copieux petit déjeuner composé de brioche, de croissants croustillants, de yaourt et de fruits frais. Après avoir mangé, elle lut un peu, tandis qu'ils amorçaient la descente. Lorsqu'ils atterrirent, elle était prête à passer à l'action, ses cheveux coiffés en une tresse bien nette, un badge de médecin épinglé au revers de sa veste. Elle avait rempli une gourde d'eau minérale, et des gants de travail étaient accrochés à sa ceinture.

En outre, elle portait un petit sac en bandoulière contenant du matériel et des médicaments de base. Sachant qu'elle risquait de se trouver en contact avec des patients atteints de maladies contagieuses, elle avait pris la précaution de se munir de masques. Elle avait aussi des lingettes imprégnées d'alcool. Elle avait essayé de penser à tout avant de partir. Ces situations ressemblaient toujours un peu à une opération militaire. Elle avait bien sûr laissé ses bijoux et sa bague de fiançailles à New York.

Comme promis, une Jeep et un chauffeur l'attendaient à sa descente d'avion. Sans perdre de temps, elle s'installa dans le véhicule, et ils se mirent en route. Son français était rudimentaire, mais elle put converser avec le chauffeur. Ce dernier lui confirma que des milliers de personnes avaient été tuées, et de nombreuses autres blessées. Des cadavres gisaient dans les rues, attendant d'être inhumés, ce qui présentait un risque d'épidémie. Nul besoin d'être médecin pour le comprendre, et son guide en était parfaitement conscient aussi.

De Marrakech, il fallait deux heures pour atteindre la ville d'Asni, dans les monts de l'Atlas, et près d'une heure supplémentaire sur de mauvaises routes pour se rendre à Imlil. Le temps se rafraîchit à mesure qu'ils s'éloignaient de Marrakech, et le paysage devint plus verdoyant. Ils traversèrent des villages de maisons en pisé, croisèrent des chèvres, des moutons, des poulets, des hommes à dos de mule, des femmes et des enfants portant des fagots empilés sur la tête. Certaines des habitations étaient endommagées, témoignant de la violence du tremblement de terre, et la plupart des sentiers reliant les villages étaient impraticables. Des camions à plateau ouvert venus d'autres régions transportaient les gens d'un endroit à l'autre.

À l'approche d'Imlil, Maxine vit partout des habitations écroulées. Des hommes creusaient dans les décombres pour trouver des survivants, parfois à mains nues faute d'outils. Ils déblayaient sans relâche, souvent en pleurant. Maxine sentit les larmes lui monter aux yeux. Il aurait fallu être insensible pour ne pas éprouver de compassion envers ces malheureux qui cherchaient leurs épouses, leurs enfants, leurs frères, sœurs ou parents.

Dans les faubourgs de la ville, des membres de la Croix-Rouge et du Croissant-Rouge marocain secouraient des sinistrés près de maisons détruites. Il semblait n'y avoir presque aucun bâtiment encore debout, et des centaines de personnes marchaient au bord de la route. Des mules et autres animaux erraient en liberté, gênant souvent la circulation. Les derniers kilomètres furent très lents. On voyait des soldats et des pompiers. Toutes sortes de secours avaient été déployés par le gouvernement marocain et envoyés de l'étranger. Des hélicoptères bourdonnaient au-dessus de leur tête. C'était un spectacle familier pour Maxine, qui l'avait vu sur d'autres lieux de catastrophes.

Même en temps normal, la plupart des villages n'avaient ni électricité ni eau courante. Tandis qu'ils avançaient au pas parmi les réfugiés et les animaux, le chauffeur expliqua que les habitants d'Ikkiss, Tacheddirt et Seti Chamharouch étaient descendus des montagnes pour venir demander de l'aide dans la vallée. Située à l'entrée du haut Atlas central, Imlil était dominée par le djebel Toubkal, le point culminant d'Afrique du Nord, haut de plus de quatre mille mètres. Maxine voyait les sommets encore enneigés à l'horizon. Les habitants, Arabes ou Berbères, avaient leurs propres dialectes, et rares étaient ceux qui parlaient le français. Blake avait dit au téléphone à Maxine qu'il avait souvent recours aux services d'un interprète. Hormis les membres de la Croix-Rouge, personne ne connaissait l'anglais. Cependant, à force de voyager, Blake parlait assez couramment le français.

Tout en roulant, le chauffeur lui désigna la casbah du Toubkal, l'ancienne résidence d'été du gouverneur, à vingt minutes de marche d'Imlil. Le seul moyen de s'y rendre était à dos de mule. C'était aussi par cette méthode qu'on acheminait les blessés depuis les villages isolés.

Ils croisaient des hommes en djellabas poussiéreuses, visiblement à bout de forces. Sans doute venaient-ils de loin, ou avaient-ils passé des heures à sortir des victimes des décombres. Même les bâtiments construits en béton n'avaient pas résisté au séisme.

Bientôt, ils aperçurent les tentes que la Croix-Rouge avait dressées pour créer un hôpital de campagne et offrir un abri aux innombrables réfugiés. Des fleurs sauvages poussaient sur le bord de la route, leur beauté offrant un contraste frappant avec la dévastation ambiante.

D'après le chauffeur, les Nations unies avaient dépêché sur place une équipe chargée de conseiller la Croix-Rouge et les nombreuses organisations internationales qui avaient offert leur aide. Maxine avait collaboré plusieurs fois avec les Nations unies. Une de leurs plus grandes inquiétudes était le risque de malaria, de choléra ou de typhoïde. Les corps étaient inhumés rapidement, selon les traditions locales, mais on continuait à retirer tant de cadavres des ruines que le danger planait néanmoins.

C'était impressionnant pour Maxine de constater l'ampleur de la tâche à accomplir, étant donné le peu de temps dont elle disposait. Elle avait exactement deux jours et demi devant elle. Subitement, elle regretta de ne pouvoir rester plusieurs semaines, mais c'était impossible. Elle avait des obligations, des responsabilités, ses enfants, et elle ne voulait pas envenimer ses relations avec Charles davantage qu'elle ne l'avait déjà fait. Mais il était évident que les équipes de secours et les agences internationales seraient sur le terrain pendant des mois. Blake resterait-il aussi longtemps ?

Ils passèrent devant des maisons en pisé totalement détruites, des camions renversés, des villageois qui pleuraient leurs morts. La scène empirait à mesure qu'ils s'approchaient de l'endroit où Blake avait dit qu'il l'attendrait. Il travaillait dans une des tentes de la Croix-Rouge. Comme ils avançaient au pas, Maxine fut soudain assaillie par l'odeur âcre, épouvantable, de la mort. Une odeur qu'elle avait connue lors de catastrophes semblables, et que l'on n'oubliait jamais. Elle sortit un des masques de son sac et le mit. La situation était aussi horrible qu'elle l'avait craint, et elle n'en éprouvait que plus d'admiration pour Blake. Cette expérience devait être traumatisante pour lui.

À présent, la Jeep traversait le centre d'Imlil. Le sol était jonché de gravats, des corps gisaient par terre, certains recouverts de bâches, d'autres pas, et des gens erraient au milieu de tout cela, en état de choc. Des enfants pleuraient, portant d'autres enfants ou des bébés. À côté de deux camions de la Croix-Rouge, des bénévoles distribuaient du thé et de la nourriture. Ils arrivèrent au camp, composé d'une vaste tente médicale sur laquelle figurait une énorme croix rouge, et d'autres plus petites qui formaient une rangée ordonnée. Le chauffeur pointa le doigt vers l'une d'elles et lui emboîta le pas, tandis qu'elle descendait de la voiture et s'en approchait à pied. Des enfants aux cheveux emmêlés et aux visages crasseux levèrent les yeux vers elle. La plupart d'entre eux ne portaient pas de chaussures et certains étaient nus, car ils s'étaient enfuis en pleine nuit. Par chance, il ne faisait pas froid. L'odeur de mort, d'urine et d'excréments était omniprésente. Maxine entra dans la tente, cherchant Blake. Elle ne tarda pas à le trouver. Il était en train de parler à une petite fille. Il avait appris l'essentiel de son français dans les boîtes de nuit de Saint-Tropez, mais il semblait se faire comprendre, et Maxine sourit en le voyant. Lorsqu'elle arriva près de lui, il leva la tête. Il avait les traits tirés. Il termina ce qu'il disait à la petite fille, pointa du doigt un groupe d'autres enfants dont un bénévole de la Croix-Rouge s'occupait un peu plus loin, puis se redressa et étreignit Maxine. Elle entendit à peine ses paroles, noyées par le vacarme des bulldozers tout proches. Blake les avait fait venir d'Allemagne, et les équipes de sauveteurs s'activaient pour retrouver des survivants.

— Merci d'être venue, dit-il avec émotion. C'est tellement affreux. Plus de quatre mille enfants semblent avoir perdu leurs parents, et ce chiffre va certainement augmenter.

Plus de sept mille enfants avaient péri. Deux fois plus que d'adultes. Aucune famille n'avait été épargnée. D'après Blake, c'était encore pire dans le village voisin, où il venait de passer cinq jours. La plupart des survivants avaient été ramenés ici. Les plus âgés et les blessés graves étaient transportés à Marrakech.

— C'est épouvantable, murmura-t-elle avec compassion.

Il hocha la tête et, gardant sa main dans la sienne, lui fit rapidement faire le tour du campement. Il y avait partout des enfants en pleurs, et la plupart des bénévoles portaient un bébé dans les bras.

— Que vont-ils devenir ? demanda Maxine. Quelque chose a-t-il été déjà mis en place ?

Elle savait que les autorités devaient attendre la confirmation du décès ou de la disparition des parents pour pouvoir prendre des mesures. Et, en attendant, la plus grande confusion régnait.

— Le gouvernement, la Croix-Rouge et le Croissant-Rouge marocain y travaillent, mais rien n'est encore officiel, avoua-t-il. Je me concentre sur les enfants, je ne me mêle pas du reste.

Une fois de plus, Maxine fut stupéfaite du changement qui semblait s'être opéré en lui. Elle passa les deux heures suivantes à circuler dans le camp avec lui, parlant français de son mieux avec les gens. Puis elle alla se présenter et offrir ses services au chirurgien en chef comme psychiatre, spécialisée dans les traumatismes liés aux catastrophes. Il lui demanda aussitôt de s'occuper d'une femme enceinte de jumeaux qui les avait perdus tous les deux quand sa maison s'était effondrée sur elle. Son mari avait été tué et enterré sous les décombres. Il avait péri en voulant la sauver, expliqua-t-elle. Elle avait trois autres enfants, mais ils étaient introuvables. Il y avait des dizaines de cas semblables. Une très belle jeune fille avait dû être amputée des deux bras. Elle pleurait à fendre l'âme, réclamant sa mère. Maxine resta auprès d'elle, essayant de la réconforter pendant que Blake se détournait pour cacher son émotion.

Le crépuscule approchait quand Blake et elle firent une pause et se rendirent au camion de la Croix-Rouge pour boire une tasse de thé à la menthe. À ce moment-là, l'appel à la prière s'éleva d'une mosquée, résonnant dans le village comme une lamentation poignante.

Maxine avait promis de retourner à la tente médicale plus tard dans la soirée, afin d'aider à la mise en place d'un plan pour les victimes traumatisées, autrement dit tout le monde, y compris les sauveteurs, qui avaient été témoins de scènes affreuses. Il y avait un besoin criant de premiers soins et on ne pouvait pas faire grand-chose sinon parler aux gens un par un. Blake et elle ne s'étaient pas assis depuis des heures. Ce fut seulement pendant qu'ils buvaient leur thé que Maxine songea soudain à Arabella. Elle demanda à Blake si elle allait bien, et s'ils étaient toujours ensemble. Il acquiesça en souriant.

— Elle avait du travail, c'est pourquoi elle n'a pas pu m'accompagner. Ça vaut mieux, d'ailleurs. Elle est plutôt délicate et elle s'évanouit à la vue de la moindre goutte de sang. Ce ne serait pas un endroit pour elle. Elle m'attend à Londres.

D'habitude, les femmes se succédaient assez vite dans sa vie. Or, après sept mois, Arabella était toujours là. Maxine n'en revenait pas.

— C'est du sérieux ? demanda-t-elle avec un grand sourire en terminant son thé.

— Peut-être, admit-il, l'air penaud. Mais, même si ça l'est, je ne suis pas aussi courageux que toi, Max. Je n'ai pas l'intention de me marier.

Pour lui, le mariage était un acte de grande bravoure et il admirait Maxime de vouloir recommencer.

— À propos, je voulais te dire… Je tiens à vous offrir le dîner qui suivra la répétition de la cérémonie, la veille de votre mariage. Il me semble que je te dois bien ça.

— Tu ne me dois rien du tout, affirma-t-elle doucement.

Le masque chirurgical de Maxine pendait autour de son cou. L'odeur était atroce, mais elle ne pouvait pas le garder pour boire son thé. Elle avait donné un masque et des gants chirurgicaux à Blake. Elle ne voulait pas qu'il tombe malade, ce qui pouvait facilement arriver ici. Tout au long de la journée, les soldats avaient enterré des victimes au milieu des lamentations de leurs familles. C'était un son étrange, torturant, en partie étouffé par le grondement des bulldozers.

— Ça me ferait plaisir, reprit-il. Les enfants se sont habitués ?

— Non, répondit-elle honnêtement. Mais ça viendra. Charles est quelqu'un de bien. C'est juste qu'il est un peu mal à l'aise avec eux.

Sur quoi, elle lui raconta la première fois que Charles était venu, et Blake éclata de rire.

— J'aurais pris mes jambes à mon cou, avoua-t-il. Et ce sont mes enfants…

— Je suis surprise qu'il n'en ait rien fait, observa Maxine avec un sourire.

Elle ne lui parla pas de la colère de Charles lorsqu'il avait appris qu'elle partait pour le Maroc. Blake n'avait pas besoin de le savoir et il aurait pu être blessé ou en conclure, comme Daphné, que Charles était un imbécile. Maxine éprouvait le besoin de les protéger l'un et l'autre. À ses yeux, ils avaient chacun des qualités.

De retour à la tente médicale, elle s'efforça d'élaborer un plan d'action avec le personnel soignant, et elle expliqua à des ambulanciers comment reconnaître les signes de traumatisme. C'était un peu comme d'essayer de creuser un tunnel à la petite cuiller. Rudimentaire et pas très efficace.

Elle resta debout une grande partie de la nuit avec Blake, et ils finirent par s'endormir tous les deux dans la Jeep qui l'avait amenée, pelotonnés l'un contre l'autre comme des chiots. Elle n'osait pas imaginer la réaction de Charles s'il l'avait appris.

Ils passèrent presque tout le samedi avec les enfants. Elle parla au plus grand nombre possible, se contentant parfois de les serrer contre elle, surtout les plus jeunes. Beaucoup commençaient à être malades, et elle savait que certains allaient mourir. Elle demanda à des bénévoles d'en emmener une bonne douzaine à la tente médicale. La nuit était tombée quand Blake et elle s'arrêtèrent.

— Que puis-je faire ? demanda Blake, l'impuissance perçant dans sa voix.

Bien que plus habituée que lui à ces situations dramatiques, Maxine était bouleversée. Les besoins étaient immenses et il y avait peu de moyens pour y répondre.

— Franchement ? Pas grand-chose. Tu fais déjà tout ce que tu peux.

Elle savait qu'il finançait une grande partie des recherches, mais maintenant on ne trouvait plus de survivants, seulement des corps.

— Je veux ramener quelques-uns de ces enfants chez moi, dit-il doucement.

C'était une réaction normale, mais Maxine savait qu'en de tels cas adopter des orphelins n'était pas aussi simple que Blake le croyait.

— Nous avons tous envie de faire ça, soupira-t-elle à voix basse. Mais tu ne peux pas tous les ramener.

Les autorités allaient créer des orphelinats temporaires. Peut-être certains se retrouveraient-ils dans des agences internationales d'adoption, mais très peu. La plupart des enfants restaient dans leur pays, conservant leur culture et leur religion.

— Le plus dur dans ce genre de travail est de partir. À un moment donné, lorsque tu auras fait tout ce qui est en ton pouvoir, il faudra que tu t'en ailles et eux resteront.

Cela semblait cruel, mais elle savait qu'il en allait presque toujours ainsi.

— Justement, répondit-il avec tristesse. Je ne peux pas leur faire ça. J'ai l'impression d'avoir une dette envers eux. On ne peut pas prendre indéfiniment sans rien donner en retour.

C'était une véritable prise de conscience pour lui. Il lui avait fallu quarante-six ans pour y arriver.

— Tu risques de te retrouver dans d'interminables tracasseries administratives. Pourquoi ne pas les aider sur place, au lieu d'essayer de les ramener chez toi ?

Il la regarda d'un air étrange, puis une idée germa dans son esprit.

— Et si je transformais mon palais de Marrakech en orphelinat ? Je n'ai pas besoin d'une propriété de plus. Avec quelques travaux, il y aurait de la place pour une centaine d'enfants, qui pourraient y être nourris et éduqués. Je ne sais pas pourquoi je n'y ai pas pensé plus tôt !

Il souriait jusqu'aux oreilles, et Maxine avait les larmes aux yeux.

— Tu parles sérieusement ? demanda-t-elle, stupéfaite.

Il n'avait jamais rien fait de semblable. C'était un geste totalement désintéressé, merveilleux. Et parfaitement réalisable. Il allait transformer le palais, recruter du personnel et financer le projet. Des centaines d'enfants pourraient en bénéficier. C'était beaucoup plus sensé que d'essayer d'en adopter quelques-uns.

— Oui, très sérieusement, répondit-il, ses yeux plongeant dans les siens.

Maxine éprouva un choc. Blake était enfin devenu un adulte.

— C'est une idée fantastique, affirma-t-elle avec admiration.

Il paraissait déjà tout excité et une lueur brillait dans son regard qu'elle n'y avait jamais vue auparavant. Elle se sentit fière de lui.

— Tu m'aideras à les faire soigner pour leurs traumatismes ? Je veux leur offrir toute l'aide possible, que ce soit sur le plan psychiatrique, médical ou éducatif.

— Bien sûr, assura-t-elle.

Elle était si émue qu'elle avait du mal à trouver les mots justes pour lui exprimer ce qu'elle ressentait.

Ils dormirent de nouveau dans la Jeep, et le lendemain, elle refit le tour du campement avec lui. Les enfants qu'elle vit avaient de tels besoins que l'idée de Blake en paraissait d'autant plus admirable. Il y aurait énormément à faire au cours des mois à venir. Blake avait déjà contacté son architecte et était en train de se mettre en rapport avec les agences gouvernementales afin de lancer son projet.

Maxine passa ses derniers instants au camp, sous la tente médicale. Elle avait l'impression de ne pas avoir accompli grand-chose durant son séjour, mais il en allait souvent ainsi dans de pareils cas. À la fin de la journée, Blake la raccompagna à la Jeep. Il paraissait épuisé. Il avait une foule de choses en tête.

— Quand repars-tu ? s'enquit-elle, inquiète pour lui.

— Je ne sais pas. Quand on n'aura plus besoin de moi. Dans quelques semaines, un mois. J'ai des tas de choses à mettre en place.

Ils allaient avoir besoin d'aide pendant un certain temps, mais ensuite il rentrerait à Londres, où Arabella l'attendait. Il était si occupé qu'il avait à peine eu le temps de l'appeler, mais elle ne lui en voulait pas. Au contraire, elle lui vouait une admiration sans bornes pour tout ce qu'il faisait.

— N'oublie pas que tu as le yacht pour deux semaines en juillet, rappela Blake à Maxine.

Ils se sentaient l'un et l'autre gênés d'en parler ici. Penser à des vacances à bord d'un voilier de luxe semblait totalement déplacé. Elle le remercia de nouveau. Charles serait avec eux cette fois, même si c'était avec réticence. Mais Maxine avait insisté sur le fait que leur croisière annuelle était une tradition et que les enfants seraient peinés s'ils y renonçaient. Elle lui avait expliqué qu'elle ne voulait pas leur imposer trop de changements pour l'instant. Il était trop tôt, et d'ailleurs, il n'y avait pas assez de place pour eux dans sa maison du

Vermont. Et puis, Charles faisait partie de la famille, à présent.

— Et n'oublie pas le dîner d'après répétition, ajouta Blake. Je dirai à ma secrétaire d'appeler la tienne. Je veux organiser une soirée fabuleuse pour Charles et toi.

Elle était touchée qu'il pense à son mariage, surtout à un moment pareil. Et elle avait hâte de rencontrer la fameuse Arabella, qui était certainement beaucoup plus gentille que Daphné ne voulait l'admettre.

Au moment de partir, elle étreignit Blake avec émotion et le remercia de lui avoir demandé de venir. Elle ne le regrettait pas.

— Tu plaisantes ? C'est moi qui dois te remercier d'avoir fait tout ce chemin pour venir m'aider pendant trois jours.

— Tu fais un travail incroyable, Blake. Je suis très fière de toi, et les enfants vont l'être aussi. J'ai hâte de tout leur raconter.

— Ne leur dis rien pour le moment. Je veux tout régler d'abord, et j'ai beaucoup de travail avant qu'on en arrive là.

Coordonner la construction de l'orphelinat et trouver le personnel compétent pour le diriger allaient être des tâches ardues, immenses même.

— Sois prudent, murmura-t-elle. Ne tombe pas malade. Fais attention.

— Promis. Je t'adore, Max. Ménage-toi, et embrasse les enfants pour moi.

— Promis. Moi aussi, je t'adore.

Ils s'étreignirent pour la dernière fois, et il lui fit de grands signes d'adieu tandis que la Jeep s'éloignait.

Il faisait nuit lorsqu'elle monta enfin dans l'avion. L'équipage l'attendait, et un repas délicat avait été préparé à son intention. Après les scènes insoutenables qu'elle avait vues, elle ne put toucher à rien. Elle demeura longtemps immobile, à fixer la nuit. Une lune brillante était perchée sur le bout de l'aile, dans le ciel constellé d'étoiles. L'expérience de ces trois derniers jours lui semblait irréelle. Elle y pensa longuement, ainsi qu'à Blake et à ce qu'il avait entrepris, tandis qu'ils volaient vers New York. Enfin, elle s'endormit sur son siège, et ne s'éveilla que lorsqu'ils atterrirent à Newark, à 5 heures du matin. Les quelques jours qu'elle avait passés au Maroc semblaient n'avoir été qu'un rêve.

18

Maxine arriva chez elle à 7 heures. Les enfants dormaient et Zelda était encore dans sa chambre. Elle prit une douche et s'habilla pour aller au cabinet. Ayant dormi dans l'avion, elle se sentait reposée, bien qu'elle ait encore la tête pleine des images éprouvantes qu'elle avait vues. C'était une splendide matinée de juin. Elle se rendit à son bureau à pied et arriva juste après 8 heures. Comme elle disposait d'une heure avant son premier rendez-vous, elle téléphona à Charles pour lui dire qu'elle était bien rentrée. Il répondit dès la seconde sonnerie.

— Bonjour, c'est moi, lança-t-elle doucement, espérant qu'il s'était calmé.

— Et qui cela serait-il donc ? répondit-il d'une voix bourrue.

Elle l'avait appelé trois fois du Maroc sans parvenir à le joindre et lui avait laissé des messages sur son répondeur. Au fond, ce n'était pas plus mal. Elle ne tenait pas à avoir une scène à distance.

— La future Mme West, dit-elle en plaisantant. Tout au moins, je l'espère.

— Comment était-ce ?

— Triste, affreux, bouleversant. Comme toujours. Les enfants souffrent beaucoup, et les adultes aussi.

Elle jugea préférable de ne pas lui dire tout de suite que Blake avait décidé de fonder un orphelinat. Elle se contenta de lui parler des dégâts en termes plus généraux.

— Comme d'habitude, la Croix-Rouge fait un travail fantastique.

Elle n'ajouta pas que Blake aussi, car elle ne voulait pas irriter Charles inutilement.

— Tu es épuisée, j'imagine, remarqua-t-il avec sollicitude.

C'était inévitable. Elle avait parcouru la moitié du monde en trois jours et il était bien conscient que les conditions de vie étaient épouvantables là-bas et que ce qu'elle avait vu avait été éprouvant. Il avait beau être fâché, il était malgré tout fier d'elle.

— Pas trop. J'ai dormi durant le vol de retour.

Il se souvint alors avec irritation qu'elle avait voyagé dans l'avion privé de Blake.

— Aimerais-tu que nous dînions ensemble ce soir, ou souffres-tu trop du décalage horaire ?

— Cela me ferait très plaisir, se hâta-t-elle de dire.

C'était de toute évidence une manière de faire la paix, et elle avait envie de le voir.

— Dans notre vieux repaire ?

Il parlait de la Grenouille, bien sûr.

— Si nous allions au Café Boulud ? C'est moins formel et plus près de chez moi.

Elle savait qu'elle serait sans doute fatiguée ce soir-là, après une journée de travail. Et puis, elle voulait profiter un peu de ses enfants.

— Je passerai te chercher à 20 heures. Tu m'as manqué, Max, ajouta-t-il. Je suis content que tu sois rentrée. Je m'inquiétais pour toi.

Il avait pensé à elle pendant tout son week-end dans le Vermont.

— Je vais bien.

Il poussa un soupir.

— Et Blake ?

— Il fait tout ce qu'il peut, mais ce n'est pas facile. Ça ne l'est jamais dans de telles situations. Je suis contente d'y être allée.

— Nous parlerons de tout cela ce soir, coupa-t-il d'un ton brusque.

Ils mirent rapidement fin à leur conversation, puis Maxine jeta un coup d'œil aux messages qui l'attendaient. Apparemment, il ne s'était rien passé de grave durant le week-end. Thelma lui avait envoyé un bref rapport par fax. Aucun des patients de Maxine n'avait eu de problème particulier et aucun n'avait dû être admis à l'hôpital. Elle en fut soulagée. Elle s'était fait du souci à ce sujet aussi.

Le reste de la journée se déroula sans heurt, et elle put rentrer à 18 heures, afin de voir les enfants avant d'aller dîner. Zelda était sortie. Quand elle revint, elle portait un tailleur et des talons hauts, chose rare chez elle.

— Où es-tu allée ? s'enquit Maxine avec un sourire. Un rendez-vous galant ?

Cela n'était pas arrivé à Zelda depuis des années.

— Il fallait que j'aille consulter un avocat pour quelque chose. Rien de grave.

— Tout va bien ? demanda Maxine, aussitôt inquiète.

Zelda lui affirma que oui.

Rassurée, Maxine décrivit alors aux enfants le travail que leur père accomplissait au Maroc, sans toutefois leur parler de la fondation de l'orphelinat. Elle avait promis à Blake de lui laisser le soin de le leur annoncer, et elle tint parole.

Elle parvint à se changer à temps pour l'arrivée de Charles, juste avant 20 heures. Il salua les enfants, qui marmonnèrent un bonsoir et s'empressèrent de disparaître dans leurs chambres. Ils étaient beaucoup moins amicaux, à présent qu'il allait bientôt devenir leur beau-père. Il était devenu leur ennemi. Maxine choisit de faire comme si de rien n'était.

Charles et elle se rendirent à pied au restaurant. La nuit était chaude et agréable, et elle portait une robe bleue en lin et des sandales argentées, bien différentes de la tenue quasi militaire et des grosses chaussures qu'elle arborait vingt-quatre heures plus tôt avec Blake. Ce dernier lui avait téléphoné dans l'après-midi pour la remercier à nouveau. Il lui avait annoncé qu'il avait déjà établi quelques contacts pour faire avancer son projet. Il s'y lançait avec la détermination, l'énergie et la concentration qui lui avaient valu son succès dans les affaires.

Ils étaient au beau milieu de leur repas quand Maxine fit part à Charles du dîner que Blake voulait leur offrir, la veille de leur mariage. Charles se figea et la fixa, la fourchette en l'air.

— Qu'est-ce que tu viens de dire ?

Il commençait juste à se détendre et à se montrer plus gentil avec elle.

— Qu'il voulait nous offrir le dîner d'après-répétition, avant notre mariage.

— J'imagine que mes parents s'en seraient chargés, s'ils étaient encore en vie, déclara Charles avec regret en posant sa fourchette et en se redressant sur sa chaise. Tu veux que je m'en occupe ?

Il semblait quelque peu désarçonné.

— Non, répondit Maxine en souriant. Je pense que, pour un deuxième mariage, n'importe qui peut l'offrir.

De toute façon, Blake est comme un membre de la famille. Les enfants seront ravis qu'il s'en charge.

— Eh bien, pas moi, riposta Charles en repoussant son assiette. Est-ce qu'on se débarrassera de ce type un jour, ou est-ce qu'il sera toujours dans nos jambes ? Tu m'as dit que vous aviez de bonnes relations, mais là, ça dépasse les bornes. J'ai l'impression que je l'épouse en même temps que toi.

— Eh bien, tu te trompes. Mais c'est le père des enfants. Crois-moi, Charles, il vaut mieux que Blake et moi nous entendions bien.

— Pour qui ?

— Pour les enfants, bien sûr.

Et pour elle aussi. Elle aurait détesté avoir un ex-mari à qui elle n'adresserait pas la parole, ou avec qui elle se chamaillerait constamment à propos des enfants.

Charles la foudroyait du regard. Jamais elle n'avait rencontré quelqu'un d'aussi jaloux. Elle ne put s'empêcher de se demander si c'était à cause de la réussite de Blake et de sa réputation, ou si c'était parce qu'elle avait été sa femme. C'était difficile à dire.

— Et je suppose que, si je dis non à ce dîner, tes enfants vont penser que je suis un idiot.

La réponse était oui, mais elle n'osa pas le lui dire.

— En fait, je suis le grand perdant, dans cette histoire.

— Ce n'est pas vrai. Si tu le laisses faire, les enfants vont s'amuser comme des fous à l'organiser avec lui. Il est très doué pour ce genre de chose.

Plus elle parlait, plus Charles semblait furieux. Il n'était jamais venu à l'esprit de Maxine qu'il serait si fâché. Blake faisait partie de sa famille, et elle avait espéré que Charles comprendrait.

— Peut-être que je devrais inviter mon ex, moi aussi.

— Je n'y vois pas d'inconvénient, affirma doucement Maxine, tandis que Charles faisait signe au serveur d'apporter l'addition.

Il n'était pas d'humeur à prendre un dessert, et Maxine n'y tenait pas. Elle commençait à souffrir du décalage horaire et elle ne voulait pas se disputer avec Charles au sujet de Blake, ou de quoi que ce soit.

Il la raccompagna chez elle en silence, et la laissa en bas en lui disant qu'il la verrait le lendemain. Il héla alors un taxi et partit sans lui dire un mot de plus. Leurs relations étaient tendues, c'était évident, et elle espérait que les préparatifs du mariage n'allaient pas aggraver la situation. Ils devaient rencontrer le traiteur de Southampton ce week-end. Charles trouvait le coût de la tente et du gâteau trop élevé, ce qui était agaçant puisque c'était elle qui les payait. À vrai dire, Charles était un peu pingre pour ce genre de dépenses. Mais Maxine voulait que tout soit parfait pour son mariage.

Dans l'ascenseur, elle envisagea de demander à Blake de renoncer à organiser le dîner, mais elle savait qu'il serait déçu. Et les enfants aussi, s'ils l'apprenaient. Il fallait espérer que Charles s'habituerait à l'idée et finirait par accepter Blake. Et si quelqu'un pouvait y parvenir, c'était Blake lui-même. Il était à l'aise avec tout le monde, et personne ne résistait jamais à son charme et à son sens de l'humour. Si c'était le cas de Charles, ce serait une grande première.

Bien qu'ils se soient séparés fâchés, le lendemain Maxine téléphona à Charles et l'invita à venir afin de finaliser la liste des invités et de régler les derniers détails du mariage. Ils devaient rencontrer le traiteur le samedi. Charles arriva après le repas, visiblement réticent et de mauvaise humeur. Il était toujours furieux à propos du dîner et il n'avait pas encore complètement digéré le voyage de Maxine au Maroc. À ses yeux, Blake Williams était un peu trop présent dans la vie de sa future femme, et jusque dans son mariage.

Maxine et les enfants achevaient leur dessert. Zelda avait préparé une tarte aux pommes accompagnée de glace à la vanille. Il en accepta une part et la trouva très bonne.

Comme ils s'apprêtaient à sortir de table, Zelda s'éclaircit la gorge. Elle avait visiblement quelque chose à leur dire, sans que personne n'ait la moindre idée de ce dont il s'agissait.

— Je... euh... Je suis désolée de vous l'annoncer maintenant. Je sais que le mariage approche et...

Elle lança un regard d'excuse à Maxine, qui à son grand désespoir fut aussitôt persuadée que Zelda allait donner sa démission. Avec le mariage en août et l'emménagement de Charles chez elle, elle souhaitait autant de stabilité et de continuité que possible dans la vie des enfants. Ce n'était vraiment pas le moment d'apporter un nouveau changement et que quelqu'un d'important disparaisse de leur vie. Zelda faisait partie de la famille à présent. Maxine se reposait sur elle depuis des années. Elle la regarda, gagnée par la panique. Les enfants la dévisageaient, intrigués. Charles terminait sa tarte, l'air perplexe. Ce que Zelda avait à dire ne le concernait pas. Maxine employait qui bon lui semblait. Ce n'était pas son problème. Zelda lui paraissait compétente, et c'était une bonne cuisinière. Mais à ses yeux, elle pouvait tout à fait être remplacée, comme tout le monde.

Zelda triturait un torchon de vaisselle.

— Je... J'ai beaucoup réfléchi... Vous grandissez, dit-elle en regardant les enfants, tu vas te marier, continua-t-elle en se tournant vers Maxine, et j'éprouve moi aussi le besoin d'avoir quelque chose de plus dans ma vie.

Elle eut un petit sourire.

— Je ne suis plus toute jeune et je suppose que le prince charmant a perdu mon adresse... Alors j'ai décidé... Je veux un bébé... Si vous n'êtes pas d'accord, je comprendrai, et je m'en irai. Mais ma décision est prise.

Pendant un long moment, ils restèrent à la fixer, stupéfaits. L'espace d'un instant, Maxine se demanda si elle était allée à une banque du sperme et si elle était enceinte. Cela en avait tout l'air.

— Tu es enceinte ? demanda-t-elle d'une voix étranglée.

Charles et les enfants demeurèrent muets.

— Non. Malheureusement, répondit Zelda avec un sourire de regret. Ce serait fantastique, c'est vrai. Mais, comme je te l'ai dit la dernière fois que nous avons parlé, Max, j'ai toujours aimé les enfants des autres. Alors, pourquoi m'imposer des nausées matinales ? Et grossir ? Je préfère adopter un enfant. De cette façon, je peux continuer à travailler et je vais en avoir besoin. Les enfants coûtent cher.

Elle sourit.

— Je suis allée consulter un avocat dans ce but. Je l'ai vu quatre fois, ainsi qu'une assistante sociale. J'ai passé une visite médicale et ma candidature a été retenue.

Et pendant tout ce temps, elle n'avait rien dit à Maxine.

— Et quand cela se passera-t-il ? demanda Maxine, retenant son souffle.

Elle ne se voyait pas avoir un bébé à la maison dans l'immédiat. Surtout avec la venue prochaine de Charles. La pilule était dure à avaler.

— Ça peut prendre jusqu'à deux ans, répondit Zelda tandis que Maxine recommençait à respirer. Si je veux un bébé idéal.

— Pardon ?

Maxine la regarda, perplexe. Elle était la seule à poser des questions. Les autres étaient toujours sous le choc.

— Un bébé aux yeux bleus, en parfaite santé, avec des parents ayant fait des études, et qui ne soient ni alcooliques, ni drogués. Je risque d'attendre très longtemps. En général, ces femmes-là ne tombent pas enceintes par accident, et si c'est le cas, elles se font avorter ou gardent le bébé. De plus, ces bébés-là sont adoptés par des gens comme vous, pas par une employée célibataire.

Elle jeta un coup d'œil à Maxine et à Charles. Maxine vit Charles frissonner et secouer la tête.

— Non, merci, dit-il en souriant. Avoir un bébé n'est pas pour moi. Ni pour nous.

Il sourit à Maxine. Il se moquait complètement que Zelda envisage d'adopter un bébé dans deux ans, qu'il s'agisse d'un bébé idéal ou d'un autre. Ce n'était pas son problème. Il était soulagé.

— Alors, tu auras un bébé dans deux ans, Zellie ? demanda Maxine avec espoir.

D'ici là, Sam aurait huit ans, Jack et Daphné quatorze et quinze ans. Elle avait le temps de voir venir.

— Non. En fait, je sais que je n'ai pas la moindre chance d'avoir un bébé pareil. C'cst pour cela que je me suis aussi renseignée pour un bébé que j'irais chercher à l'étranger. Mais il y a beaucoup d'inconnues, et c'est trop cher pour moi. Je ne peux pas aller passer trois mois en Russie ou en Chine, pour qu'on me donne un enfant déjà grand, et qui aura peut-être des tas de problèmes que je ne découvrirai que plus tard. J'ai appris qu'on ne vous laisse même pas choisir votre bébé, on le fait pour vous. Je veux un bébé, un nouveau-né si possible, à qui personne n'a encore fait de mal.

— Sauf dans l'utérus, l'avertit Maxine. Sois très prudente, Zellie. Assure-toi que la mère n'était ni droguée ni alcoolique pendant la grossesse.

Zelda détourna un instant les yeux.

— C'est un peu là que je voulais en venir, dit-elle en les regardant de nouveau. Ma meilleure chance est justement un bébé dont la mère aura eu des problèmes.

Une telle perspective ne semblait pas l'effrayer, contrairement à Maxine.

— Je pense que c'est une grosse erreur, dit celle-ci fermement. Tu n'as pas la moindre idée de ce qui pourrait t'attendre dans ce cas. Viens dans mon cabinet et tu comprendras. Beaucoup des enfants que je soigne sont des enfants de parents drogués. Les effets peuvent se faire sentir à très long terme.

— Je suis prête à prendre le risque, affirma Zelda en soutenant son regard. À vrai dire…

Elle prit une profonde inspiration.

— … c'est déjà fait.

Maxine fronça les sourcils.

— Que veux-tu dire ?

Maintenant, Charles écoutait avec attention, et les enfants aussi. On aurait pu entendre une mouche voler dans la cuisine.

— Un bébé est sur le point de naître, sa mère a quinze ans et elle a vécu dans la rue pendant une partie de sa grossesse. Elle a pris de la drogue, mais elle a arrêté. Le père est en prison pour trafic de drogue et vol de voiture. Il a dix-neuf ans et ne s'intéresse ni à la fille ni au bébé. Il a renoncé à ses droits sur l'enfant. Les parents de la fille ne veulent pas qu'elle garde l'enfant, ils n'ont pas d'argent. Elle est très mignonne. Je l'ai rencontrée hier.

Maxine revit brusquement le tailleur et les talons hauts de la veille. Tout s'expliquait.

— Elle est prête à me donner son enfant. Tout ce qu'elle me demande, c'est que je lui envoie des photos une fois par an. Elle ne veut pas le voir, et elle ne me harcèlera pas. Trois couples ont déjà refusé ce bébé. Si je le veux, il est à moi. C'est un garçon.

Les larmes coulaient sur ses joues, et elle avait un tel sourire sur les lèvres que Maxine en eut le cœur brisé.

Elle aurait été incapable de vouloir un bébé au point d'accepter de prendre tant de risques. Elle se leva, entoura Zellie de ses bras et la serra contre elle.

— Oh, Zellie... C'est très beau que tu sois prête à faire ça, mais tu ne peux pas adopter un bébé avec des antécédants aussi lourds. Tu n'as pas idée de ce qui t'attend. Tu ne peux pas.

— Si, et je vais le faire, riposta Zelda d'un ton obstiné qui ne laissait aucun doute sur ses intentions.

— Quand ? demanda Charles.

Il avait saisi ce qui se préparait, et cela lui paraissait une catastrophe.

Zellie prit une profonde inspiration.

— L'accouchement est prévu pour ce week-end.

— Tu plaisantes ?

La voix de Maxine s'était faite aiguë, et les enfants semblaient sidérés.

— Tu veux dire dans quelques jours ? Mais que vas-tu faire ?

— Je vais l'aimer jusqu'à la fin de mes jours. J'ai déjà son prénom. Il s'appellera James. Jimmy.

C'en était trop pour Maxine. Elle eut l'impression qu'elle allait se trouver mal. Ce n'était pas possible. Ça ne pouvait pas leur arriver.

— Je ne m'attends pas à ce que vous soyez d'accord. Et je regrette que tout soit si précipité. Je pensais qu'il me faudrait attendre un an ou peut-être deux. Mais on m'a téléphoné hier. J'ai vu la mère et j'ai dit oui aujourd'hui. Alors, il fallait que je vous en parle maintenant.

— On vous a proposé ce bébé parce que personne n'en veut, intervint froidement Charles. C'est une décision idiote.

— Je crois que c'est le destin, répondit tristement Zellie.

Maxine eut une soudaine envie de pleurer. Cela lui semblait une terrible erreur, mais de quel droit pouvait-elle décider de la vie des autres ? Elle n'aurait pas fait une chose pareille, mais elle avait trois enfants. Comment savoir ce qu'elle aurait fait à la place de Zellie ? C'était un geste d'amour, même s'il était un peu fou et terriblement dangereux. Elle était courageuse.

— Si vous voulez que je parte, je m'en irai, reprit Zelda. Je ne peux pas vous forcer à accepter un bébé ici. Je prendrai mes dispositions et je vous quitterai dans les prochains jours. Il faudra que je trouve un logement très vite, étant donné que le bébé doit naître ce week-end.

— Oh, mon Dieu.

Charles se leva, regardant Maxine d'un air éloquent.

— Zellie, dit Maxine calmement, nous trouverons une solution.

Aussitôt, les enfants poussèrent des cris de joie et se jetèrent au cou de Zellie.

— On va avoir un bébé ! cria Sam, ravi. Un garçon !

Il entoura de ses bras la taille de Zelda, qui se mit à pleurer.

— Merci, murmura-t-elle à Maxine.

— On verra comment ça se passe, dit Maxine faiblement.

Elle avait eu la réponse de ses enfants, mais il restait à savoir comment Charles allait réagir.

— Essayons et nous verrons comment ça se passe. Sinon, nous en discuterons. Un bébé ne peut pas faire tant de dégâts, après tout !

Zelda étreignit avec force Maxine.

— Merci, merci, dit-elle à travers ses larmes. J'ai toujours rêvé d'avoir un enfant. Un bébé à moi.

— Tu es vraiment sûre ? insista Maxine. Tu pourrais attendre pour avoir un bébé qui soit moins à risques.

— Je ne veux pas attendre, répliqua Zelda d'un ton résolu. C'est lui que je veux.

Elle avait pris sa décision et Maxine comprit que rien ne pourrait la faire changer d'avis.

— Il faut que j'aille acheter un berceau et des affaires demain.

Maxine s'était débarrassée de celui de Sam des années plus tôt, sans quoi elle le lui aurait volontiers offert. C'était incroyable de penser qu'un bébé allait arriver dans quelques jours, songea-t-elle, remarquant tout à coup que Charles avait disparu. Elle le trouva dans le salon, vert de rage. Il la fusilla du regard.

— Tu as perdu la tête ? aboya-t-il. Tu es folle ou quoi ? Tu vas prendre un bébé avec de tels antécédents, ici ? Aucune personne sensée ne voudrait d'un bébé pareil, mais la pauvre femme veut tellement un enfant qu'elle accepterait n'importe quoi. Et maintenant, il va vivre avec toi... et avec *moi* ! Comment as-tu osé prendre une décision pareille sans me consulter ?

Il tremblait de colère et Maxine ne pouvait lui en vouloir. Elle n'était pas ravie non plus, mais ils aimaient tous Zellie. Charles, lui, la connaissait à peine. Il n'avait pas la moindre idée de l'importance qu'elle avait pour eux.

— Je suis désolée de ne pas l'avoir fait, Charles. Je te jure que ça m'a échappé. J'étais tellement émue et j'avais tellement pitié d'elle... Je ne pouvais pas lui demander de partir après douze ans passés avec nous, et les enfants auraient été anéantis. Moi aussi d'ailleurs.

— Dans ce cas, elle aurait dû t'informer de ce qu'elle mijotait. C'est aberrant ! Tu devrais la renvoyer, lança-t-il d'un ton froid.

— Nous l'aimons, répliqua Maxine doucement. Les enfants ont grandi avec elle. Et elle les aime aussi. Si ça ne marche pas, nous lui demanderons de partir. Mais avec tous ces changements pour les enfants, notre mariage, le fait qu'ils doivent s'habituer à toi, Charles, je ne veux pas qu'elle s'en aille.

Il y avait des larmes dans les yeux de Maxine. Ceux de Charles étaient durs et froids.

— Et que suis-je censé faire à présent ? Vivre avec un bébé accro à la cocaïne ? Changer des couches ? Ce n'est pas juste.

Ça ne l'était pas davantage pour elle. Mais elle devait faire contre mauvaise fortune bon cœur. Ses enfants avaient trop besoin de Zellie pour la perdre en ce moment.

— Tu ne t'apercevras sans doute même pas qu'il est là, affirma Maxine d'un ton rassurant. La chambre de Zellie est au fond de l'appartement. Le bébé y passera sans doute le plus clair de son temps pendant les premiers mois.

— Et après ? Il dormira avec nous, comme Sam ?

C'était la première fois qu'il se permettait un commentaire acerbe concernant ses enfants. Cela déplut à Maxine, mais elle mit sa remarque sur le compte de la colère.

— Il se passe tout le temps quelque chose, avec toi ! Tu files en Afrique retrouver ton ex, tu acceptes qu'il organise notre dîner d'après-répétition et maintenant tu invites la gouvernante à amener son bébé drogué à la maison ! Et tu t'attends à ce que je tolère tout ça ? Je dois avoir perdu la tête, conclut-il avant de lui décocher un nouveau regard assassin. Non, c'est toi, plutôt, qui perds la tête.

Il pointa un doigt coléreux vers elle, puis sortit de l'appartement en claquant la porte derrière lui.

— C'était Charles ? demanda Zelda d'un air anxieux quand Maxine regagna la cuisine, la mine sombre.

Tout le monde avait entendu la porte claquer. Maxine hocha la tête sans rien dire.

— Tu n'es pas obligée d'accepter, Max, reprit Zellie. Je peux m'en aller.

— Non, affirma Maxine en mettant un bras autour de ses épaules. On t'aime, Zellie. On va essayer de faire en sorte que ça marche. J'espère seulement que le bébé sera en bonne santé, ajouta-t-elle sincèrement. C'est tout ce qui compte. Charles s'y fera. C'est juste un peu nouveau pour lui.

Sur quoi, elle se mit à rire. Que pouvait-il se passer d'autre à présent ?

19

Le week-end suivant, Charles et Maxine se rendirent comme prévu à Southampton. Ils rencontrèrent le traiteur, se promenèrent main dans la main sur la plage et firent plusieurs fois l'amour. À la fin du week-end, Charles avait retrouvé son calme. Maxine lui avait promis que Zelda s'en irait si cela ne se passait pas bien avec le bébé. Lorsqu'ils repartirent pour New York, plus aucune ombre ne planait entre eux. Il avait eu besoin d'être seul avec elle, d'avoir toute son attention. Et après ce week-end, il était réconforté.

— Tu sais, quand nous passons des moments ensemble comme ça, dit-il alors qu'ils roulaient vers New York, tout reprend son sens. Mais quand je suis dans ta maison de fous, avec ta vie digne d'un feuilleton télé, ça me rend dingue.

— Ce n'est pas une maison de fous, Charles, rétorqua Maxine, blessée. Et nous ne menons pas une vie de dingues. Je suis simplement une mère qui élève seule ses trois enfants et qui a un métier. Automatiquement, il y a des imprévus. Ça arrive à tout le monde.

Il la regarda comme si elle avait réellement perdu la tête.

— Tu connais combien de gens dont la gouvernante ramène sans crier gare un bébé conçu à la cocaïne ? Excuse-moi, mais ça ne me paraît pas franchement normal.

— J'admets que ça ne se produit pas tous les jours, concéda-t-elle avec un sourire. Mais on ne peut pas tout prévoir. Zelda a un rôle important pour nous, surtout en ce moment.

— Ne dis pas de bêtises. Les enfants se débrouilleraient très bien sans elle.

— J'en doute, et je ne m'en sortirais certainement pas. Je me repose beaucoup sur elle, plus que tu ne le crois. Je ne peux pas tout faire toute seule.

— Je suis là maintenant, répondit-il avec assurance.

Maxine ne put s'empêcher de rire.

— Génial ! Et tu vas faire la lessive, le repassage, la cuisine tous les soirs, emmener les enfants à l'école, préparer leurs sandwichs, leurs déjeuners, surveiller les copains qu'ils invitent, et t'occuper d'eux quand ils sont malades ?

Il comprit le message, mais il n'était pas pour autant d'accord avec elle. Il ne l'avait jamais été.

— Je suis sûr qu'ils pourraient être beaucoup plus indépendants si tu le leur permettais. Il n'y a pas de raison qu'ils ne fassent pas la plupart de ces choses-là eux-mêmes.

Il parlait comme un homme qui n'avait jamais eu d'enfants et en avait rarement fréquenté de près avant ceux de Maxine. Il avait passé sa vie à les éviter et avait un point de vue supérieur et irréaliste sur la question.

— D'ailleurs, tu connais ma solution, lui rappela-t-il. La pension. Tu n'aurais aucun de ces problèmes, et il n'y aurait pas de gouvernante avec un bébé accro à la cocaïne chez nous.

— Je ne suis pas d'accord avec toi, Charles, dit-elle simplement. Je n'enverrai jamais mes enfants en pension.

Elle voulait que les choses soient claires dès maintenant.

— Et Zellie ne va pas avoir un bébé accro. Tu ne peux pas le savoir.

— Il pourrait l'être, insista-t-il.

Il savait parfaitement que Maxine n'enverrait pas ses enfants en pension. Elle ne les lâcherait jamais. S'il ne l'avait pas autant aimée, il aurait insisté. Et si elle ne l'avait pas autant aimé, elle n'aurait pas toléré ses remarques. Elle se disait seulement que c'était un de ses travers. Il avait adoré le week-end détendu et sans enfants qu'il venait de passer avec elle. Maxine, en revanche, l'avait apprécié, mais ses enfants lui avaient manqué. Elle savait que c'était quelque chose qu'il ne comprendrait jamais et elle ne s'attarda pas là-dessus.

Le dimanche soir, ils étaient en train de manger chinois tous ensemble quand Zelda fit irruption dans la cuisine.

— Oh, mon Dieu... Oh mon Dieu... Il arrive... Il arrive !

L'espace d'un instant, ils se demandèrent à qui elle faisait allusion. Elle courait dans tous les sens, affolée.

— Quoi ? fit Maxine, perplexe.

— Le bébé ! La mère est en train d'accoucher ! Il faut que j'aille tout de suite à l'hôpital.

— Oh, mon Dieu, s'écria Maxine à son tour.

Tout le monde se leva en poussant des cris, entourant Zelda comme si c'était elle qui allait donner naissance à l'enfant. Resté assis, Charles continua à dîner tranquillement, en secouant la tête.

Cinq minutes plus tard, Zelda quitta l'appartement. Après s'être calmés, les enfants partirent dans leurs chambres, laissant Maxine et Charles seuls. Elle le regarda.

— Merci d'avoir conservé ta bonne humeur, dit-elle avec reconnaissance. Je sais que ce n'est pas drôle pour toi.

Elle était désolée que les choses se soient passées ainsi. Elle s'efforçait de voir la situation du côté positif, puisqu'il n'y avait pas d'autre solution que d'accueillir le bébé de Zelda.

— Ça ne va pas être très drôle pour toi non plus quand ce bébé se mettra à hurler. S'il souffre déjà d'une dépendance, ce sera un cauchemar pour vous tous. Je suis content de ne pas emménager avant deux mois.

Elle aussi s'en réjouissait.

Au grand désespoir de Maxine, il s'avéra que Charles avait eu raison. La mère biologique s'était beaucoup plus droguée qu'elle ne l'avait admis, et le bébé était dépendant à la cocaïne. Il resta une semaine à l'hôpital, afin de subir une cure de désintoxication. Zelda le berça constamment. Lorsqu'elle le ramena à la maison, il hurla jour et nuit. Elle le gardait dans sa chambre, mais il refusait son biberon, dormait à peine, et dès qu'elle le posait, il se remettait à hurler.

— Comment va-t-il ? demanda Maxine, un matin.

Zelda avait la mine ravagée. Elle passait toutes ses nuits à tenir l'enfant dans ses bras pendant qu'il pleurait. Le pauvre petit était né dans de mauvaises circonstances, mais sa mère adoptive débordait d'amour. Elle baissa sur son fils des yeux attendris.

— D'après le médecin, il va lui falloir encore un certain temps pour qu'il élimine toute la drogue, mais je crois qu'il va un peu mieux.

Elle avait tissé un lien très fort avec Jimmy, comme si elle était sa vraie mère. Les assistantes sociales venues la voir avaient été impressionnées par son dévouement. Néanmoins, la situation était éprouvante pour eux tous, et Maxine était soulagée qu'ils partent en vacances dans quelques semaines. Avec un peu de chance, à leur retour, Jimmy serait calmé. Zellie était une maman merveilleuse, aussi patiente et affectueuse avec son fils que Maxine l'avait été avec ses enfants.

Entre-temps, les préparatifs du mariage avançaient. Maxine n'avait pas encore trouvé de robe et elle devait aussi en acheter une pour Daphné. Celle-ci ne voulait pas en entendre parler, affirmant qu'elle n'assisterait pas au mariage, ce qui était un problème supplémentaire. Maxine n'en dit rien à Charles, sachant à quel point il serait blessé. Elle fit donc les magasins toute seule. Elle avait déjà acheté les costumes des garçons, ainsi que celui de Charles. Cela au moins était fait.

Blake avait téléphoné du Maroc pour l'informer des progrès qu'il avait accomplis depuis son départ. Le nouveau chantier transformant son palais en orphelinat pour une centaine d'enfants était en cours. Le recrutement du personnel avait commencé. Il avait l'intention de revenir chaque mois pour s'assurer que le projet avançait bien. Dans l'immédiat, il retournait à Londres, et il annonça à Maxine que le yacht était prêt pour leurs vacances. Les enfants et elle avaient hâte de partir. C'étaient leurs vacances favorites. Charles était moins enthousiaste.

Blake avait aussi expliqué son idée d'orphelinat à Arabella, qui trouvait son geste extraordinaire.

Il décida de lui faire une surprise en rentrant à Londres une semaine plus tôt que prévu. Il avait fait tout ce qu'il pouvait sur place, et il avait du travail qui l'attendait en Angleterre, à commencer par la mise en place d'un fonds destiné au fonctionnement de l'orphelinat.

Il arriva à minuit, et entra chez lui avec ses propres clés. La maison était plongée dans l'obscurité, ce qui ne l'étonna guère. Arabella lui avait indiqué qu'elle travaillait beaucoup, et il supposait qu'elle dormait. Elle lui avait également dit qu'elle sortait rarement, parce que ce n'était pas drôle sans lui, et qu'elle attendait son retour avec impatience.

Épuisé après son voyage et tous les efforts des semaines passées, Blake mourait d'envie de la prendre dans ses bras et de s'allonger à ses côtés. Il distingua la forme de son corps sous le drap, s'assit au bord du lit et se penchait pour l'embrasser, quand il s'aperçut qu'il y avait deux silhouettes au lieu d'une, qu'elles étaient enlacées et à moitié endormies. Atterré, il appuya sur l'interrupteur. Tout d'abord, il voulut croire que c'était une méprise. Mais il n'y avait pas de méprise possible. Un homme au teint basané, extrêmement séduisant, se redressa dans le lit, l'air affolé. Blake soupçonna qu'il s'agissait d'un des Indiens importants qu'elle connaissait, à moins qu'il ne s'agisse d'une nouvelle relation. Peu importait, d'ailleurs. Il était avec elle, dans son lit.

— Je suis désolé, s'excusa l'inconnu avant de s'envelopper du drap froissé et de sortir en hâte de la pièce.

Horrifiée, Arabella fixa Blake et se mit à pleurer.

— Il est juste passé par hasard, se justifia-t-elle faiblement.

C'était de toute évidence un mensonge, puisqu'il était en train de refermer deux valises en crocodile dans le dressing de Blake. Il devait, au contraire, être là depuis un certain temps. Il revint cinq minutes plus tard, vêtu d'un costume à la coupe parfaite. Il était extrêmement beau.

— Je suis vraiment désolé, dit-il s'adressant à Blake.

Il lança un « au revoir » rapide à Arabella et se hâta de partir. Un instant plus tard, ils entendirent claquer la porte d'entrée. Il s'était installé avec elle, chez Blake, sans la moindre honte.

— Sors de mon lit, dit Blake d'un ton froid.

Elle tremblait et tendit la main vers lui.

— Je suis tellement désolée... Je ne voulais pas... Je ne recommencerai pas...

— Lève-toi, réitéra-t-il sèchement, et va-t'en. Tu aurais au moins pu faire ça chez toi. Au moins, je n'aurais rien su. C'est un peu fort, tu ne crois pas ?

Elle s'était levée et se tenait devant lui, totalement nue. Elle était magnifique, avec ses tatouages et son bindi rouge entre les yeux. Mais Blake ne voyait plus rien.

— Tu as cinq minutes, reprit-il sèchement. Si tu oublies quelque chose, je te le ferai parvenir.

Il prit le téléphone et appela un taxi. Elle disparut dans la salle de bains et en ressortit vêtue d'un jean et d'un tee-shirt d'homme. Elle portait des sandales dorées à talons hauts et elle était incroyablement sexy. Mais il ne voulait plus d'elle. Ce n'était qu'une menteuse.

Elle resta immobile, les larmes coulant sur ses joues. Blake se détourna. La scène était sordide. Jamais aucune des femmes avec qui il était sorti n'avait été assez stupide pour inviter d'autres hommes dans son lit. Et sa liaison avec Arabella avait duré plus longtemps que toutes les autres. Cela faisait sept mois qu'ils se voyaient, il lui avait fait confiance et il l'avait aimée plus que toutes les autres. Il souffrait. Il dut se retenir pour ne pas l'abreuver d'injures, tandis qu'elle descendait l'escalier. Il se dirigea alors vers le bar et se servit un verre. Il ne voulait jamais la revoir. Elle tenta de le rappeler dans la nuit et les deux jours suivants, mais il ne répondit pas à ses appels. Arabella faisait partie du passé. Elle s'était envolée dans un nuage de fumée, avec ses tatouages et son bindi.

20

De son côté, Maxine continuait de chercher sa robe de mariée. Ce fut début juillet, alors qu'elle faisait des courses pour leurs vacances, qu'elle tomba par hasard sur la robe dont elle rêvait. Une création d'Oscar de la Renta, composée d'un immense jupon en organdi couleur champagne, avec une ceinture en satin lavande et un bustier beige incrusté de perles minuscules. Les plis de la robe tombaient avec élégance, formant une ébauche de traîne. Par chance, elle dénicha le lendemain une superbe robe dos-nu couleur lavande pour Daphné. Ils étaient tous fin prêts. Elle était ravie de ses achats, mais décida d'attendre le retour des vacances pour montrer sa robe à Daphné. Celle-ci refusait toujours de venir au mariage et Maxine espérait que Blake parviendrait à la faire changer d'avis. Il était le seul à pouvoir l'en persuader.

Elle lui en parla, lorsqu'il lui téléphona la veille de leur départ, et il promit de faire de son mieux. Il appelait pour lui dire que le yacht les attendait à Monaco, son lieu de mouillage habituel. Le bébé de Zelda hurlait, comme toujours. Les choses ne s'étaient guère améliorées, ni pour lui, ni pour Zellie.

— Qu'est-ce que c'est que ce vacarme ? demanda Blake, perplexe.

Maxine eut un petit rire gêné. La vie avec le bébé n'était pas facile, ces temps-ci. Il continuait à pleurer à toute heure de la journée.

— C'est Jimmy, expliqua-t-elle. Le bébé de Zellie.

— Zellie a un bébé ? Depuis quand ?

— Trois semaines.

Elle baissa la voix de façon à ne pas être entendue. Il lui en coûtait d'admettre que Charles avait vu juste, et elle espérait que ces hurlements ne dureraient pas éternellement. Heureusement que la chambre de Zelda se trouvait à l'autre bout de l'appartement !

— Elle a adopté un bébé dépendant à la cocaïne, expliqua-t-elle. Elle m'a fait part de son intention quatre jours avant qu'il naisse et a proposé de s'en aller. Mais je n'ai pas eu le cœur de la laisser partir. Nous l'aimons trop. Nous serions tous tristes sans elle.

— Oui, je comprends, répondit Blake, encore sous le coup de la surprise. Comment Charles prend-il tout ça ?

— Il n'est pas ravi. En plus, il ne s'est pas encore tout à fait adapté à notre mode de vie.

Elle s'abstint de lui dire qu'il pensait à la pension pour les enfants. Blake n'avait pas besoin de savoir cela.

— C'est un grand bouleversement, ajouta-t-elle.

— Je ne crois pas que ça me plairait non plus, avoua Blake honnêtement avant de lui expliquer que tout avançait comme prévu au Maroc.

— Quand arriveras-tu ? demanda-t-elle.

— Ne t'en fais pas, je serai là pour le mariage. Et le dîner de la veille devrait être réussi.

Il avait réservé une très belle salle.

— J'arriverai quelques jours à l'avance.

— Arabella viendra avec toi ?

— Euh…

Il hésita, ce que Maxine trouva étrange.

— À vrai dire, non.

— Dommage. J'espérais la rencontrer. Elle a trop de travail ?

— Je ne sais pas et, pour être franc, je m'en moque éperdument. Je l'ai trouvée au lit avec un homme le soir où je suis rentré du Maroc. Elle l'avait installé avec elle chez moi. Je l'ai mise aussitôt à la porte et je ne l'ai pas revue depuis.

— Oh, Blake, je suis désolée.

Il parlait d'un ton léger, mais elle savait qu'il avait dû être blessé. Arabella était restée beaucoup plus longtemps que les autres. Pourtant, il semblait prendre la chose avec philosophie.

— Oui, moi aussi. On a passé de bons moments ensemble. Me voici de nouveau libre comme l'air, avec mes cent orphelins du Maroc, ajouta-t-il avec un petit rire.

— Daphné sera contente. À propos d'Arabella, je veux dire.

— Je n'en doute pas. Comment se comporte-t-elle avec Charles ?

— Toujours pareil. J'espère que la croisière sera bénéfique. Elle devrait leur permettre de faire plus ample connaissance. Il est gentil, mais très sérieux.

— Le bébé de Zellie doit le détendre, non ?

Cette remarque les fit rire tous les deux.

— En tout cas, passe de bonnes vacances sur le yacht, Max. Le grand jour approche. Tu n'as pas peur ? Pas d'hésitations ?

Il s'inquiétait pour elle, ne désirant que son bonheur.

— Non. Je sais que j'ai pris la bonne décision. Je crois que Charles est l'homme qu'il me faut. J'aurais seulement aimé que la période d'acclimatation soit plus facile pour tout le monde.

Essayer de faire en sorte que tous s'entendent était stressant pour elle. Blake ne l'enviait guère.

— Je ne crois pas que je pourrais me remarier, affirma-t-il sincèrement. Arabella m'a vacciné à jamais.

— J'espère que non. Je suis certaine que tu finiras par trouver une femme qui te convienne.

Il avait beaucoup changé au cours de ces derniers mois. Elle se demanda s'il n'était pas enfin prêt à rencontrer une femme plus mûre, plutôt qu'une jolie poupée. Elle l'espérait pour lui. Ce serait bien qu'il ait une liaison stable et qu'il ait plus de temps à consacrer à leurs enfants.

— Je te rappellerai quand vous serez à bord, promit-il avant de raccrocher.

Ce soir-là, Charles et elle dînèrent avec ses parents. Charles avait acheté tout ce qu'il avait pu trouver contre le mal de mer et était toujours mécontent de passer des vacances sur le yacht de Blake. Il le faisait pour Maxine et confia à ses parents qu'il partait à contrecœur.

— Je crois pourtant que cela vous plaira, déclara son père d'un ton confiant. C'est un bateau splendide. Et Blake est vraiment très sympathique, vous savez. L'avez-vous déjà rencontré ?

— Non, répondit Charles, tendu.

Il en avait par-dessus la tête d'entendre chanter les louanges de Blake, par les enfants, par Maxine, et maintenant par son futur beau-père.

— Je ne suis pas certain d'en avoir envie. Mais je n'ai guère le choix. Il est invité à notre mariage et c'est lui qui offre le dîner de la veille, après la répétition.

— Il vous plaira, assura Arthur en riant. C'est une sorte de grand enfant. Il ne convenait pas du tout à Maxine et ce n'est pas un très bon père, mais il a ses qualités. Le problème, c'est qu'il a fait fortune trop jeune. Ça l'a gâté. Il n'a plus jamais vraiment travaillé depuis, il se contente de courir les jolies femmes et d'acheter des maisons. Je le surnommais l'aventurier.

— Ce n'est pas à ce genre d'homme qu'on veut marier sa fille, commenta Charles avec sévérité.

Pourquoi tout le monde aimait-il autant Blake ? Ce n'était pas juste, puisqu'il se comportait de manière totalement irresponsable. La vie n'était pas faite que pour s'amuser et prendre du bon temps.

— C'est vrai, admit Arthur. C'est ce que j'ai pensé quand elle l'a épousé. Il était déjà très original et avait toutes sortes d'idées farfelues. Mais il est très drôle.

Il considéra Charles et sourit.

— C'est bien qu'elle finisse par épouser un médecin. Vous êtes parfaitement assortis, tous les deux.

Charles sourit jusqu'aux oreilles.

— Comment ça va avec les enfants ?

— Il faut que je prenne le temps de m'habituer, car je n'en ai jamais eu.

— Ça doit être bien pour vous, assura Arthur avec un grand sourire en songeant avec affection à ses petits-enfants. Ils sont adorables.

Charles acquiesça poliment, et quelques minutes plus tard, ils passèrent à table. Ce fut une très agréable soirée et Charles était détendu et content quand ils s'en allèrent. Il appréciait les parents de Maxine, ce dont elle se réjouissait. Cela faisait un problème en moins, car il ne parvenait pas à établir de bonnes relations avec les enfants et était jaloux de Blake. Mais il aimait Maxine, et le lui rappelait souvent. Ils savaient l'un et l'autre que tout finirait par s'arranger, surtout une fois que le bébé de Zelda aurait fini de hurler. Avec un peu de chance, il serait calmé à leur retour de croisière.

21

Charles, Maxine et les trois enfants prirent un vol direct pour Nice. Quand ils quittèrent la maison, Jimmy hurlait toujours.

À leur arrivée, le capitaine du yacht et trois membres d'équipage les attendaient et les emmenèrent à Monaco dans deux voitures. Charles, qui ne savait pas à quoi s'attendre, fut surpris par leurs uniformes. Ce n'était pas n'importe quel bateau. Et Blake Williams n'était pas n'importe qui. Le voilier s'appelait *Fais de beaux rêves,* et Maxine s'abstint de révéler à Charles que Blake l'avait fait construire à son intention. C'était un vrai yacht de rêve, de quatre-vingts mètres. Les cabines étaient splendides et des œuvres d'art de grand prix étaient accrochées aux cloisons en bois poli. Charles n'avait jamais vu un tel luxe.

Maxine et les enfants étaient ravis de retrouver les dix-huit membres d'équipage, qui étaient tout aussi heureux de les voir. Ces derniers étaient là pour satisfaire leurs besoins, les gâter de toutes les manières. La moindre requête était aussitôt satisfaite. C'était le seul moment de l'année où Maxine était choyée et pouvait se détendre complètement. L'équipage s'occupait des enfants, mettant à leur disposition hors-bord, rafts et scooters des mers. Le yacht était également équipé d'un héliport pour les visites de Blake, d'une vraie salle de cinéma et d'un gymnase parfaitement aménagé.

Quand l'énorme voilier appareilla, Charles se trouvait sur le pont. Il n'arrivait pas à croire à ce qu'il voyait et se sentait en même temps mal à l'aise. Une hôtesse lui proposa une boisson et une autre un massage. Il accepta la première proposition et déclina la seconde, regardant Monaco rétrécir derrière eux à mesure qu'ils voguaient vers l'Italie. Maxine et les enfants étaient descendus dans leurs cabines, afin de défaire leurs bagages et de se changer. Par chance, aucun d'entre eux ne souffrait jamais du mal de mer, et Charles se disait que, sur un yacht de cette taille, il ne serait pas malade non plus. Il observait la côte à l'aide de jumelles lorsque Maxine vint le retrouver. Elle portait un short et un tee-shirt roses. Il sirotait un bloody mary et lui sourit. Elle se blottit contre lui et l'embrassa dans le cou.

— Ça va ?

Elle semblait radieuse, épanouie, et plus jolie que jamais.

Il hocha la tête et lui adressa un sourire penaud.

— Je suis désolé d'avoir fait tant d'histoires pour ces vacances. Je comprends pourquoi tu adores ce yacht. Comment pourrait-on ne pas l'aimer ? Je suis juste gêné parce qu'il appartient à Blake. Il n'est pas facile de lui succéder. Comment vais-je pouvoir t'impressionner après tout cela ?

C'était honnête de sa part de lui parler ainsi et Maxine en fut touchée. Elle était heureuse d'être en vacances avec lui. C'était exactement ce qu'elle voulait.

— Tu n'as pas besoin de m'impressionner de cette manière-là. Tu m'impressionnes en étant toi-même.

N'oublie pas que j'ai renoncé à tout cela de mon propre gré.

— Les gens ont dû penser que tu étais folle.

— Je ne l'étais pas. Nous n'étions pas faits l'un pour l'autre. Il n'était jamais là. C'était un mari épouvantable. Je l'adore, mais il n'est pas sérieux. Il n'était pas l'homme qu'il me fallait, pas à la fin en tout cas.

— Tu en es sûre ? insista Charles d'un air de doute. Comment peut-on ne pas être sérieux et réussir suffisamment bien pour posséder tout cela ?

— Il est doué pour les affaires. Et il est prêt à prendre des risques insensés. C'est un parieur talentueux, mais ça ne fait pas de lui un bon père ni un bon mari. En fin de compte, il a joué avec moi aussi, et il a perdu. Il croyait que, même en étant toujours par monts et par vaux, en n'en faisant qu'à sa guise et en revenant une fois tous les trente-six du mois, il ne me perdrait pas. Mais au bout d'un moment, je m'en suis lassée. Je voulais un mari, pas un nom. Et je n'avais que son nom.

— Ce n'est pas un mauvais nom, commenta Charles en terminant son cocktail.

— Je préfère le tien, chuchota-t-elle tandis qu'il se penchait pour l'embrasser.

— J'ai beaucoup de chance, répondit-il avec un grand sourire.

— Même si j'ai trois enfants qui te mènent la vie dure, un cabinet qui prend tout mon temps, un ex-mari un peu dingue et une gouvernante qui a adopté un bébé accro à la cocaïne ? demanda-t-elle en le regardant droit dans les yeux.

Elle se demandait parfois avec inquiétude s'il était capable d'accepter et de supporter sa vie. Elle ne menait pas une existence aussi folle que celle de Blake, heureusement, mais nettement plus agitée que celle à laquelle Charles était habitué. En même temps, être avec elle l'excitait et, en dépit de ses récriminations, il était fou amoureux d'elle. Maxine le sentait à présent.

— Laisse-moi réfléchir une minute, plaisanta-t-il en réponse à la liste qu'elle venait de dresser. Non, malgré tout ça, je t'aime, Max. J'ai seulement besoin de temps pour m'habituer. Surtout aux enfants. Je ne me sens pas encore à l'aise avec eux.

Cela aussi était honnête de sa part.

— Je n'avais jamais imaginé que je tomberais amoureux d'une mère de trois enfants. Mais ils partiront, dans quelques années.

— Pas avant un certain temps, lui rappela-t-elle. Sam n'a que six ans. Et les deux autres sont loin d'avoir terminé leurs études secondaires.

— Peut-être qu'ils sauteront une classe, lança-t-il d'un ton badin.

Maxine était contrariée qu'il soit si pressé de les voir grandir et quitter le cocon familial. C'était ce qui l'ennuyait le plus chez lui. Jusqu'alors, elle avait vécu pour ses enfants, et elle n'avait pas l'intention de changer, même pour lui.

Elle lui confia alors que Blake avait fondé un orphelinat au Maroc, en lui demandant de ne pas en parler aux enfants. Leur père tenait à leur en faire la surprise.

— Que va-t-il faire avec cent orphelins ? demanda Charles, visiblement stupéfait, ne comprenant pas pourquoi il se lançait dans un projet pareil.

Même avec sa fortune, cela lui semblait insensé.

— Leur donner un toit, une éducation, prendre soin d'eux. Un jour, peut-être, leur permettre d'aller à l'université. Il est en train de créer une fondation pour l'orphelinat. C'est bien de sa part. C'est un cadeau extraordinaire pour ces enfants. Il en a les moyens.

Charles songea au yacht et à ce qu'il avait lu au sujet de Blake, et il la crut sur parole. L'ex-mari de Maxine possédait une des plus grandes fortunes au monde. Charles n'en revenait toujours pas qu'elle ne lui demande rien et vive de manière tout à fait normale. De toute façon, peu de femmes auraient décidé de divorcer au lieu de rester avec lui pour son argent. Charles soupçonnait que c'était la raison pour laquelle Blake et elle étaient si bons amis. Ce dernier, tout comme lui, était conscient des qualités de Maxine.

Ils restèrent sur le pont un moment, après quoi les enfants se joignirent à eux pour le déjeuner. Ce soir-là, ils devaient mouiller au large de Portofino. Le yacht était trop grand pour entrer dans le port et les enfants n'avaient jamais envie de quitter le bateau. Ils devaient aller ensuite quelques jours en Corse, puis en Sardaigne, à Capri, et à l'île d'Elbe sur le chemin du retour. C'était un beau périple et ils allaient passer la plupart du temps à bord.

À la grande surprise de Maxine, ce soir-là Charles joua aux cartes avec les enfants. Jamais elle ne l'avait vu si détendu. Sam n'avait plus son plâtre et ses côtes étaient ressoudées, si bien qu'il pouvait aller et venir sans difficulté. Le lendemain, Charles l'emmena faire du jet-ski et il s'amusa comme un fou. Ensuite, il fit de la plongée avec un des membres de l'équipage. Après le déjeuner, il nagea avec Maxine et ils allèrent jusqu'à une petite plage de sable blanc, où ils s'allongèrent. Jack et Daphné les observaient, et Daphné reposa les jumelles avec dégoût, quand elle les vit s'embrasser. Elle en voulait toujours à Charles, mais, sur le yacht, il lui était difficile de l'éviter.

Elle finit par se dérider un peu lorsqu'il lui enseigna les bases du ski nautique.

Maxine était ravie de voir Charles se rapprocher de ses enfants. Cela avait pris beaucoup de temps et ils ne lui avaient pas facilité la tâche, à l'exception de Sam qui s'entendait bien avec tout le monde et qui le trouvait gentil. Le petit garçon estimait d'ailleurs que sa sœur était méchante avec Charles, et le confia à ce dernier.

— Vraiment ? dit Charles en riant.

Il était d'excellente humeur depuis qu'ils étaient sur le yacht. En dépit des réserves qu'il avait eues avant, il avoua à Maxine que c'étaient les meilleures vacances de sa vie.

Blake les appela le deuxième jour. Il voulait s'assurer que tout se passait bien, et il chargea Maxine de saluer Charles pour lui. Maxine s'exécuta, mais le regard de Charles se voila aussitôt.

— Ne sois pas si nerveux à son sujet, le tranquillisa-t-elle.

Charles acquiesça sans répondre. En dépit de tous les efforts de Maxine pour le rassurer, il était toujours farouchement jaloux de Blake. Elle le comprenait, mais cela lui semblait dommage. C'était de Charles qu'elle était amoureuse, pas de Blake.

En Corse, ils se baignèrent dans de magnifiques criques et prirent des bains de soleil sur des plages de sable blanc. Ensuite, ils partirent pour la Sardaigne, qui était nettement plus fréquentée. Maxine et Charles dînèrent à terre, et le lendemain ils allèrent à Capri, un endroit que les enfants affectionnaient. Ils firent une promenade en calèche et du shopping, et Charles offrit à Maxine un superbe bracelet en turquoise. Comme ils retournaient sur le yacht, il lui confia de nouveau combien il appréciait ce voyage. Tous les deux étaient heureux et sereins. Et les enfants commençaient enfin à accepter Charles. Ils avaient cessé de le critiquer, même si Daphné le jugeait encore trop coincé. Il était certain que, comparé à son père, il l'était. Charles était sérieux jusqu'à la moelle, mais il parvenait néanmoins à s'amuser, et même à raconter des blagues. Un soir que l'équipage avait mis de la musique, il alla même jusqu'à danser avec Maxine sur le pont.

— Cela ne t'ennuie pas d'être sur ce bateau avec un autre homme que Blake ? demanda-t-il.

— Absolument pas, répondit-elle. Blake a invité la moitié des femmes de la planète à bord. Tout est fini entre lui et moi depuis longtemps. Je ne t'épouserais pas si ce n'était pas le cas.

Charles n'en doutait pas, mais il ne pouvait se défaire de l'impression que Blake le suivait partout où il allait. Il y avait des photos de lui ici et là, ainsi que quelques-unes de Maxine et des enfants, toutes dans de très beaux cadres en argent.

Le temps passa trop vite, et soudain, ce fut la fin des vacances. Ils mouillaient au large de Saint-Jean-Cap-Ferrat et devaient rentrer à Monte-Carlo le lendemain, puis prendre l'avion du retour. La soirée était magnifique, illuminée par le clair de lune. Les enfants regardaient un film. Installés sur des chaises longues, Charles et Maxine bavardaient à voix basse.

— Je déteste rentrer à la maison, avoua-t-elle. Quand je quitte le yacht, j'ai toujours l'impression que je viens d'être chassée du paradis. Le retour sur terre est très dur.

Elle ponctua ses paroles d'un rire, et il l'imita.

— Les semaines à venir risquent d'être frénétiques, avec les derniers préparatifs du mariage, ajouta-t-elle en guise d'avertissement.

Mais cela ne semblait plus inquiéter Charles ni l'ennuyer.

— Je le sais. J'irai me cacher quelque part si ça devient trop lourd pour moi.

Maxine allait travailler les deux prochaines semaines, car elle devait assurer le suivi de ses patients, avant de s'arrêter à nouveau au mois d'août, pour son mariage et son voyage de noces. Comme toujours, Thelma la remplacerait.

Il ne restait plus que quatre semaines avant le grand jour. Elle mourait d'impatience. Les enfants, Charles et elle, ainsi que Zellie et son bébé, partiraient alors pour Southampton. Charles se trouverait plongé dans ce qui allait devenir son quotidien, mais il affirma s'y être préparé, et Maxine espérait que tout se passerait bien. Tous deux étaient excités à la perspective du mariage. Ses parents séjourneraient avec eux ce week-end-là aussi. Charles pourrait donc discuter avec eux pendant que Maxine réglerait les derniers détails. Il serait à la maison avec elle, hormis la nuit précédant la cérémonie. Elle l'avait obligé, par superstition, à réserver une chambre à l'hôtel après le dîner de répétition, afin qu'il ne la voie pas le matin du mariage. Charles n'était guère enchanté, mais il avait accepté de se plier à son désir pour une nuit.

— Ce sera peut-être la seule bonne nuit de sommeil que j'aurai, avec le monde qu'il y aura dans la maison.

C'était à des années-lumière de son chalet tranquille du Vermont. La propriété de Maxine était immense et pouvait les loger tous. Et il y avait même encore de la place pour des invités.

Le lendemain matin, quand ils s'éveillèrent, le yacht était déjà à quai dans le port de Monaco. Ils prirent un dernier petit déjeuner à bord, avant que les membres d'équipage les raccompagnent à l'aéroport. Au moment de partir, Maxine s'attarda sur le quai, contemplant le splendide voilier.

— Tu l'adores, n'est-ce pas ? lui fit remarquer Charles.

Elle hocha la tête.

— Oui, dit-elle doucement. Je déteste le quitter.

Elle le regarda.

— J'ai passé de merveilleuses vacances avec toi, Charles.

Elle l'embrassa, et il lui rendit son baiser.

— Moi aussi, dit-il en passant un bras autour de sa taille.

Ensemble, ils s'éloignèrent de *Fais de beaux rêves* et montèrent dans la voiture. Ils venaient de passer des vacances de rêve.

22

Les dix jours suivants furent frénétiques pour Maxine. Beaucoup de ses jeunes patients étaient déjà partis en vacances avec leurs parents, mais il en restait certains, parmi les plus gravement malades, qu'elle devait voir avant de passer le relais à Thelma. Maxine voulait que tous ses dossiers soient à jour à ce moment-là.

Les deux jeunes femmes déjeunèrent ensemble peu après le retour de Maxine à New York et Thelma lui demanda si tout s'était bien passé avec Charles. Elle ne l'avait vu que deux fois et il lui avait paru réservé mais en dehors de cela, elle n'aurait pas vraiment su le décrire. Toutefois, il lui semblait que Charles était à l'opposé de Blake. Maxine n'aurait pu choisir un mari plus différent.

— Au moins, tu n'es pas toujours attirée par le même type d'homme, fit remarquer Thelma d'un ton taquin.

— Charles et moi nous nous ressemblons davantage. Blake était une erreur de jeunesse, affirma Maxine avant de se reprendre aussitôt. Non, ce n'est ni vrai ni juste. Au début, ça a bien marché entre nous. Puis j'ai mûri et pas lui, et c'est là que tout a mal tourné.

— Je ne dirais pas cela, car vous avez eu trois beaux enfants.

Thelma en avait deux, dont elle était très fière. Son mari était un Chinois de Hong Kong, et leurs enfants étaient un mélange particulièrement réussi de leurs deux parents, avec leur teint nacré et leurs yeux légèrement bridés. Leur fille était mannequin, et Thelma disait toujours que leur fils était un vrai bourreau des cœurs à l'école. Marchant sur les traces de sa mère, il allait entrer à Harvard à l'automne et envisageait des études de médecine. Son mari était médecin aussi, cardiologue et directeur de département à l'université de New York. Ils formaient un couple heureux. Maxine voulait les inviter à dîner depuis une éternité, mais ils n'arrivaient pas à trouver une date, tant ils étaient tous occupés.

— Charles me paraît très sérieux, confia Thelma.

Maxine acquiesça.

— C'est vrai, mais il a un côté tendre aussi. Il s'entend très bien avec Sam.

— Et avec les autres ?

— Il y travaille, sourit Maxine. Daphné est difficile.

— Les adolescentes ! s'écria Thelma en levant les yeux au ciel. J'ai beaucoup de mal avec Jenna, en ce moment. En fait, ça fait deux ans que ça dure. Parfois, je me dis que ça ne finira jamais. Avec elle, j'ai toujours tort et je fais tout mal, sauf pour le choix de mes chaussures. Elle me les pique toutes.

Ses paroles firent rire Maxine. Elle avait les mêmes problèmes avec Daphné, bien que celle-ci ait deux ans de moins et qu'elle ne soit pas encore en phase de rébellion. Mais cela viendrait.

— À propos, comment ta gouvernante se débrouille-t-elle avec son bébé ?

— Il hurle toujours. D'après le pédiatre, il va bien, mais pour nous, c'est difficile. J'ai acheté des boules Quies à Charles pour Southampton. Et j'en mets aussi. C'est assez efficace. Zellie sera bientôt sourde si ce gosse ne s'arrête pas, conclut Maxine avec un sourire affectueux.

— Ça semble une vraie partie de plaisir, commenta Thelma.

Toutes les deux se mirent à rire. Cela faisait du bien de prendre le temps de se détendre durant l'heure du déjeuner. Maxine le faisait rarement. Elle avait tant de travail à son cabinet qu'elle se sentait coupable, mais Thelma était une très bonne amie.

Comme convenu, elle lui passa le relais le 1er août, et tous partirent pour Southampton, répartis dans plusieurs voitures : la sienne, celle de Charles et un break de location conduit par Zellie. Les enfants montèrent avec cette dernière, car la voiture de Maxine était remplie d'affaires pour le mariage. Charles roulait seul dans sa BMW impeccable. Il n'avait rien dit, mais Maxine avait deviné qu'il ne souhaitait pas d'enfants à bord. D'ailleurs, ils étaient contents de voyager avec Zellie, car la voiture était justement le seul endroit où Jimmy cessait de hurler et dormait, au grand soulagement de tous. Souvent, quand il s'époumonait dans l'appartement, Maxine suggérait à Zellie de sortir la voiture et de faire le tour du quartier. Elle avait usé de cette tactique plusieurs fois avec succès et Maxine regrettait qu'elle ne puisse le faire toute la nuit. Heureusement, le bébé avait une adorable petite frimousse et commençait à montrer quelques signes d'amélioration. L'espoir était permis. Avec un peu de chance, les hurlements auraient cessé quand Charles emménagerait après leur voyage de noces.

En arrivant à Southampton, Charles s'installa dans la chambre de Maxine. Elle lui attribua un placard et remplit le sien de tout ce qu'elle avait apporté. Elle rangea sa robe de mariée, enveloppée avec soin, dans le placard d'une des chambres d'amis, avec la robe de Daphné, que celle-ci n'avait pas encore essayée. Jusqu'ici, elle s'y était obstinément refusée, affirmant qu'elle resterait dans sa chambre le jour du mariage. Elle s'entendait mieux avec Charles depuis la croisière, mais pas assez pour désirer que sa mère et lui se marient. Elle disait toujours à sa mère qu'elle faisait une erreur, qu'il était trop rasoir et trop rigide.

« Il n'est pas rasoir, Daphné, répondait calmement Maxine. Il est solide et responsable.

— Non, ce n'est pas vrai, insistait sa fille. Il est ennuyeux comme la pluie et tu le sais. »

Cependant, Maxine ne s'ennuyait pas avec lui. Il s'intéressait beaucoup à son travail et, la plupart du temps, ils parlaient médecine. C'était leur sujet de conversation favori.

La première semaine, Maxine passa tout son temps à s'occuper des derniers détails et dut rencontrer le traiteur et le fleuriste. Il y aurait des fleurs blanches partout et des orchidées. Ce serait simple, élégant et assez traditionnel, tout à fait au goût de Maxine. Charles ne s'intéressait pas à tout cela et s'en remettait entièrement à elle.

Le soir, Charles et elle sortaient dîner ou emmenaient les enfants au cinéma. Durant la journée, ces derniers retrouvaient leurs amis sur la plage. Tout alla bien jusqu'à la deuxième semaine de leur séjour, au moment où Blake arriva.

Maxine fit les présentations et la transformation de Charles fut radicale. Jamais elle ne l'avait vu si raide et si désagréable. Il se hérissait dès que Blake ouvrait la bouche. Aussi charmant qu'à l'habitude, Blake se montra détendu et l'invita même à jouer au tennis mais, à la grande déception de Maxine, Charles refusa d'un ton glacial. Blake n'en demeura pas moins jovial et ne parut pas s'offenser de son attitude. Le soir même, Charles reprocha à Maxine que Blake ait loué une villa proche de chez eux, avec piscine et donnant sur la plage. Il ne pouvait pas supporter qu'il soit dans les parages. Il se sentait envahi, et le lui dit.

— Je ne vois pas pourquoi tu es si fâché, remarqua Maxine. Il a été parfaitement correct avec toi.

Elle le trouvait déraisonnable. Après tout, c'était lui qui avait le beau rôle et qui allait se marier.

— Tu te conduis comme si tu étais encore sa femme, se plaignit-il.

— Certainement pas, rétorqua-t-elle, choquée. C'est ridicule de dire une chose pareille.

— Tu étais pendue à son cou ! Et il ne peut pas s'empêcher de te toucher.

Charles était furieux, et elle ne l'était pas moins. Ses accusations étaient tout bonnement injustes. Blake et elle s'aimaient beaucoup, mais il n'y avait rien de plus, et cela depuis des années.

— Comment oses-tu parler ainsi ? répondit-elle, bouillonnant de colère. Je suis comme une sœur pour lui. Et il a fait de gros efforts pour discuter avec toi, alors que tu as à peine ouvert la bouche. En plus, il nous offre le dîner d'après la répétition, tu pourrais au moins te montrer poli. Sans compter que tu viens de passer deux semaines sur son yacht !

— Je n'y tenais pas ! riposta Charles. Tu m'y as forcé. Et tu sais très bien ce que je pense du dîner. Je n'en voulais pas non plus.

— Tu as passé de très bons moments sur le yacht, lui rappela-t-elle.

— Oui, admit-il, mais mets-toi à ma place et imagine ce que je ressens en faisant l'amour dans le lit où tu couchais avec lui. C'est un peu trop pour moi, Maxine.

— Oh, je t'en prie, ne sois pas si coincé ! Ce n'est qu'un lit. Il n'est pas dedans avec nous.

— Il n'y aurait pas grande différence, lança Charles avant de sortir de la pièce à grands pas.

Le soir même, il fit ses bagages et partit le lendemain matin pour le Vermont, en disant qu'il reviendrait pour le mariage. Ensuite, il ne répondit pas aux appels de Maxine. Et lorsqu'ils se parlèrent enfin, il ne s'excusa même pas d'être parti si abruptement. Sa voix était froide et crispée. Il lui dit qu'il ne pouvait supporter que Blake entre et sorte de la maison comme s'il était toujours chez lui. Maxine lui rétorqua qu'il se trompait. Elle ne digérait pas ses accusations et son attitude ne fit que l'exaspérer davantage.

— Où est le futur marié ? s'enquit Blake lorsqu'il vint leur faire une petite visite le lendemain.

— Il est parti dans le Vermont, répondit-elle en serrant les dents.

— Oh, oh. Y aurait-il un peu de tension prénuptiale ? fit-il d'un ton taquin.

— Non. Je suis seulement énervée contre lui, parce qu'il se conduit comme un idiot.

Elle ne cachait jamais rien à Blake. Elle pouvait lui dire la vérité, même si elle devait faire bonne figure devant les enfants. Elle leur avait expliqué que Charles avait besoin d'un peu de calme avant le mariage, et Daphné avait levé les yeux au ciel, enchantée qu'il soit parti.

— Pourquoi es-tu si fâchée, Max ? Il a l'air plutôt sympa.

— Je ne sais pas comment tu peux dire ça. Il t'a à peine adressé la parole, hier. Je l'ai trouvé très grossier et d'ailleurs je le lui ai dit. Le moins qu'il puisse faire est de te parler. Et il t'a répondu sèchement quand tu lui as proposé de jouer au tennis.

— Ça le met sans doute mal à l'aise que ton ex-mari soit là. Tout le monde n'est pas aussi cool que nous, remarqua-t-il en riant. Ou aussi fou.

— C'est justement ce qu'il dit.

Elle lui sourit.

— Il pense qu'on est tous cinglés. Et le bébé de Zellie lui tape sur les nerfs.

Elle faillit ajouter « nos enfants aussi », mais se retint. Elle ne voulait pas que Blake ait une mauvaise image de Charles. Et elle était toujours persuadée que les enfants et ce dernier s'habitueraient les uns aux autres et finiraient même par s'aimer.

— J'admets que le bébé de Zellie est un tant soit peu bruyant, répondit-il en souriant. Tu crois qu'elle va finir par trouver le bouton du volume ?

— Surtout, qu'elle ne t'entende pas dire ça. D'ailleurs, il commence à aller mieux. Il faut du temps.

— Je ne peux pas en vouloir à Charles pour ça, dit Blake. Et toi ? Tu n'as pas de doutes ?

Il la taquinait, et elle lui donna une bourrade. Ils étaient comme deux vieux amis.

— Oh, tais-toi. Je suis agacée, c'est tout. Je n'ai pas de doutes.

— Tu devrais ! lança Daphné par-dessus son épaule en passant à côté d'elle.

— Arrête ! cria Maxine dans son dos en secouant la tête. Quelle insolente, celle-là. Tu leur as parlé de ton projet d'orphelinat ?

— J'ai l'intention de le faire ce soir. J'espère qu'ils m'approuveront. Ils semblent avoir leurs propres opinions, ces temps-ci. Jack vient de me dire que mon pantalon est trop court, que mes cheveux sont trop longs et que je ne suis pas en forme. Il a peut-être raison, mais c'est dur à entendre, confia-t-il en souriant, au moment où Sam entrait.

— Moi, je te trouve très bien, papa, affirma-t-il avec force.

— Merci, Sam.

Blake le serra contre lui et Sam sourit jusqu'aux oreilles.

— Tu veux venir manger une pizza avec nous, ce soir ? demanda Blake à Maxine.

— Avec plaisir.

Elle n'avait rien d'autre à faire. Elle adorait la manière dont tout le monde allait et venait dans la maison de Southampton, et elle était contente que Blake soit là. C'était dommage que Charles ne puisse pas se détendre et passer un bon moment. Mais il avait dit en partant qu'il y avait trop de désordre pour lui. En fait, il avait utilisé le mot « cirque », et cela n'avait pas exactement semblé être un compliment. Il y avait des moments où elle avait envie de l'étrangler, comme maintenant, juste avant le mariage. Les derniers préparatifs les mettaient sur les nerfs. Elle n'était pas aussi patiente que d'habitude, mais elle trouvait que ce n'était pas élégant de la part de Charles de partir dans le Vermont dès l'apparition de Blake, alors que celui-ci avait été on ne peut plus gentil avec lui. Il était évident que Charles avait un complexe d'infériorité vis-à-vis de lui et elle espérait qu'il s'en débarrasserait bientôt.

Ce soir-là, Blake passa la prendre avec les enfants et, durant le dîner, comme prévu, il leur parla de son orphelinat au Maroc. D'abord sidérés, ils ne tardèrent pas à lui faire part de leur admiration, lui disant combien ils étaient fiers de lui. Maxine, de son côté, était heureuse qu'ils apprécient l'action de leur père.

— On pourra aller le voir, papa ? demanda Sam avec intérêt.

— Bien sûr. Un jour, nous irons à Marrakech tous ensemble. Quand les travaux seront terminés, je vous emmènerai tous les trois là-bas.

Ensuite, Blake leur raconta combien leur mère avait été fantastique lors de son passage là-bas. Les enfants l'écoutèrent, fascinés, tandis qu'il expliquait ce que Maxine et lui avaient vu et fait. C'est alors que Daphné lui demanda à brûle-pourpoint ce qui était arrivé à Arabella.

— Je l'ai virée, répondit-il simplement.

Ils n'avaient pas besoin d'en savoir plus.

— Juste comme ça ? demanda Jack.

Blake acquiesça et claqua dans ses doigts.

— Juste comme ça. J'ai dit : « Va-t'en, sorcière ! » Et hop, elle est partie. Comme par magie. Elle a disparu.

Il avait pris un air mystérieux, et tous se mirent à rire, lui compris. Maxine devina qu'il allait mieux. Comme toujours, il s'était vite remis de sa déception. Il ne semblait jamais éprouver de sentiments très profonds vis-à-vis des femmes qui traversaient sa vie. Certes, sa relation avec Arabella avait été plus importante que d'autres, mais elle s'était terminée de manière plutôt sordide, à en juger par ce qu'il lui avait confié. Elle savait qu'il n'en dirait rien aux enfants, et elle approuvait sa discrétion.

— Je suis contente, affirma Daphné avec conviction.

— Tu m'étonnes, commenta son père. Tu as été un petit monstre avec elle, à Aspen.

— Ce n'est pas vrai, protesta Daphné avec véhémence.

— Si ! ripostèrent Blake, Jack et Sam d'une seule voix.

Tous se mirent à rire, Daphné comprise.

— Peut-être, mais c'est parce que je ne l'aimais pas.

— Je ne sais pas pourquoi, observa Blake. Elle était gentille avec vous.

— Elle faisait semblant. Exactement comme quand Charles est gentil avec nous. C'est de la comédie.

Maxine la regarda, choquée.

— Comment peux-tu dire une chose pareille, Daffy ? Il est sincère. Il est juste un peu réservé.

— Il fait semblant, répéta-t-elle. Il nous déteste. La seule chose qu'il veut, c'est être seul avec toi.

— C'est normal, intervint Blake. Il est amoureux de votre maman. Il ne veut pas que vous soyez là tout le temps.

— Il ne veut jamais qu'on soit là, répliqua Daphné d'un ton sombre. Ça se voit.

Maxine ne put s'empêcher de repenser aux remarques de Charles concernant la pension. C'était stupéfiant de voir à quel point les enfants pouvaient sentir les choses. Elle garda le silence.

— Arabella non plus ne voulait pas de nous. Je ne sais pas pourquoi toi et maman vous ne voulez pas vous remarier. Vous êtes bien plus sympas que tous ceux avec qui vous sortez. Ils sont toujours tellement nuls.

— Merci, Daphné, répondit Blake avec un sourire. Mais, tu sais, je fréquente des femmes très bien.

— Non, ce n'est pas vrai. Elles sont jolies, mais elles n'ont rien dans le citron.

Les rires fusèrent de nouveau.

— Et maman sort avec des types tristes, coincés et crispés.

— Ce doit être en réaction à moi, dit Blake en riant. Elle pensait que je n'étais pas suffisamment sérieux, alors elle sort avec des gens très sérieux, qui ne me ressemblent pas du tout. N'est-ce pas, Max ?

Les paroles de Blake parurent l'embarrasser et elle s'abstint de répondre.

— D'ailleurs, la situation nous convient très bien comme ça, à ta maman et à moi. Nous sommes de très bons amis, à présent. Nous ne nous disputons pas. Nous pouvons nous retrouver tous ensemble pour dîner. J'ai mes blondes écervelées et elle ses bonnets de nuit. Qu'est-ce qu'il pourrait y avoir de mieux ?

— Que vous vous remariiez, s'entêta Daphné.

— Ne compte pas là-dessus, rétorqua Maxine calmement. J'épouse Charles la semaine prochaine.

— Et moi, je m'occupe du dîner de la veille, ajouta Blake, changeant de sujet.

La conversation devenait un peu gênante pour eux, même si Maxine savait qu'il était normal que les enfants désirent la réconciliation de leurs parents. Le fait que l'un des deux se remarie anéantirait définitivement cet espoir.

— Ce devrait être un vrai succès, reprit Blake afin de combler le silence pesant laissé par la remarque de Daphné et la réponse de Maxine. J'ai prévu une surprise.

— Tu vas sortir tout nu d'un gâteau ? demanda Sam avec enthousiasme.

Tous éclatèrent de rire, et la tension ambiante se dissipa aussitôt.

— Charles serait ravi ! gloussa Maxine, qui se tenait les côtes à force de rire.

— Ça, c'est une idée. Je n'y avais pas pensé, avoua Blake en souriant.

Il leur proposa alors d'aller chez lui se baigner pour terminer la soirée et tous approuvèrent. Auparavant, ils passèrent prendre leurs maillots de bain chez Maxine. En fin de compte, les enfants voulurent rester dormir chez Blake. Il invita Maxine à rester aussi.

— J'aimerais bien, assura-t-elle honnêtement, mais si Charles l'apprenait, il me tuerait. Mieux vaut que je rentre.

Elle laissa les enfants avec Blake et fit en voiture le court trajet qui la séparait de sa propre maison. La soirée avait été très agréable.

Durant le reste de la semaine, Blake fit régulièrement la navette entre les deux maisons et Maxine se rendit compte que l'absence de Charles lui facilitait la vie. Il lui téléphona peu, et elle ne l'appela pas. Elle estimait qu'il valait mieux attendre qu'il se soit calmé et qu'il réapparaîtrait tôt ou tard. Quelques jours seulement les séparaient du mariage.

Charles revint le jour du dîner de Blake, aussi tranquillement que s'il était allé acheter du pain. Il embrassa Maxine, entra dans leur chambre et posa ses bagages. Quand il vit Blake à la maison cet après-midi-là, il se montra courtois, à la surprise et au soulagement de Maxine. Il était beaucoup plus détendu que lorsqu'il était parti. Daphné souffla élégamment à son père que Charles semblait avoir retiré le balai qu'il avait dans le derrière. Blake la regarda avec stupeur et lui ordonna de ne pas le répéter devant sa mère, mais il en riait encore tandis qu'il roulait vers le club, afin de vérifier les derniers détails du dîner. Charles semblait beaucoup mieux. Blake espérait que Maxine serait heureuse avec lui. Il lui souhaitait tout le bonheur du monde.

23

Maxine avait acheté une très belle robe pour le dîner et Charles fut ébloui en la voyant. C'était une longue robe de soirée or pâle, en tissu très fin, qui la moulait comme un sarong et que Maxine mit avec des sandales dorées à talons hauts. On aurait dit Grace Kelly.

Charles était très chic dans son smoking noir. Pour sa part, Blake portait un smoking blanc croisé, un pantalon et un nœud papillon noirs et des mocassins en cuir. Maxine remarqua immédiatement qu'il n'avait pas mis de chaussettes. Elle le connaissait bien, et cela ne l'étonna pas. Beaucoup d'hommes à Southampton avaient adopté cette nouvelle mode, plutôt branchée, que Charles désapprouvait. Avec ses cheveux noirs et son teint hâlé, Blake était incroyablement séduisant, mais Charles avait fière allure aussi. Tous deux étaient très beaux. Et avec ses longs cheveux blonds et sa robe d'or pâle, Maxine ressemblait à un ange. Blake fit remarquer qu'il ne lui manquait que les ailes.

Il avait invité une centaine de personnes dont Maxine lui avait donné les noms, parmi lesquelles une dizaine de ses propres connaissances. Un orchestre de dix musiciens jouait des airs de tous les styles. Tout le monde était d'excellente humeur et le champagne coulait à flots. Maxine vit Daphné prendre une coupe, lui fit signe de se limiter à une seule, et Daphné acquiesça. Maxine décida néanmoins de garder l'œil sur elle.

Elle retrouva avec plaisir ses amis et fut enchantée de présenter Charles à ceux qu'il ne connaissait pas encore. Ses parents étaient là. Sa mère arborait une robe de soirée bleu pâle et son père un smoking blanc, comme Blake.

Le père de Maxine échangea quelques mots avec Charles avant le dîner et lui demanda comment s'était passée la croisière. Il ne l'avait pas vu depuis.

— C'est un yacht impressionnant, n'est-ce pas ? affirma-t-il d'un ton jovial.

— Oui, répondit Charles, reconnaissant qu'il avait passé de très bonnes vacances.

Prétendre le contraire eût été difficile.

Blake avait fait décorer la salle de centaines de roses blanches et de jolis lampions dorés. Charles ouvrit le bal avec Maxine. Ils formaient un couple très séduisant et semblaient heureux et détendus, parfaitement à l'aise dans ce cadre extraordinaire.

Avant le dîner, Blake prononça un discours plein d'humour et très drôle sur Maxine, qui les fit tous rire aux larmes, y compris la première intéressée. Seul Charles parut légèrement embarrassé, mais se tut. Il lui déplaisait que Blake rappelle qu'il la connaissait depuis plus longtemps que lui et qu'il avait un passé commun avec elle. Ce dernier conclut en leur adressant tous ses vœux de bonheur, espérant que Charles réussirait mieux que lui à rendre Maxine heureuse. Ensuite, Charles se leva à son tour afin de porter un toast à leur hôte et de le remercier, et promit de veiller au bonheur de Maxine.

Entre les plats, Blake invita Maxine à danser, et ils virevoltèrent sur la piste tels Fred Astaire et Ginger Rogers. Leurs pas s'étaient toujours bien accordés.

— C'était gentil de ta part de dire cela, lui confia-t-elle, mais ne crois pas que tu m'aies rendue malheureuse. J'ai toujours été heureuse avec toi, Blake. C'est juste que je ne te voyais pas assez et que je ne savais jamais où tu étais. Et puis tu m'as tellement dépassée après avoir gagné tout cet argent...

— Non, Maxine, répondit-il doucement. Je ne t'ai pas dépassée. Au contraire, je ne t'arrivais pas à la cheville. J'en étais conscient et cela m'effrayait. Tu étais tellement plus intelligente que moi, et infiniment plus mûre à bien des points de vue. Tu n'as jamais perdu de vue l'essentiel, nos enfants par exemple.

— Toi non plus, assura-t-elle en souriant. Nous voulions des choses différentes, c'est tout. Je voulais travailler et tu avais envie de t'amuser.

— Je crois qu'il y a une fable de La Fontaine là-dessus. Et regarde où ça m'a mené. D'après Daphné, je suis entouré de jolies filles sans cervelle.

Ils riaient encore lorsque Charles les interrompit et entraîna à son tour Maxine sur la piste.

— Qu'y a-t-il ? demanda-t-il, soupçonneux. Vous aviez l'air de drôlement vous amuser, tous les deux.

— Oui, à cause de quelque chose que Daphné lui a dit, à propos de ses copines sans cervelle.

— Curieux commentaire à faire au sujet de son père, remarqua-t-il avec une évidente désapprobation.

— Peut-être, mais c'est vrai, répondit Maxine en recommençant à rire.

La danse se termina et ils regagnèrent leurs places. Maxine ne put s'empêcher de se dire que Charles n'avait pas vraiment voulu danser avec elle, mais plutôt l'éloigner de son ex-mari.

Blake avait parfaitement placé les invités. Tous les meilleurs amis de Maxine se trouvaient à sa table avec Charles, et ceux de Blake étaient à la sienne. Comme il n'avait pas de cavalière attitrée pour la soirée, il avait mis la mère de Maxine à sa droite, conformément à l'étiquette. Charles le remarqua. Il voyait tout. Il observa Maxine et Blake toute la soirée, son regard inquiet allant constamment de l'un à l'autre. Il ne se détendait que lorsque Maxine dansait avec Jack ou Sam.

Le dîner terminé, on dansa jusqu'à minuit. Au premier coup de minuit, des fusées éclatèrent dans le ciel. Blake avait organisé un feu d'artifice en l'honneur des futurs mariés. Maxine battit des mains comme une enfant. Elle adorait les feux d'artifice, et Blake s'en était souvenu. Cela termina de manière parfaite la soirée. Les derniers invités partirent vers une heure du matin. Comme l'avait voulu Maxine, Charles devait dormir à l'hôtel. Et ses parents avaient décidé eux aussi d'aller à l'hôtel afin de lui laisser plus de liberté pour se préparer le lendemain. Maxine dansa une dernière fois avec Blake et le remercia du feu d'artifice. Puis elle lui demanda si cela ne l'ennuyait pas de raccompagner Zellie et les enfants à la maison, car elle allait déposer Charles à l'hôtel. Il lui promit de les ramener dans la demi-heure.

À la fin de la danse, elle alla retrouver Charles et ils partirent.

Le mariage devait avoir lieu à midi le lendemain. Après la soirée qu'ils venaient de passer, tous estimaient qu'il serait difficile de faire mieux. Charles et elle en parlèrent durant le trajet vers l'hôtel. Il y allait à contrecœur, affirmant que c'était une tradition ridicule. Il aurait préféré rester à la maison, mais Maxine avait tenu bon. Finalement, ils se quittèrent, et Charles l'embrassa pour lui souhaiter bonne nuit. Elle songea que le lendemain, il serait son époux. Elle l'aimait, bien qu'il soit un peu « bonnet de nuit », comme l'avait dit Blake. Ils devaient s'envoler pour Paris le lendemain soir et aller à la découverte de la vallée de la Loire en voiture. Le voyage de noces idéal, aux yeux de Maxine.

— Tu vas me manquer ce soir, dit-il d'une voix rauque.

Elle l'embrassa de nouveau.

— Toi aussi, murmura-t-elle en riant.

Elle avait bu un peu de champagne, mais elle n'était pas ivre. Elle se sentait parfaitement lucide.

— Lorsque je te reverrai, je serai sur le point de devenir Mme West, ajouta-t-elle en lui souriant.

— J'ai hâte que tu sois ma femme, assura-t-il avant de lui donner un dernier baiser.

Il descendit à regret de la voiture, lui adressa un signe de la main, puis entra dans l'hôtel.

Une fois à la maison, elle alla droit au salon et se servit une nouvelle coupe de champagne. Quelques minutes plus tard, elle entendit la voiture de Blake dans l'allée. Zellie avait pris une baby-sitter pour s'occuper de Jimmy et celle-ci s'en alla dès qu'ils arrivèrent. Après son départ, Zelda envoya les enfants se coucher. Ils étaient épuisés et disparurent après avoir marmonné bonne nuit à leurs parents, qui bavardaient, assis sur le canapé.

Blake était d'excellente humeur et Maxine commençait à être un peu ivre, après avoir bu deux coupes de champagne depuis son retour. Blake se servit une coupe à son tour tandis qu'ils se remémoraient avec plaisir la soirée. Il avait beaucoup bu, mais cela ne se voyait pas.

Il ressemblait plus que jamais à une star de cinéma, dans son smoking blanc. Tous deux étaient très séduisants, et ils se portèrent un toast mutuel, debout au milieu du salon.

— C'était fantastique, dit-elle en tournoyant dans sa robe d'or pâle avant d'aller se lover dans les bras de Blake. Tu organises toujours des fêtes géniales. C'était vraiment très réussi.

— Tu ferais mieux de t'asseoir avant de t'écrouler, tu es pompette, la taquina-t-il.

— Certainement pas, protesta-t-elle, ce qui prouvait indubitablement le contraire.

Il avait toujours aimé voir Maxine un peu ivre. Elle était alors si drôle, si sexy, et cela arrivait si rarement. Mais ce soir était spécial.

Elle se pencha vers lui, soudain sérieuse.

— Tu crois que je serai heureuse avec Charles ?

— Je l'espère, Max, répondit Blake.

Il aurait pu en dire plus, mais jugea préférable de s'abstenir.

— Il est très sérieux, n'est-ce pas ? insista-t-elle. Un peu comme mon père.

Elle regarda Blake, louchant légèrement, mais plus jolie que jamais, et il dut se souvenir qu'il ne devait pas profiter de la situation. Il ne voulait surtout pas la faire souffrir, et encore moins ce soir. Il avait raté sa chance et il le savait. Il passa du champagne à la vodka et versa le reste du champagne dans la coupe de Maxine.

— Oui, il ressemble un peu à ton père, répondit-il. Ils sont tous les deux médecins.

Il commençait à se sentir agréablement éméché et cela ne le gênait pas du tout. S'il devait s'enivrer, autant que ce soit ce soir.

— Moi aussi je le suis, l'informa-t-elle avec un hoquet sonore. Je suis psy. Spécialisée dans le traumatisme. Je ne t'ai pas vu au Maroc, récemment ?

Sur quoi elle éclata de rire, et il l'imita.

— Tu es différente en grosses chaussures. Je crois que je préfère les talons hauts.

Elle leva une jolie jambe, contempla sa sandale dorée et hocha la tête.

— Moi aussi. Les autres m'ont donné des ampoules.

— Alors mets des talons la prochaine fois, conseilla-t-il en sirotant sa vodka.

— Tu as raison. Tu sais, reprit-elle après avoir bu une gorgée de champagne, nos enfants sont vraiment mignons. Je les adore.

— Moi aussi.

— Je crois que Charles ne les aime pas beaucoup, constata-t-elle en fronçant les sourcils.

— C'est réciproque, observa Blake.

Ils se mirent tous les deux à rire. Maxine le dévisagea avec attention, comme si elle avait du mal à distinguer ses traits.

— À propos, pourquoi avons-nous divorcé ? Tu t'en souviens ? Tu étais méchant avec moi ?

Maintenant, elle était complètement ivre.

— J'ai oublié de rentrer à la maison, reconnut-il tristement.

— Oh, c'est ça. Je m'en souviens à présent. C'est dommage. Je t'aime beaucoup... En fait, je t'aime tout court, confia-t-elle en lui souriant d'un air béat, avant de hoqueter de nouveau.

— Moi aussi, je t'aime, murmura Blake avec douceur. Tu devrais peut-être aller te coucher, ajouta-t-il. Tu vas avoir une sacrée gueule de bois, demain.

— Tu es en train de me demander si je veux coucher avec toi ? demanda-t-elle, l'air un peu surpris.

— Non. Si je le faisais, Charles serait hors de lui et tu te sentirais terriblement coupable. Mais je crois que tu devrais aller au lit.

Comme il parlait, elle termina son champagne et se sentit soudain complètement ivre. La dernière coupe avait été fatale. De son côté, Blake n'allait guère mieux. Après une longue nuit d'excès, la vodka l'avait assommé, à moins que ce ne soit Maxine, dans sa robe dorée. Elle était ensorcelante. Elle avait toujours eu cet effet sur lui. Il s'en souvint brusquement et se demanda comment il avait pu l'oublier.

— Pourquoi dois-je aller me coucher si tôt ? protesta-t-elle avec une moue.

— Parce que, Cendrillon, chuchota-t-il en la soulevant dans ses bras, tu vas te retrouver en haillons si tu ne le fais pas. Et demain, tu épouses le prince charmant.

Il se dirigea vers la chambre, Maxine dans ses bras.

— Non. Je vais épouser Charles. Je me souviens de ça. Ce n'est pas lui le prince charmant. C'est toi. Pourquoi est-ce lui que j'épouse ?

Brusquement, elle paraissait fâchée. Blake se mit à rire, tituba et faillit la laisser tomber, mais resserra sa prise. Elle était légère comme une plume.

— Je crois que tu l'épouses parce que tu l'aimes, expliqua-t-il en entrant dans sa chambre.

Il la déposa doucement sur le lit et resta debout à la regarder, chancelant légèrement. Ils étaient totalement ivres tous les deux.

— Oh, oui, affirma Maxine gaiement. Je l'aime. Et je devrais l'épouser, au fond. C'est un médecin.

Puis elle regarda Blake.

— Je crois que tu as trop bu pour rentrer chez toi. Et je suis trop saoule pour te ramener.

C'était parfaitement exact.

— Il vaudrait mieux que tu restes ici.

Comme elle disait cela, la pièce se mit à tourner autour de lui.

— Je vais juste m'allonger une minute, si ça ne t'ennuie pas. Et puis je rentrerai. Ça ne t'embête pas, hein ? demanda-t-il en s'allongeant à côté d'elle, sans retirer sa veste ni ses chaussures.

— Pas du tout, dit-elle en se tournant vers lui et en posant la tête sur son épaule.

Elle portait encore sa robe de soirée et ses chaussures dorées.

— Fais de beaux rêves, murmura-t-elle en fermant les yeux, glissant dans le sommeil.

— C'est le nom de notre yacht, dit Blake, les paupières closes, avant de sombrer dans le néant.

24

Le lendemain matin, le téléphone sonna interminablement chez Maxine. Il était 10 heures. Le téléphone sonnait, sonnait, et personne ne répondait. Tout le monde dormait. Sam se réveilla enfin et se leva pour aller décrocher. On n'entendait pas un bruit dans la maison.

— Allô ? marmonna-t-il en bâillant.

Ils s'étaient tous couchés tard, et il était fatigué. Il ne savait pas où étaient les autres, mais il se souvenait que Daphné avait bu trop de champagne la veille et qu'il avait promis de ne dire à personne qu'elle avait vomi en rentrant.

— Bonjour, Sam.

C'était Charles. Il paraissait complètement réveillé.

— Je peux parler à ta maman, s'il te plaît ? Je veux juste lui dire bonjour. Je sais qu'elle doit être très occupée.

Elle lui avait dit que quelqu'un devait venir la coiffer et la maquiller. Et il était sûr que c'était le branle-bas de combat dans la maison.

— Tu peux aller la chercher ? Je n'en ai que pour une minute.

Sam posa le récepteur et gagna la chambre, pieds nus. Il regarda par la porte entrouverte et vit ses parents qui dormaient à poings fermés, encore tout habillés. Son père ronflait.

Il ne voulut pas les réveiller et retourna au téléphone.

— Ils dorment toujours, expliqua-t-il d'un ton ferme.

— Ils ?

Charles savait qu'il ne pouvait s'agir de Sam, puisque c'était lui qui parlait. Avec qui pouvait-elle bien dormir à une heure pareille, le jour de son mariage ? C'était absurde.

— Papa est là aussi. Il ronfle, expliqua Sam. Je lui dirai que tu as appelé quand elle se réveillera.

Le déclic retentit dans les oreilles de Sam avant qu'il ait reposé l'appareil, et il remonta dans sa chambre. Puisque personne n'était réveillé, il ne voyait pas pourquoi il devrait se préparer. Il alluma la télé, songeant que, pour une fois, il n'entendait même pas le bébé de Zellie. C'était comme si tout le monde était mort.

La coiffeuse et l'esthéticienne arrivèrent à 10 h 30 comme convenu. Zelda les fit entrer, se rendit compte de l'heure qu'il était et alla réveiller Maxine. Elle fut surprise de voir Blake allongé à côté d'elle, mais devina ce qui s'était passé. Ils étaient encore tout habillés. Ils avaient dû boire plus que de raison la veille. Elle toucha doucement Max à l'épaule. Au bout d'une demi-douzaine de tentatives, celle-ci remua enfin et la regarda en gémissant. Elle referma aussitôt les yeux et porta les deux mains à sa tête. Blake dormait toujours, ronflant comme un sonneur.

— Oh, mon Dieu, geignit Maxine en plissant les yeux, aveuglée par la lumière. Oh, mon Dieu. Je n'ai jamais eu aussi mal à la tête. Je vais mourir.

— C'est peut-être le champagne, suggéra calmement Zelda en réprimant un rire.

— Arrête de crier ! protesta Maxine sans ouvrir les yeux.

— Tu n'es pas en grande forme, lui confirma Zelda. Ta coiffeuse et la maquilleuse sont là. Que dois-je leur dire ?

— Je n'ai pas besoin de coiffeuse, répondit-elle en essayant de se redresser. J'ai besoin d'un neurologue. Oh, mon Dieu...

Elle baissa les yeux sur Blake.

— Qu'est-ce qu'il fabrique ici ?

Puis la mémoire lui revint. Elle se tourna vers Zelda, stupéfaite.

— Je crois qu'il ne s'est rien passé, fit celle-ci d'un ton rassurant. Vous êtes habillés.

Maxine secoua Blake, qui se réveilla. Il remua et gémit exactement comme elle.

— C'est peut-être une épidémie de migraines, avança Zelda tandis que Blake ouvrait les yeux et se tournait vers elles deux en souriant.

— Bonjour, Zellie. Comment se fait-il que ton bébé ne hurle pas ?

— Je crois qu'il a épuisé toutes ses réserves. Que puis-je vous apporter ?

— Un médecin, fit Maxine. Non... Flûte, n'y pense même pas. Si Charles nous voyait, il me tuerait.

— Il n'a pas besoin de savoir, affirma Zelda. Ça ne le regarde pas. Tu n'es pas encore sa femme.

— Et je ne le serai jamais, s'il l'apprend, gémit Maxine.

De son côté, Blake commençait à se dire que ce n'était pas une si mauvaise idée. Il se leva, vérifia qu'il tenait debout, rajusta sa cravate et gagna la porte d'un pas incertain.

— Je vais rentrer chez moi, annonça-t-il comme s'il s'agissait d'un événement extraordinaire.

Zelda lui conseilla de boire beaucoup de café en arrivant, puis se tourna vers Maxine.

— Quelle quantité as-tu bue, enfin ? demanda-t-elle alors que la porte d'entrée se refermait sur Blake.

— Beaucoup. Le champagne me fait toujours cet effet-là.

Maxine se leva tant bien que mal, juste au moment où Sam entrait dans la pièce.

— Où est papa ? demanda-t-il en la regardant.

Elle avait encore plus mauvaise mine que Daphné, qui avait elle aussi la gueule de bois.

— Il est rentré chez lui.

Maxine traversa très lentement la chambre, la tête prête à exploser.

— Charles a téléphoné, déclara Sam.

Sa mère s'arrêta net, le visage décomposé.

— Et que lui as-tu dit ?

— Que tu dormais encore.

Elle ferma les yeux, envahie par le soulagement. Elle n'osa pas lui demander s'il avait mentionné son père.

— Il a dit qu'il voulait juste te dire bonjour et qu'il te verrait au mariage, ou quelque chose comme ça.

— Je ne peux pas le rappeler. Il se rendra compte que j'ai trop bu hier et cela l'ennuiera.

— Tu le retrouveras à l'église, intervint Zelda. Pour l'instant, tu n'es pas belle à voir. Il faut que tu te dépêches. Prends une douche, je vais faire du café.

— Bon, oui… C'est une très bonne idée.

Elle fila sous la douche et eut l'impression que les gouttes d'eau lui transperçaient la peau comme des couteaux.

Pendant qu'elle était dans la salle de bains, Zelda courut au premier étage réveiller les autres. Daphné était presque aussi mal en point que sa mère. Zelda la réprimanda sévèrement, mais promit de ne rien dire. Jack se leva et fonça à la cuisine. Il allait bien. Il n'avait bu qu'une seule coupe de champagne, et de l'eau gazeuse le reste de la soirée, ce qui lui avait évité de connaître le sort de sa sœur.

Malgré les protestations de Maxine, Zelda la força à boire deux tasses de café et à manger des œufs brouillés. Elle lui tendit deux aspirines en même temps que le café, après quoi la coiffeuse se mit à l'œuvre dans la cuisine. La séance de maquillage fut pénible, et la coiffure un véritable calvaire. Néanmoins, Maxine n'avait pas le choix. Elle ne pouvait tout de même pas porter une queue de cheval à son mariage.

Une demi-heure plus tard, elle était maquillée et plus jolie que jamais. Elle se sentait affreusement mal, mais cela ne se voyait pas. L'esthéticienne avait fait du beau travail, et Maxine avait le teint éclatant. La coiffeuse lui avait relevé les cheveux en un chignon torsadé tout simple, où elle avait glissé quelques perles.

Elle se leva enfin, les jambes flageolantes. Elle avait l'impression que des lames de rasoir lui transperçaient les pupilles à chaque fois qu'elle se tournait vers le soleil.

Elle ferma les yeux un instant.

— Zellie, je te jure que je suis en train de mourir.

— Tout ira bien, affirma Zellie, rassurante, tandis que Daphné descendait.

Elle était encore pâle, mais ses cheveux étaient coiffés avec soin, et elle portait du brillant à lèvres, seul maquillage autorisé par Maxine. Celle-ci était trop mal pour se rendre compte que Daphné souffrait des mêmes symptômes qu'elle, et ni Sam ni Zellie n'en soufflèrent mot.

À 11 h 40, les enfants étaient habillés, y compris Daphné. Zelda l'avait obligée à mettre la robe lavande, menaçant de révéler qu'elle avait bu si elle refusait. Ensuite, la gouvernante alla chercher la robe et les chaussures de Maxine, tandis que celle-ci attendait dans la cuisine, les yeux clos, incapable de bouger.

Maxine enfila ses chaussures, puis Zelda l'aida à s'habiller, remonta la fermeture et noua la ceinture. Les enfants poussèrent des cris d'admiration en voyant leur mère. Elle ressemblait à une princesse de conte de fées.

— Tu es vraiment belle, maman, affirma Daphné.

— Merci, mais je me sens malade comme un chien.

— Papa et toi vous êtes saoulés hier soir, gloussa Sam.

Sa mère lui lança un regard noir.

— Surtout, ne dis ça à personne. Surtout pas à Charles.

— Promis, lança-t-il, ayant oublié qu'il avait raconté à Charles que son père ronflait.

Une minute plus tard, Zelda apparut à son tour, vêtue d'une robe en soie rouge, le bébé dans les bras. Il commençait à s'agiter, mais ne pleurait pas encore. Maxine pria silencieusement pour qu'il ne se mette pas à hurler, sinon son crâne risquait d'éclater pour de bon. Ils devaient retrouver ses parents et Blake à l'église. Charles l'attendrait à l'autel. Brusquement, sans doute à cause de l'état lamentable dans lequel elle se trouvait, la perspective de la cérémonie provoqua chez elle une légère nausée.

Il y avait une voiture pour Zellie et les enfants, et une pour elle. Maxine se laissa aller contre le siège et ferma les yeux durant tout le trajet. C'était la pire gueule de bois qu'elle ait jamais eue. Elle était convaincue que le ciel la punissait, parce que Blake avait passé la nuit avec elle. Ce genre de chose n'était pas censé se produire. Mais, au moins, il n'était rien arrivé d'autre.

Sa limousine s'arrêta devant l'église à 11 h 55. Celle des enfants était juste derrière. Par chance, ils n'étaient pas en retard. Maxine entra dans la sacristie, s'efforçant de marcher aussi droit que possible. Ses parents étaient déjà là. Blake, qui aurait dû venir chercher les enfants avant la cérémonie, entra juste après elle. Il avait l'air encore plus mal en point qu'elle. Ils étaient bien assortis, songea-t-elle. Deux ivrognes un lendemain de beuverie. Elle lui adressa un sourire douloureux. Il se mit à rire et déposa un baiser sur son front.

— Tu es ravissante, Max. Mais j'ai l'impression que tu es dans un triste état.

— Oui, et toi aussi, répondit-elle, contente de le voir.

— Je suis désolé pour hier soir, murmura-t-il à son oreille. Je n'aurais pas dû te laisser finir le champagne.

— Ne t'inquiète pas, c'est ma faute. Je crois que j'avais envie de me saouler.

Ses parents écoutaient la conversation avec un intérêt non dissimulé, lorsque la porte de la sacristie s'ouvrit à la volée. Charles fit irruption, les toisa tous d'un air furibond, puis fixa Maxine dans sa robe de mariée. Que faisait-il ici ? songea-t-elle vaguement. Il était supposé l'attendre à l'autel. Pendant qu'il la foudroyait du regard, le fleuriste tendit son bouquet à Maxine et voulut piquer une orchidée sur le revers de la veste de Charles. Celui-ci le repoussa avec brusquerie.

— Tu étais avec lui hier soir, n'est-ce pas ? cria-t-il à Maxine tout en pointant le doigt vers Blake.

Elle porta les mains à sa tête.

— Oh, Seigneur, ne crie pas !

Les yeux de Charles allèrent de Maxine à Blake, et il comprit subitement ce dont elle souffrait. Jamais il ne l'avait vue ainsi.

— J'ai trop bu hier soir, et Blake s'est endormi, expliqua-t-elle. Il ne s'est rien passé.

— Je n'en crois pas un mot ! rétorqua-t-il, fou de rage. Vous êtes des malades, tous autant que vous êtes ! Vous vous conduisez comme si vous étiez toujours mariés. Vos enfants sont de vraies pestes. Entre les bébés accros à la cocaïne, les yachts, les blondes écervelées, vous êtes tous cinglés ! Ne compte pas sur moi pour t'épouser, Maxine. Même payé très cher, je n'accepterais pas d'entrer dans une famille pareille. D'ailleurs, je suis sûr que tu couches avec lui depuis le début !

Maxine éclata en sanglots. Avant qu'elle ait eu le temps de se défendre, Blake fit un pas en avant, saisit Charles par les revers de son costume et le souleva de terre.

— C'est à ma femme que vous parlez, espèce de minable ! Et ce sont mes enfants que vous venez d'insulter. Laissez-moi vous dire quelque chose, espèce de pauvre mec. Elle ne voudrait pas vous épouser, même si c'était pour rire. Vous n'êtes pas digne de cirer ses chaussures. Fichez le camp d'ici !

Sur quoi, il flanqua Charles dehors. Ce dernier pivota et partit sans demander son reste, tandis que Maxine dévisageait Blake, hébétée.

— Flûte. Qu'est-ce que je vais faire maintenant ?

— Tu voulais l'épouser ? demanda Blake d'un air inquiet.

Au prix d'une douleur atroce, elle secoua la tête.

— Non. Je l'ai compris hier soir.

— Pas trop tôt, déclara Blake sous les exclamations de joie des enfants.

C'était la première fois qu'ils voyaient leur père en action, et ils avaient adoré la manière dont il avait éjecté Charles. En ce qui les concernait, il n'était que temps.

— Eh bien, c'est un début de journée des plus intéressants, commenta Arthur Connors en regardant son ex-gendre. Que suggérez-vous que nous fassions à présent ?

Il ne semblait pas attristé, seulement un peu inquiet.

Maxine se laissa lentement tomber sur la première chaise à sa portée.

— Quelqu'un doit aller dire à tout le monde que le mariage est annulé.

Les enfants poussèrent de nouveaux cris de joie, et Zelda sourit. Le bébé n'avait pas pipé et dormait à poings fermés. Peut-être qu'il n'aimait pas Charles, tout simplement.

— Ce serait dommage de gaspiller une aussi belle robe, fit remarquer Blake en regardant Maxine. Et les fleurs avaient l'air superbes, quand j'ai jeté un coup d'œil dans l'église tout à l'heure. Nous pourrions en faire bon usage.

Puis il redevint sérieux et baissa la voix, s'adressant à elle seule, de manière que personne d'autre n'entende.

— Je te promets que, cette fois, je rentrerai à la maison. Je ne suis plus aussi stupide qu'avant. J'en ai ma claque des blondes sans cervelle, Max.

— Bien, murmura-t-elle en le regardant droit dans les yeux.

Elle savait qu'il disait la vérité. C'était toujours un aventurier et un grand enfant, et elle adorait cette facette de son caractère, mais il avait mûri. Elle l'acceptait tel qu'il était et elle avait découvert qu'elle aimait qu'il soit à ses côtés.

— Max ?

Il tremblait légèrement en lui posant la question. Il était 12 h 30 à présent, et les invités patientaient depuis une demi-heure.

— Oui, souffla-t-elle.

Il l'embrassa, lui donnant le baiser dont ils avaient tous les deux rêvé la veille au soir. Il avait fallu l'arrivée de Charles dans leur vie pour les réunir. Charles incarnait tout ce qu'elle aurait dû vouloir, mais Blake était tout ce qu'elle voulait réellement, tout ce qu'elle avait jamais voulu.

— Allons-y, déclara Blake, passant à l'action.

Sa gueule de bois était oubliée, et Maxine aussi se sentait mieux à présent.

— Jack, tu prends le bras de Mamie. Sam, celui de Zellie. Daffy, tu viens avec moi. Père...

Il regarda son beau-père, et ils échangèrent un sourire.

— Vous êtes d'accord, à propos ?

Non que cela ait la moindre importance, mais il ne voulait pas qu'il se sente ignoré.

— Elle serait morte d'ennui avec lui, affirma Arthur en adressant à Blake un grand sourire. Et moi aussi, d'ailleurs, ajouta-t-il, déclenchant le rire de Maxine.

— Pouvez-vous nous accorder cinq minutes, et puis conduire Maxine jusqu'à l'autel ?

Le révérend, qui attendait comme tout le monde, devait se poser des questions.

Ils sortirent en hâte, et les invités les regardèrent arriver. Tous reconnurent Blake et furent quelque peu perplexes en voyant qu'il se plaçait devant l'autel avec Daphné, et que Sam et Jack les rejoignaient une minute plus tard. Il s'agissait de toute évidence d'un mariage très moderne, puisque l'ex-mari allait participer à la cérémonie. Les gens étaient à la fois impressionnés et légèrement décontenancés. Zellie et la mère de Maxine étaient assises à leur place, et Blake et les enfants se tenaient devant l'autel, attendant l'entrée de Maxine et de son père.

Soudain, la musique résonna, et Maxine s'avança vers Blake. Elle n'avait d'yeux que pour lui et son père souriait jusqu'aux oreilles. Le regard de Blake se souda à celui de Maxine et toutes les années qu'ils avaient partagées, tout comme les bons et les mauvais moments, se confondirent.

Le révérend les observait et devina ce qui était arrivé. Blake se pencha vers lui, expliquant qu'ils n'avaient pas les papiers nécessaires.

— Nous ferons semblant aujourd'hui, suggéra le prêtre. Apportez-les-moi lundi et nous organiserons une nouvelle cérémonie en privé. Qu'en dites-vous ?

— Ce sera parfait. Merci infiniment, murmura Blake avant de se tourner vers sa future épouse.

Maxine et son père avaient atteint l'autel. Les hommes échangèrent une poignée de main. Arthur donna à Blake une petite tape sur le bras, en chuchotant qu'il était heureux de le voir de retour. Blake prit place à côté de Maxine sous les yeux des enfants. L'un et l'autre avaient les larmes aux yeux.

Arborant un air solennel, le révérend s'adressa alors à l'assemblée.

— Mes chers amis, commença-t-il, nous sommes réunis ici aujourd'hui pour unir cet homme et cette femme, et d'après ce que je comprends, ou ce que je devine, ils ont été unis par le passé – il jeta un coup d'œil aux enfants en souriant – avec de très beaux résultats.

En disant cela, il lança un regard éloquent à Maxine et à Blake.

— Bien, allons-y. Nous sommes donc rassemblés aujourd'hui afin d'unir cet homme et cette femme…

Maxine ne voyait que Blake et lui ne voyait qu'elle. Elle n'entendait que lui et il n'entendait qu'elle. Enfin, ils se dirent oui, échangèrent un baiser et ressortirent de l'église sous les acclamations enthousiastes de leurs invités. C'était un mariage inattendu, même pour les principaux intéressés. Pourtant, c'était celui qui devait avoir lieu, celui que le destin avait voulu.

Car c'était le mariage de deux êtres qui s'étaient toujours aimés, et qui, chacun à sa façon, étaient enfin devenus adultes. L'union parfaite entre un charmant, un irrésistible grand enfant et sa radieuse fiancée.

Le père de Maxine leur adressa un clin d'œil quand ils passèrent devant lui. Blake le lui rendit, et le rire heureux de Maxine résonna dans l'église.

Composition et mise en pages
Nord Compo à Villeneuve-d'Ascq

Achevé d'imprimer par
Normandie Roto Impression s.a.s.
61250 Lonrai (Orne)
N° d'imprimeur : 2302147

Imprimé en France